Le Livre de Poche Jeunesse

DARK

Claude Merle

DARK
TOME 2

Cet ouvrage a paru initialement dans la collection Black Moon.

Première partie

LE COMPLOT

1 – Washington

L'aube rouge libère le parfum des cerisiers en fleurs. C'est l'heure préférée d'Harry, celle où le vent de l'océan ride la surface du Tidal, et porte les cris des oiseaux blancs qui scandent sa propre respiration. Il court. Huit kilomètres, hiver comme été. Le mémorial de Jefferson est en vue. Plus que huit cents mètres pour boucler son parcours.

À cette heure, la rive du lac est encore déserte. Simple répit : à neuf heures, les grilles s'ouvriront devant la marée des photographes, pour la plupart japonais, nostalgiques du Maruyama. Harry savoure l'accès du parc aux heures paisibles de la journée, privilège de sa fonction.

Son chronomètre indique cinq minutes de retard ! Il imagine déjà le sourire du chauffeur, qui l'attend dans sa voiture garée le long d'Ohio Avenue, au bord du Potomac : « Pas très en forme, aujourd'hui, le sénateur ! »

Évitant la courbure du rivage, Harry coupe à travers les arbres. Il baisse la tête sous une branche basse quand un homme surgit d'un bosquet. Corps d'athlète, cheveux roux, treillis brun, mains gantées. Harry sourit par réflexe. Entre sprinters…

À l'instant où ils se croisent, l'inconnu fait un écart. D'une main, il empoigne le front d'Harry ; de l'autre, il brandit une sorte d'éclair. D'un geste précis, chirurgical, il lui ouvre la gorge. Harry s'écroule. La mort subite lui évite la terreur. Seul l'étonnement demeure dans ses yeux écarquillés.

Quinze secondes. L'homme au treillis s'éloigne déjà. Les fleurs blanches, arrachées par le vent, se mêlent au sang de la victime.

2 – New York

Le sol, recouvert d'une épaisse moquette de laine, est la seule partie chaleureuse de la pièce. Il étouffe les pas, incite à la lenteur et accentue le secret. Tout le reste, verre, métal et matières composites, est glacé. Un long mur transparent domine la ville, ses buildings, ses façades miroirs, ses blocs massifs entaillés de profondes avenues, chair pétrifiée de Manhattan.

L'homme tourne le dos à la baie. À contre-jour, on ne distingue pas son visage. Sa voix est grave, dénuée d'expression :

— Une mort providentielle.

— Brutale.

George Summer est un bel homme, racé, charmant. Il affiche une décontraction qu'il est loin d'éprouver. Ses doigts entrelacés et la crispation de ses maxillaires le trahissent : l'homme l'impressionne.

— Ce drame regrettable ne doit pas modifier nos plans.

— Ce ne sera pas le cas, promet Summer.

— Un mécanisme, un pur mécanisme. Le plus infime grain de sable peut enrayer son fonctionnement et compromettre l'œuvre tout entière. Vous savez à quoi je fais allusion ?

L'homme se retourne vers le mur de verre sans attendre la réponse. On ne voit de lui qu'une veste noire à large revers et des cheveux gris. Une table de laque de l'époque Song masque la partie inférieure de son corps. L'entretien est terminé.

3 – Seadog

— J'ai besoin de toi, Ugo.

Ugo Gregori dévisage Rachel avec une froideur qui trahit sa rancune. Il déteste la façon de vivre de la jeune femme, son ciré, son voilier, sa falaise sauvage, sa maison de bois. Il déteste l'océan.

— Je me demande ce que je fous ici !

— Si je pouvais m'adresser à un autre, je le ferais. Mais tu es mon seul ami.

— Tu parles !

Il ne peut s'empêcher de ricaner. Ils ont vécu ensemble pendant deux ans, puis Rachel s'est éloignée pour voguer vers d'autres passions. Il a souffert. À un moment donné, il a été à deux doigts de sombrer dans les paradis artificiels de sa jeunesse : la drogue, l'alcool, la boulimie. Il a résisté, repris ses études, réussi brillamment ses examens. Devenu chirurgien, il s'est cru guéri. Et soudain, Rachel revient comme une fleur. Et tout recommence.

— Tu n'as que l'embarras du choix !

— Aucun ami à qui je confierais ma vie.

Elle a toujours su trouver les mots, les regards, les sourires. Pas de supplication, de pleurs, de remords. Il lui suffit d'évoquer le passé. Ugo lui a sauvé la vie au cours d'une aventure fantastique baptisée DARK. Comment l'oublier ? Depuis cette époque, le corps de Rachel n'a pas changé. On dirait que le temps n'a pas de prise sur elle. Mince, brune, sportive, délicieusement féminine sous ses muscles de navigatrice, troublante, irrésistible. Exaspérante.

Il la regarde s'extraire de sa combinaison jaune encroûtée de sel. Son T-shirt lui colle au corps. Elle a beau s'habiller comme un homme, elle reste très belle. Le pire, c'est qu'elle se moque du désir qu'elle inspire. Ugo, non. Sa peine et sa jalousie n'ont pas tué son amour, au contraire, elles l'ont exacerbé. Cet amour, cette dépendance, c'est ce qu'il ne lui pardonne pas.

— Si c'est du fric qu'il te faut…

— Pas seulement.

Autrefois, cette offre l'aurait mise en rage. Là, elle se contente de sourire. Un pâle sourire qu'il ne lui a jamais vu. De quelle tristesse s'accompagne son air résolu ? L'argent n'est pas en cause, évidemment. Au gré des héritages, ils sont devenus l'un et l'autre milliardaires. La proposition d'Ugo est destinée à la blesser, mais rien ne semble l'atteindre.

Il soupire avec lassitude :

— Qu'est-ce que tu attends de moi, au juste ?

— Comme je te l'ai dit, c'est une mission généreuse…

— Une mission ? Ah non ! Pas ta secte de dingues ! Tu ne vas pas recommencer ?

— *Soul* n'est pas une secte, mais une véritable Église, dont le but est la réhabilitation de l'individu, le développement harmonieux de ses aptitudes, l'accomplissement de sa destinée, l'élévation de son âme…

À l'entendre réciter sa leçon, Ugo s'esclaffe :

— Tu te paies ma tête ? O.K., je l'ai mérité.

Rachel se contente de s'asseoir sur un tabouret en attendant la fin de son accès d'hilarité.

— Tu es sérieuse ?

Il s'assied à son tour, ou plutôt il se laisse tomber à côté d'elle, sidéré. Ce catéchisme de pacotille ressemble si peu à Rachel qu'il commence à s'inquiéter.

— Désolé, dit-il avec douceur.

« Désolé » est un euphémisme. Il est consterné de la découvrir endoctrinée comme la première paumée venue. « Il y a urgence ! se dit-il. Il faut que je la sèvre de cette drogue ! » Il sait de quoi il parle.

— À quoi penses-tu ? demande-t-elle.

— À cette croisière autour du monde dont tu rêvais. Le temps de me libérer de l'hôpital, on pourrait partir la semaine prochaine. Qu'est-ce que tu en dis ?

Elle pince les lèvres :

— D'où te vient cette subite passion de la mer ? Tu es prêt à tout, pas vrai ?

— Pardon ?

— Prêt à tout pour détourner la pauvre brebis égarée de la voie fatale où l'a précipitée une bande d'illuminés !

Cette ironie, c'est bien elle, et Ugo la goûte peu.

— N'en parlons plus !

— Je te demande seulement d'assister à quelques réunions, deux ou trois, ce n'est pas la mer à boire. Tu iras seul. Je ne veux pas avoir l'air de la maman conduisant son fils le jour de la rentrée.

— Tordant, si, si, vraiment !

— Je veux que tu comprennes ce que l'Église représente aujourd'hui, et que tu me dises ensuite ce que tu en penses. L'organisation peut t'aider, à l'occasion.

— Ben voyons ! un ancien drogué et un acteur raté, quel terrain d'expérience !

— Un brillant chirurgien.

Il sourit avec amertume. À dix-huit ans, il s'est brûlé les ailes aux flammes d'Hollywood. Après quelques rôles mineurs, dus à son physique de mannequin, puis deux tentatives avortées de réalisation, il a sombré dans la dépression et la cocaïne. La médecine, sa seconde vie, ne lui apporte pas le bonheur, mais elle l'aide à oublier la première.

— Tu peux rester cette nuit, si tu veux.

Le ton est maternel. Il ne supporte pas cette tendresse mêlée de pitié.

— J'ai encore deux opérations.

— Dans ce cas…

Elle l'accompagne à sa voiture, vêtue en tout et pour tout d'un slip et d'un T-shirt, malgré le vent glacé qui souffle de l'océan.

— Tu vas attraper froid.

— Bien, docteur.

Toujours la même : insensible au danger et au froid. Au bas de l'escalier taillé dans le roc, elle l'embrasse sur la joue :

— Réfléchis à ce que je t'ai dit, mais vite.

— Vite.

Tandis que l'auto s'éloigne, elle reste immobile, silhouette brune au visage balayé par de longs cheveux. Ugo songe à leur voyage en Grèce. Deux ans auparavant, au cours d'une plongée au large du cap Sounion, ils ont découvert une statue d'Aphrodite, la tête étouffée par les algues. Rachel lui rappelle cette apparition sous-marine, similitude de mauvais augure.

4 – Washington

Maudits reporters ! Toujours les mêmes questions insidieuses, les mêmes peurs à répandre, les mêmes stars sanguinaires, serial killers de Dieu ou du diable. Chaque conférence de presse est plus éprouvante qu'une descente au cœur du Bronx.

Philip Singer rafle la pile des journaux, dont les gros titres annoncent le meurtre du sénateur Harry Van Buren, et les fourre dans sa corbeille à papiers. « Des vautours, tous autant qu'ils sont ! »

— Capitaine.

— Quoi encore ?

— Douglas Leyman.

Le FBI, il ne manquait plus que ça ! Maria, la secrétaire, roule des yeux de circonstance. Singer hoche sa tête burinée, coiffée d'une brosse métallique. Il apprécie la jeune Mexicaine, son intelligence et son tempérament : cinquante kilos capables de tenir en respect les soixante durs du huitième district.

D'un geste fataliste, il l'invite à introduire le visiteur.

Les deux hommes se serrent la main et s'observent sans un mot. Leyman est en complet noir et cravate assortie; Singer en serge bleu marine généreusement galonné. « Chacun son uniforme », songe le capitaine.

— Le tueur au cristal, vous y croyez, vous ?

Le capitaine montre la corbeille bourrée de news :

— Vous appréciez cette littérature, au FBI ?

« Le tueur au cristal », la formule du *Washington Herald* fait déjà fureur. L'arme mystérieuse, trouvée sur le lieu du crime, est faite d'une matière translucide aussi tranchante que l'acier. Leyman hausse les épaules :

— C'est un indice.

— Si on veut.

— Nous aurions intérêt à partager nos informations et nos déductions, non ?

Singer grimace un sourire. Partager, dans le langage du FBI, signifie absorber les renseignements de la police criminelle sans contrepartie.

— Il suffit d'interroger Nemo.

Le regard bleu acier de Leyman s'assombrit :

— Nemo sait tout, sauf l'essentiel.

Singer acquiesce. Créé pour informer toutes les agences de renseignement et coordonner les actions des cent mille investigateurs américains, Nemo, fondé sur les programmes Synapse 1 et Synapse 2, analyse instantanément des milliards de données et les dirige sur les vecteurs concernés.

— Sauf l'essentiel !

L'outil aux possibilités infinies, avec ses cerveaux de la nouvelle génération, reliés à une armada de satellites, ne remplace pas le flair.

Du coup, Leyman devient un personnage intéressant. Pas une de ces machines brutes comme en produit le Bureau fédéral.

Il raisonne à voix haute :

— Pourquoi un sénateur influent, ami personnel du président des États-Unis, en passe d'entrer au gouvernement, va se balader sans garde du corps dans un parc désert, à la merci du premier maniaque venu ?

Entrant dans le jeu, Singer se fait l'avocat du diable :

— Il ne se connaissait pas d'ennemis.

Leyman balaie l'objection :

— En politique, on a toujours des ennemis. Van Buren ne fait pas exception. Quand il est à Washington, il court chaque matin en compagnie de Bill Nash, son chauffeur-garde du corps. Or, ce jour-là, par le plus grand des hasards, il est seul. Nash l'attend dans la voiture.

— Nash est en garde à vue. Il a prétexté une cheville foulée. Le médecin a confirmé : ses ligaments ont souffert. Il boite.

— Il ne peut pas courir, mais ça ne l'empêche pas de conduire ?

— L'auto a une boîte automatique.

— Il a très bien pu se blesser volontairement pour se forger un alibi.

— C'est une possibilité. On continue à l'interroger. Nemo a étudié ses antécédents. Ils sont plutôt positifs, mais ça ne signifie rien. Il nous a quand même fourni un élément intéressant : d'après lui, Van Buren avait rendez-vous avec une femme, ce jour-là.

— Dans le parc ?

— C'est ce qu'il prétend. Cependant, personne n'a vu cette femme, et Nash a été incapable de la décrire avec précision.

— Si c'était elle, la meurtrière ?

— L'hypothèse n'est pas à écarter. À ma demande, Nemo a identifié les femmes rencontrées par Van Buren durant le mois écoulé. Il y en a deux cent quatorze, et je n'ai que trois lieutenants !

Leyman s'autorise un sourire :

— Consolez-vous : ce n'est qu'un sénateur. Ce pourrait être Tom Cruise.

Singer regarde au loin d'un air rêveur :

— Un crime passionnel ?

— Peu probable. Nous savons que le meurtre est l'œuvre d'un professionnel.

— Un tueur recruté par une femme jalouse ?

— Un rôdeur ?

En délestant la victime de sa Rolex et de son cellulaire, on a voulu faire croire à un crime crapuleux. Ils savent l'un et l'autre que le mobile est tout autre. Ces hypothèses de pure forme n'ont qu'un but : les aider à réfléchir. Et plus ils envisagent de scénarios, plus la piste politique leur paraît évidente.

— Nemo a étudié ses dossiers, dit Leyman. Ils sont nombreux. Van Buren présidait la commission des finances. Il était membre d'autres commissions : la défense, l'environnement et la politique sociale. Il faut manier tout cela avec précaution, car on risque de mettre en cause de hautes personnalités.

— Si on demandait l'avis de Kaufman ?

Allen Kaufman, concepteur des programmes Synapse, est un authentique génie de l'informatique. Quelques années auparavant, ses initiatives ont bouleversé l'économie du Moyen-Orient et ébranlé le gouvernement américain. L'homme est réputé dangereux et irremplaçable. Craint et admiré, il fait l'objet d'une étroite surveillance. Leyman secoue la tête :

— Kaufman est une bombe nucléaire. On pourrait peut-être se contenter pour le moment de l'armement classique.

— C'est à vous de décider, dit Singer, conciliant. Des nouvelles de l'assistante de Van Buren ?

— Susan Ray ? Elle est un témoin capital, d'autant plus qu'elle a disparu.

— Si c'était elle, la femme mystérieuse que Van Buren devait rencontrer ?

— Le jour du meurtre, Susan se trouvait à Miami. Plusieurs témoins affirment l'avoir vue. On sait qu'elle est repartie en voiture le lendemain. Ensuite, on perd sa trace.

— Tous les familiers de la victime s'éloignent au moment du drame. C'est troublant, non ? grogne Singer. Sa femme et sa fille sont en France, sa plus proche collaboratrice en Floride, son conseiller à New York, son chauffeur…

— Nash est sincère, coupe Leyman. Nous avons analysé les images de son interrogatoire et les résultats du détecteur de mensonges. Il semble clean. Mais on ne sait jamais.

— Dans une heure, il sera libre, mais il va rester sous surveillance et sur écoute.

— En résumé, aucune piste sérieuse, soupire l'agent fédéral. Ce qui signifie que je n'ai rien à dire au président.

— Deux jours après !

— Quarante-huit heures, pour William Stuart, c'est une éternité.

Les deux hommes échangent un sourire. William Stuart, quarante-quatrième président des États-Unis, fait partie de la génération laser : réflexion et action à la vitesse de la lumière.

— Et du côté de *Soul* ? demande encore le capitaine.

— La secte, je m'en occupe.

Le ton est lapidaire. Harry Van Buren était l'un des membres les plus éminents de l'Église *Soul*. Un domaine mystérieux et sensible que Singer abandonne volontiers au FBI.

5 – Forest Heights

Lorsqu'elle a appris la mort sordide de l'homme qu'elle admirait plus que tout, Susan Ray est restée prostrée durant des heures. Harry était un être merveilleux. Délicat, intelligent, énergique. Elle a collaboré six ans avec lui, partagé ses combats, ses secrets, ses succès, assisté à son ascension politique, et travaillé sur des dossiers dangereux qui donnaient la mesure de son courage.

Depuis quelque temps, de l'avis de Susan, ce courage frisait l'inconscience. Elle a tenté de le mettre en garde ; peine perdue ! Harry n'écoutait que son instinct et son ambition. Parfois, on aurait dit qu'il éprouvait une certaine jouissance à défier le destin et courir au-devant de la mort en entraînant avec lui ceux qui l'aimaient. Susan sait pourquoi on l'a tué. Elle sait aussi que, pour ne pas subir le même sort, elle doit se cacher.

Après le désespoir est venue la terreur.

Elle a réglé son hôtel, retiré une forte somme d'argent et pris la route. John Petersen a été formel : elle ne doit pas utiliser son portable ni ses cartes de crédit pour ne pas être repérée avant de se trouver en sécurité.

Elle n'a plus de larmes. Seulement des frissons de froid et de peur.

Le motel de Richmond est paisible. Elle n'y restera que le temps d'un appel.

— C'est Susan. Je serai là à midi.

— Edward viendra te chercher à Forest Heights.

Elle s'affole :

— Edward, non. Et pourquoi Forest Heights ?

— Tu préfères Salisbury ?

— Je n'ai pas dit ça. Pourquoi tu ne viens pas ?

— On me surveille.

Elle ferme les yeux et retient sa respiration.

— Tu n'as rien à craindre, Susan. Tout se passera bien.

Harry Van Buren disparu, John Petersen est le seul homme au monde à qui elle peut faire confiance. Ancien des services secrets, conseiller du sénateur, il saura veiller sur elle jusqu'à ce qu'elle puisse témoigner. « S'il m'arrive quelque chose, téléphone à ce numéro », a dit Harry. Le numéro est celui de John. Si elle avait le choix, elle resterait dans l'ombre jusqu'à la fin de ses jours, mais c'est impossible. Jamais ils ne la laisseront en paix. Elle détient trop de secrets. S'en remettre à John, il n'y a pas d'autre issue. C'est lui qui lui a conseillé de prendre la route plutôt que l'avion et de ne communiquer avec quiconque.

Après avoir enregistré mentalement le lieu du rendez-vous, elle se lave les mains et jette un regard au miroir de la chambre. Elle voit une jeune femme un peu lasse, emmitouflée dans un manteau Chanel trop chaud pour la saison et beaucoup trop élégant pour le décor. Dire qu'elle veut passer inaperçue !

Résignée, elle ôte son manteau et le porte sur le bras jusqu'à sa Toyota, garée devant la porte. Là, elle le plie avec soin dans le coffre, à côté de sa valise de cuir.

Une heure plus tard, elle s'arrête dans la montée de Forest Heights. L'endroit est tranquille. Un homme sort d'une Mercedes noire et s'avance vers elle. Il est jeune, élégant, plutôt timide, conforme à la description de Peter. Rassurée, elle lui sourit :

— Vous êtes Edward ?

— Bonjour, mademoiselle Ray.

Il l'invite à rejoindre la Mercedes.

— Quelqu'un viendra chercher votre voiture et vos bagages.

— Mon manteau !

À mi-chemin, elle revient en courant, récupère le précieux vêtement. Puis elle s'installe à côté d'Edward, enfouie dans la laine noire. Il s'inquiète :

— Vous tremblez ! Vous avez froid ?

Elle fait la moue :

— C'est nerveux.

— Je comprends.

Avant de démarrer, il sort deux comprimés d'un tube bleu et commande :

— Avalez ça.

— Qu'est-ce que c'est ?

— Un calmant, inoffensif, on en administre aux bébés.

Prévenant, il lui tend une petite bouteille d'eau.

— Si c'est pour les bébés…

Elle avale docilement le médicament.

— Vous verrez, l'action est rapide, vous vous sentirez mieux.

Elle n'a pas dormi depuis deux jours. Un bien-être délicieux l'envahit aussitôt. « Cet Edward est un ange », songe-t-elle en fermant les yeux.

6 – New York

La femme introduit les trois hommes sans daigner répondre à leur salut. Son visage blanc a la froideur lisse du marbre. Un tailleur strict épouse son corps mince.

Le ciel plombé de Manhattan assombrit la pièce. L'homme est assis à contre-jour, selon son habitude.

— Tout est prêt, annonce Summer.

— La mémoire ?

— Elle renferme les éléments de la M.E.X, précise le voisin de Summer, un petit homme blafard à la calvitie précoce et aux yeux grossis par des verres de myope. Tout y est : la technique de fabrication, le système de programmation, les codes de lancement, les vecteurs tactiques…

— La greffe ?

— Indétectable.

— Les données anciennes ?

— On les a récupérées et transférées comme vous le vouliez.

— L'argent ?

— Il a été crédité le 2 avril sur le compte personnel du sénateur. Il provient de la Lika, un groupe terroriste issu d'Al-Qaida, via la Korash du Qatar, explique le troisième homme avec un sourire satisfait.

— Pas de traces ?

— Juste celles qui avaient été définies.

— Méfiez-vous de Nemo.

— Nemo ne fait pas le poids.

Le silence qui suit est oppressant. La pièce, insonorisée, a la profondeur d'un tombeau. L'homme pivote et présente son dos aux trois visiteurs, qui s'interrogent du regard. D'un geste discret, Summer indique la porte.

7 – Baltimore

L'immeuble de verre domine le front de mer. Les bureaux d'International Investigation occupent une partie du dernier étage. De la terrasse d'angle qui les prolonge, la vue plonge sur le port.

Avec sa barbe rousse et son chandail de laine, Walter Young ressemble plus à un pêcheur de haute mer qu'à un détective.

— Voici le dossier, dit-il. Il contient un disque, une copie papier du rapport et les listings informatiques. Si vous le souhaitez, je peux vous commenter nos résultats.

Ugo pose la main sur les documents :

— Les six derniers mois ?

Walter Young acquiesce :

— L'ensemble des mouvements enregistrés sur les six comptes ouverts par Mlle Kent à la Chevy Chase

Bank, la Sun Trust Bank, la Chase Manhattan de New York et la San Francisco Federal Bank. Rien de bien spectaculaire jusqu'à ces dernières semaines.

Il ouvre le dossier, feuillette les documents. Son doigt désigne une ligne de chiffres :

— Deux versements d'un montant d'un million et demi de dollars à CRD consultants, un organisme de formation.

— Un million et demi ! s'exclame Ugo.

— Trois millions au total. C'est un peu cher pour un cycle de formation, même avec des professeurs réputés.

— C'est quoi au juste ce CRD ?

— Une école. Elle dépend de Vérités, une filiale de SCINTERN : Scientific Council International.

Ugo hoche la tête :

— *Soul* !

Le visage rude de Walter Young grimace un sourire sans joie :

— Il semble que votre amie ait déniché une nouvelle famille.

— Pouvez-vous suivre le cheminement de cette donation ?

Le détective plisse les yeux :

— Vous voulez dire à l'intérieur de SCINTERN ? Nous n'irons pas bien loin. Ces gens-là protègent leur butin plus jalousement que les parrains de la drogue.

— Vous passez pour le champion des briseurs de codes.

La réprobation se lit sur le visage de Young :

— Fausse réputation. D'ailleurs, en cette matière, il ne s'agit plus seulement de codes.

— Je veux tout savoir, s'entête Ugo. Tout : les noms et les prête-noms des dirigeants de ces sociétés, leurs adresses, leurs activités réelles, les montants de leurs comptes bancaires, leurs investissements...

Sans attendre la fin de son énumération, Young se lève, lui tourne le dos et, le front appuyé à la vitre, il contemple l'océan.

— Vous êtes ambitieux, finit-il par dire d'une voix où perce l'ironie.

— J'ai les moyens de l'être. Est-ce qu'une provision de cinq cent mille dollars vous suffirait pour débuter votre enquête ?

Young lui fait face, le visage empreint de gravité :

— Qu'espérez-vous exactement ?

— Je veux savoir à quoi sert la fortune que Rachel a léguée à ces hallucinés.

— Et pour ça vous êtes prêt à sacrifier la vôtre ?

— L'argent n'a pas d'importance pour moi, pour elle non plus du reste. J'ai l'impression qu'elle m'appelle à l'aide. Mais elle est orgueilleuse. Plutôt mourir que d'avouer qu'elle a des problèmes !

Young opine en silence. Il hésite un long moment, puis il finit par dire :

— Votre offre est tentante. Cependant je serais malhonnête de l'accepter. Je ne suis pas fait pour ce travail. Je suis enquêteur, pas espion.

D'une main, il calme les protestations d'Ugo :

— J'ai peut-être celui qu'il vous faut, un homme assez fou pour s'attaquer à la forteresse *Soul*, trop pauvre pour en dynamiter les remparts. Je vous dis son nom à une condition : vous oubliez le mien. Ces gens-là sont plus dangereux que vous ne pensez. Il existe peut-être d'autres moyens de libérer votre amie de leur emprise.

Ugo sourit :

— Je ne vous ai jamais rencontré.

Avec un soupir résigné, Young retourne à son bureau et griffonne un nom et une adresse e-mail. Ugo se penche sur lui avec reconnaissance :

— Pour vos honoraires…

Le détective secoue la tête :

— Gardez vos munitions : la guerre ne fait que commencer, elle risque de vous coûter cher !

8 – Georgetown

Un côté de la maison donne sur le canal de l'Ohio, l'autre sur un jardin ombragé.

Douglas Leyman examine la façade rouge sang d'un air approbateur :

— Très poétique.

À l'intérieur, le mobilier comporte des meubles de valeur : armoires victoriennes, coffres Renaissance et tables Louis-Philippe. Deux belles bibliothèques encadrent une cheminée de bois sculptée par Davidsen.

L'agent frotte un menton râpeux qui déroge à la règle du Bureau fédéral :

— Tout cela coûte une fortune, non ?

Singer renifle avec bruit :

— Elle l'a hérité de son mari, Robert Cameron. Hérité, c'est beaucoup dire. La maison appartenait à la famille depuis un siècle et demi. Les frères du défunt ont contesté la succession. Le juge a tranché : à la mort de Susan, les biens reviendraient aux Cameron. En attendant, elle conservait l'usufruit. Elle y revenait très rarement.

— Sauf pour mourir, ajoute Leyman.

— Justement pas. C'est la raison pour laquelle je vous ai contacté de si bon matin.

Au sommet d'un escalier aux marches de pierre blonde, il pousse une porte. Une chambre paraît, des rideaux clairs, un lit blanc, une armoire laquée, un petit bureau d'ébène incrusté d'ivoire. Au mur, un original de Renoir représente une fillette aux longs cheveux. Singer montre le lit :

— C'est là qu'on l'a trouvée. En réalité, tout laisse à penser qu'elle est morte ailleurs. Ceux qui l'ont supprimée l'ont transportée ici pour faire croire à un suicide.

— Une mise en scène risquée, vu le voisinage.

— À cette période, la plupart des maisons du canal sont inoccupées.

L'agent fédéral observe les lieux, examine le sol, se penche sur le bureau. Il a enfilé des gants de latex.

— Aucune empreinte en dehors des siennes, précise Singer.

Leyman ouvre l'ordinateur portable posé sur le bureau. Tout en pianotant sur le clavier, il réfléchit à haute voix :

— Empoisonnement au cyanure…

— Le styx, précise Singer. Un mélange de cyanure et de stylianome. L'action est instantanée. L'autopsie a révélé dans ses viscères l'équivalent de cent milligrammes. Une boîte posée sur la table de nuit renfermait deux autres capsules.

Leyman clique sur l'icône « *Adieu* ». Un message s'inscrit sur l'écran :

Puissé-je voir vaguement et reconnaître
Se penchant sur moi, dernier feu dans les ténèbres
Comme autrefois ton visage, Harry.

— Rupert Brooke.

— Son poète préféré, confirme Singer. Il y a d'autres citations de lui, plus anciennes, pas plus marrantes.

— Tout cela résonne comme une ultime prière : Susan aime passionnément Harry. Elle n'a plus la force de vivre sans lui. Alors elle se réfugie dans cette maison pour mettre fin à ses jours. Très romantique.

— La réalité n'est pas aussi simple, ou bien elle l'est trop, grommelle Singer. Primo, la liaison du sénateur et de sa belle assistante est de l'histoire ancienne. Depuis, le grand homme a connu d'autres aventures. Je veux bien que Susan soit restée attachée à son séducteur, de là à se détruire… Secundo, les capsules ! Comment a-t-elle réussi à se les procurer ? Le styx est réservé aux agents de terrain évoluant en milieu hostile. On ne le trouve pas au drugstore du coin. Tertio, l'ordinateur de Susan a disparu. Je ne parle pas de celui-ci, sa mémoire est des plus sommaires : une cinquantaine de lettres personnelles, des notes de lecture, l'ébauche d'une nouvelle. Mais du Mac évoqué par tous les collaborateurs de Van Buren. Cet outil de travail ne quittait jamais Susan. Or, il est introuvable.

— Nous avons fait appel à Nemo, dit Leyman. Les mails ne nous ont rien appris. Les perquisitions dans les bureaux du sénateur n'ont pas été plus fructueuses. Rien de compromettant dans sa villa du Maine et son appartement de Washington.

— Rien sur la secte *Soul*, vous ne trouvez pas ça étonnant ? Vous avez enquêté sur elle ?

Le regard de Leyman se fait plus attentif :

— Ce n'est pas la première fois. Ils sont très coopératifs. Chez eux, tout est transparent, légal, vertueux.

Singer éclate d'un rire grinçant :

— Pour un peu on vous croirait ! Van Buren, l'un de ses grands maîtres, était bien placé pour la connaître et la juger. Or, il a contesté ses méthodes, violemment même. Il avait pris ses distances.

— Il assistait toujours aux assemblées et gardait des contacts étroits avec Summer et Robertson. À ses obsèques, tous les princes de l'Église étaient présents. Plus de mille fidèles les accompagnaient. Un enterrement de chef d'État. Au milieu de cette cour, les membres de la famille Van Buren faisaient office de figurants.

Les deux hommes échangent un regard d'intelligence. Ni l'un ni l'autre n'est dupe des manifestations vertueuses de la secte.

— Ceci est la position officielle, dit Leyman. Vous voulez ma version personnelle ? *Soul* est un modèle de bienséance affichée et un abîme de secrets. Vous avez lu *Le Livre de lumière*, la bible de la secte, écrite par David Soul, son fondateur ?

— C'est mon livre de chevet. Édifiant.

— Les grandes vocations débutent ainsi.

Le capitaine ne relève pas l'ironie. Il joue machinalement avec l'écran de l'ordinateur de Susan. Il l'ouvre et le referme à plusieurs reprises.

— Aucune trace de la secte, chez Harry et Susan, c'est suspect, vous ne trouvez pas ? *Soul* a tout de même financé la carrière politique de Van Buren, ce n'est un secret pour personne. Elle l'a aidé, poussé, protégé.

— Van Buren n'est pas le seul dans ce cas. Parmi les membres de l'organisation, on trouve des ministres, des membres du Congrès, des juges, des stars comme Richard Wilson, Ben Sayers, Janet Sullivan, des scientifiques, un prix Nobel, même des chefs d'État étrangers. *Soul* ne peut pas prendre le risque d'un scandale. Tout ce beau monde prendrait aussitôt la fuite.

Tous en discutant, les deux hommes sortent de la maison. Accoudés à la balustrade de bois du canal, ils regardent une péniche remonter le cours tranquille.

— Il y a eu des affaires louches, des accusations graves, fait remarquer Singer.

— Les procès intentés par d'anciens adeptes se sont tous réglés à l'amiable.

— Je parlais des compromissions politiques.

— Quelles compromissions ? *Soul* a des moyens. C'est une gigantesque machine à fric. On parle de cent milliards de dollars rien qu'aux États-Unis. La secte n'a nul besoin d'accaparer des marchés officiels, de commettre des délits d'initiés ou de pratiquer le chantage.

— Il y a tout de même eu cette enquête menée par ce journaliste du *Washington Herald*. Comment s'appelait-il, déjà ?

— Stiwal, Alan Stiwal. Il a été condamné et le groupe Graham, propriétaire du journal, a dû payer une fortune à l'organisation.

— Dommage que Van Buren ait disparu. Il aurait pu nous dévoiler la partie immergée de l'iceberg.

Leyman hoche la tête :

— Une montagne de glace, l'image est bien choisie.

9 – Washington

Le mauvais bourbon commence à faire effet. « Sang impur », dit Chris Müller, un ancien d'Irak, comme lui. Dimitri a besoin de ce brouillard, entre souffrance et ivresse, pour oublier les cris qui l'obsèdent. Souvent, il examine dans son miroir les veinules violettes entrecroisées sur son nez d'ancien boxeur, son menton flasque, sa taille épaissie, sa peau blême. Un *marine*, ça ? Non, mais une épave vaut toujours mieux qu'un tueur d'enfants. C'est ce qu'il a été, et on l'a décoré pour cette action héroïque. À la guerre comme à la guerre !

Malgré sa déchéance, il demeure toujours le plus fort des vétérans de son bataillon. Un lutteur de cabaret. Pour combien de temps ? Certains soirs, aussi imbibé qu'un cocktail Molotov, hisser ses cent kilos au sommet de son immeuble est une performance. Quatre étages de toux, d'éructation et de jurons.

L'épreuve est devant lui. Après le concert des Skifs, au MCI Center, il s'est attardé dans un bar avec ses copains. Chris l'a abandonné à l'angle de la Neuvième, face à l'arche illuminée de Friendship, qui l'empêche de se paumer dans le dédale de Chinatown. Il habite une cinquantaine de mètres plus loin, au cœur du quartier. La maison sent le gingembre. La rampe de bois gémit tandis qu'il hale sa masse de muscle et de graisse, de palier en palier.

Des Chinois le croisent, légers et furtifs. Un homme le suit. Dimitri s'arrête pour souffler et le laisser passer. L'autre s'immobilise quelques marches au-dessous. « Bienvenue au club des impotents ! » ricane le *marine*. Le quartier regorge de poussahs condamnés à la vie horizontale. Le destin qui l'attend dans quelques années.

Dernier étage, enfin. Dimitri introduit la clé dans sa serrure. À l'instant où il ouvre, une poussée brutale le projette à l'intérieur du logis. L'homme qui entre après lui et referme la porte ne ressemble pas au magot qu'il imaginait. Son physique de poids lourd s'accompagne d'une souplesse et d'une rapidité étonnantes. En dépit de son ébriété, Dimitri décèle l'hostilité derrière le sourire rassurant de l'inconnu. Il cherche une arme, trouve sa batte de base-ball, l'empoigne et se pétrifie, les yeux fixés sur la poignée du sabre de samouraï, qui le transperce de part en part.

D'un geste élégant, l'exécuteur retire la lame et l'abat sur le cou du *marine*, dont la tête se détache du corps, éclaboussant la natte de rafia.

Le tueur laisse tomber le sabre, puis il dépose un bouquet de plumes noires sur le cadavre sans tête. Ensuite, sans se presser, il fait le tour des trois pièces de l'appartement pour mettre la dernière main à sa mise en scène macabre.

10 – Huntington

Le restaurant, aménagé dans une ancienne pêcherie, est l'un des plus huppés de la côte. Il pourrait aussi bien être un bouge de Rohe, Ugo ne remarquerait pas la différence. Insensible à la sole normande, artistiquement disposée au centre de son assiette, et au chablis grand cru auquel il n'a pas touché, il joue avec une boulette de mie.

— Ces questions, pourquoi ne pas me les poser directement ? demande Rachel.

— Tu ne saurais pas y répondre.

— Engager un détective privé, comme un mari jaloux !

Il réprime un mouvement de colère. La réaction de Rachel lui rappelle le vitriol d'autrefois, les querelles, les défis et les insultes du temps de Golden Creek, avec la bande : douze rejetons de milliardaires rêvant de révolution pour tromper leur désœuvrement.

Cependant, Rachel n'est plus l'aventurière de jadis, la navigatrice qui a franchi le cap Horn avec l'équipage du *Black Kingdom*, l'alpiniste victorieuse de la pointe Helbronner et de l'aiguille Orkins en solitaire. Il diagnostique chez elle une mystérieuse blessure.

— Tu gaspilles ton fric.

— C'est toi qui dis ça ?

Un haussement d'épaules, et la voilà partie sur l'œuvre de la secte, ses missions humanitaires, ses programmes sociaux, la formation morale de ses membres, la protection de l'environnement, les chartes des libertés. Elle est intarissable, et pourtant elle débite tout cela sans conviction. Elle a beau évoquer l'avenir, citer des chiffres, parler d'urgence, il n'y croit pas. Il ne voit que ses mains. Elle a des doigts d'une finesse extrême, des gestes élégants. Ce sont ces mains qui amarrent les écoutes, brassent les voiles, vent debout.

— Inutile de perdre ton temps à jouer les espions. Oublie ce que je t'ai dit. Tu es beaucoup plus utile à l'hôpital.

Il en reste sans voix.

— Ce métier, tu l'exerces de façon merveilleuse, insiste-t-elle avec douceur. Je suis bien placée pour le savoir.

Il se demande jusqu'à quel point elle ne simule pas la résignation pour mieux obtenir ce qu'elle attend de lui. Ce ne serait pas la première fois. Pourtant, elle n'a jamais eu ce regard noyé, cette crispation des lèvres, cette pâleur.

— Je me sens très seule, Ugo.

Est-ce un appel au secours ? Sa voix est altérée. Et lorsqu'il lui prend la main, elle la lui abandonne. Il murmure :

— Pourquoi ne pas vivre à Seadog tout simplement, toi et moi ?

— Et tes patients ?

— Il y a cinq autres chirurgiens attitrés et trois postulants qui ne demandent qu'à prendre ma place.

Elle sourit tristement :

— En ce qui me concerne, personne ne peut me remplacer.

— Au fond, tu ne sais pas ce que tu veux !

— Si, au contraire.

Son visage est devenu dur comme le jour où elle a jeté son voilier dans la tempête pour en finir avec sa peur.

11 – Washington

— Capitaine !

Le lieutenant Ed Barton brandit un objet tranchant et translucide en tous points semblable à celui qu'ils ont découvert sur le corps du sénateur Van Buren. Les recherches ont démontré que l'arme était fabriquée en Chine, mais elle n'était pas importée aux États-Unis.

— La victime se nomme Dimitri Charkov, explique Barton. C'est un ancien *marine*. Après avoir quitté l'armée, il a été compromis dans des affaires louches : trafic de drogue, attentats, mais jamais condamné. Le tueur au cristal, ça m'a tout l'air d'être lui !

Singer se penche sur le corps décapité :

— Et ce plumeau ?

— Un symbole de mort, précise Barton. Les adeptes de Black Wing l'utilisaient pour annoncer son exécution prochaine à celui qui devait mourir.

— Charmante coutume !

— Une des traditions de la province du Yunnan.

— Je croyais l'Aile Noire disparue.

Barton hausse les épaules.

— Moi aussi, mais les plumes de coq et le couteau de cristal semblent indiquer qu'elle renaît de ses cendres.

— Expédiez tout ça au labo, ordonne le capitaine. C'est fini avec les photos ?

Le sifflement de Bernardo, l'équipier de Barton, l'interrompt :

— Visez un peu le butin !

Le lieutenant exhibe une boîte en carton doré remplie d'objets divers : montres, téléphones, bijoux, appareils photo numériques, et liasse de billets de cent dollars.

— Où tu l'as trouvée ? grogne Singer.

L'officier désigne le conduit d'une cheminée, fermé d'une plaque métallique.

— Le tueur n'est pas très malin ou bien il est très désintéressé, ricane Barton. Il y en a pour une petite fortune.

— Relevez les empreintes, commande le capitaine.

Il trie les objets avec précaution et repère tout de suite la Rolex et le téléphone noir portant en caractères d'argent les initiales HVB. Harry Van Buren.

— Prévenez Leyman.

Grâce au cellulaire, il va pouvoir écouter les derniers appels du sénateur et bousculer l'enquête qui piétinait. Cependant, il se garde de triompher. La mise en scène macabre est trop évidente. On dirait qu'on a accumulé les indices pour désigner Charkov. La vérité se dissimule peut-être dans ce fouillis, qui sait ?

Le débarquement des spécialistes de l'identité judiciaire interrompt ses réflexions.

— Où est Wasermann ? tonne-t-il.

La face ronde et joviale du légiste surgit de la porte palière. D'un coup d'œil, le médecin embrasse la scène du meurtre, la tête détachée du corps, la natte couverte de sang séché. Il cligne de l'œil :

— Je vois que vous avez commencé l'autopsie sans moi !

12 – Washington

Allen Kaufman pousse Ugo vers les fauteuils rouges du Berkeley. Les deux hommes ne se sont plus revus depuis l'extraordinaire aventure de DARK qui a permis de démanteler EAGLE et de démasquer les assassins du président iranien, Hassad Hanji.

— Il y a combien ? murmure Ugo.

— Trois ans, six mois et treize jours, répond Allen sans hésiter.

Ugo est le seul de la bande à ne pas lui avoir rendu visite lorsqu'il purgeait sa peine à la prison d'Aranka. Mais il ne lui en veut pas. Sa visite réveille des souvenirs émouvants. Ils étaient douze, en ce temps-là. Douze amis unis à la vie à la mort. Ugo n'était pas le plus important de la bande. On se méfiait de lui à cause de sa dépendance à la drogue et à l'alcool. Pourtant il a rempli sa mission avec courage. À présent, il est chirurgien. Qui l'aurait imaginé ?

Ils échangent des nouvelles des uns et des autres : Jack Garfield, fils de l'ancien président des États-Unis, est devenu sénateur du New Jersey. Virginia Forrester est comédienne. William Horner, correspondant de guerre ; Lia, peintre ; Emily se consacre à la recherche scientifique, David est écrivain, et Karl éditeur. Et Rachel ?

— Rachel a disparu !

Allen sourit. Depuis son enfance, il connaît les coups de tête de Rachel, ses révoltes, ses fuites au bout du monde, ses passions dévorantes et éphémères, ses bouffées de haine, ses audaces.

Les mains d'Ugo se mettent à trembler :

— Elle n'était plus la même depuis quelque temps. C'est à peine si je la reconnaissais.

Il a presque crié. Allen jette un coup d'œil à la salle. Le Berkeley, proche de Nemo, est son quartier général, un café fréquenté par les journalistes, les publicitaires, et un agent, jamais le même, chargé de l'espionner.

Allen est un cerveau au service de l'État. Il a conçu Nemo, révolutionné les techniques du renseignement, mais aussi piraté des systèmes informatiques, détourné des milliards, manipulé les agences et jusqu'au gouvernement. Condamné, puis gracié par le président, il est associé aux opérations les plus secrètes. Un homme précieux sous haute surveillance.

— En quoi est-elle différente ?

Un tic nerveux déforme le beau visage d'Ugo :

— Elle fait partie de la secte *Soul*.

Allen dévisage son ami avec incrédulité :

— Rachel ?

— C'est dingue, je sais, mais elle est accro.

— Ça lui passera.

— Je ne crois pas. C'est loin d'être un coup de tête. Elle a légué toute sa fortune au CRD, une filiale de SCINTERN.

— Sa fortune entière ?

Il est bien placé pour savoir ce que cette donation représente. Tandis qu'une serveuse s'empresse autour d'eux, il prend le temps de réfléchir. Ugo se contente d'un Perrier. Il n'a donc pas recommencé à boire ou à se droguer, comme le laissait penser son extrême fébrilité.

— Qu'attends-tu de moi ?

— J'avais rendez-vous avec Rachel lundi dernier. Elle n'est pas venue. Depuis, je n'ai plus aucune nouvelle. Son portable ne répond plus. J'ai peur qu'il lui soit arrivé quelque chose.

— Ça ne fait jamais que huit jours.

La voix d'Ugo n'est plus qu'un murmure tandis qu'il explique :

— Elle avait quelque chose à me dire. Depuis des semaines, elle me pressait de rejoindre la secte, et puis elle n'en a plus parlé. Moi, j'ai voulu savoir ce qui se passait. J'ai donc fait appel au cabinet Young, de Baltimore. Tu connais ?

Allen fait un signe de dénégation.

— Young m'a transmis des informations financières, c'est sa spécialité. Puis, comme je voulais en savoir davantage, il m'a mis entre les mains d'un autre enquêteur, un dénommé Rudy Halysbury. Celui-ci enquêtait déjà sur la secte. Il avait établi des contacts chez SCINTERN. Il y a quatre jours, il m'a téléphoné. Il détenait des informations, et voulait me les communiquer. Nous avons pris rendez-vous. Je l'ai attendu en vain. Le lendemain, on a retrouvé son corps près de Skyline Drive. Il aurait fait une chute au cours d'une randonnée. La police a conclu à un accident. Moi, je sais qu'il s'agit d'un assassinat. On l'a supprimé pour l'empêcher de parler. J'ai contacté Walter Young ; il a refusé de m'aider. Il crève de peur, et je le conçois très bien. Tu comprends à présent pourquoi je m'inquiète pour Rachel ? Alors, j'ai pensé à toi. Avec Nemo, tu peux m'aider à la retrouver. Disséquer cette maudite secte sera un jeu d'enfant pour toi !

Allen hoche la tête :

— Remuer les secrets de l'Église *Soul* n'a rien d'un jeu. Et, depuis DARK, on me surveille de près. Les anciens amis de EAGLE veulent ma peau. À la moindre incartade, je risque d'être viré ou de retrouver ma prison d'Aranka. Mais j'ai une dette envers vous deux. Je te promets d'essayer.

Il s'interrompt pendant que la serveuse dépose leurs boissons et de petits paniers de fruits secs sur la table ronde. Quelques jours auparavant, le FBI a demandé des renseignements confidentiels sur la secte.

— Laisse-moi deux jours, dit-il.

13 – New York

— Pour Ugo Gregori, que faisons-nous ?

La voix de Summer est pressante.

— Rien.

— Son enquête…

— Laissez-le enquêter. Plus il progressera, plus il servira nos intérêts.

L'homme semble sûr de lui, mais Summer ne veut prendre aucun risque. Insister sur le danger présenté par Ugo Gregori, c'est avouer que l'organisation est vulnérable et qu'il n'a pas su la protéger.

— L'exécution du détective ne s'imposait pas.

— Vous aviez ordonné de l'arrêter.

— Pas de le tuer.

— Il avait pénétré nos systèmes.

— Il n'était pas le premier.

— Les circonstances étaient différentes.

— Une négligence aurait été commise ?

Le ton n'est pas sévère, au contraire. Summer ne peut s'empêcher de frémir. Ce qui l'impressionne le plus est la manière dont cet homme coupé du monde est informé de tout. Le haut de cette tour, cet immense espace, est à peu près vide. Ni ordinateur ni matériel de transmission. Aucun collaborateur, hormis quelques jeunes femmes perpétuellement figées dans une obéissance passive. La seule énergie provient de ce bureau, de cet homme immobile, de ses silences, de l'atmosphère mystique qui enveloppe ses visiteurs.

— Jusqu'où peut-il aller ? demande Summer.

— Jusqu'au bout. Ugo Gregori doit être à nous.

— Mais comment…

— La femme nous l'amènera.

Summer s'incline. Chez cet homme, la volonté rend superflue la prescience. Tout se réalise comme il l'a décrété.

14 – Washington

En apparence, Nemo, la cellule la plus vivante et la plus libre de la planète, n'est plus ce qu'elle était. À quelques centaines de mètres de Pennsylvania Avenue et du siège du FBI, dans un luxueux sous-sol à l'abri des bombes nucléaires, des radiations, du feu et des séismes, le cerveau conçu par Allen Kaufman n'a rien à craindre, hormis l'espionnage permanent des superviseurs chargés de contrôler son fonctionnement.

Dans l'immense bunker, une formidable batterie d'ordinateurs, reliée à une armada de satellites, capte, enregistre, analyse, estime et recoupe en quelques nanosecondes des milliards d'informations sonores et visuelles, avant de les orienter vers les principales institutions gouvernementales : FBI, CIA, NSA, DIA, ministère de la Justice, et départements antiterroristes, dont l'un dépend du Conseil national de sécurité, et l'autre directement de la présidence.

Deux chefs d'État, Dean Tanner et Gerald Garfield, ont financé la construction et l'équipement du centre. À l'origine, Nemo était fondé pour optimiser l'information et obliger les agences d'État à coopérer au lieu de se livrer à une concurrence féroce, incompatible avec les exigences de la lutte antiterroriste. Nemo était au service de ces agences sans dépendre d'aucune. Le centre ne relevait que de la présidence.

L'installation des superviseurs le soumet à présent aux influences parfois contradictoires de l'administration qui freine ses initiatives. Or, en matière de sécurité, la rapidité d'intervention est l'arme la plus efficace. Nemo a été conçu comme un cerveau prodigieux aux milliards de cellules, dont les influx informent et activent automatiquement le corps complexe de la sécurité nationale. Depuis deux ans, ce système s'étend aux enquêtes criminelles, à la lutte antidrogue et aux investigations financières.

En réalité, Nemo et ses programmes Synapse, Synapse 2 et Samira conservent la jeunesse, l'imagination et l'audace qui ont assuré son succès. Mais cette liberté est souterraine. Allen Kaufman et les trois génies de l'informatique qui forment son équipe, Phil Durham, Edmond Chomsky et Luisa Mc Kelly, savent, en cas de nécessité, échapper à la tyrannie de Tony Wayne, directeur du centre, et de ses deux adjoints, Walter Wright et Arthur Brent.

C'est à ces quatre surdoués que Ugo Gregori a fait appel.

— Le dossier *Soul*, où en est-on ? demande Allen.

Phil, Edmond et Luisa abandonnent leurs écrans.

— J'ai communiqué mes infos au FBI et au huitième district, dit Phil.

Edmond, torturé par de multiples allergies, se mouche bruyamment avant de préciser :

— Je suis en train de disséquer les témoignages sur Van Buren et Susan Ray, je n'ai pas terminé.

— Susan qui ?

— Ray, Susan Ray, son assistante.

— Quel rapport avec la secte ?

— L'un de ses fondateurs se fait assassiner. Deux jours plus tard, c'est le tour de son bras droit.

— Susan, c'est un suicide, non ? intervient Luisa.

— Suicide, mon œil ! Lis les rapports de police !

— Quelqu'un en veut à la secte, dit Phil.

— Susan Ray en faisait partie ?

Edmond hausse les épaules :

— Difficile à dire. On ne connaît pas tous les adeptes. Certains ne tiennent pas à révéler leur adhésion, c'est peut-être le cas de Susan.

— Il me faut pourtant la liste complète, exige Allen.

— De tous les membres ? Il y en a des milliers, sans compter l'étranger ! s'exclame Phil.

Avec ses cheveux blonds, ses yeux bleus, son visage joufflu et son éternelle salopette à bretelles, il ressemble à un bébé boudeur.

— J'en ai pour des mois !

Allen se penche sur le clavier de son assistant et tape des codes successifs.

— Commence avec ça : tu auras les noms de tous ceux qui ont versé la plus petite somme aux sociétés de l'organisation.

— Ça risque d'être le foutoir !

— On triera ensuite.

— Pourquoi cette urgence soudaine ? demande Edmond, soupçonneux. C'est un crime politique, c'est ça ? Van Buren travaillait sur la nouvelle législation sociale. La taxe qu'il prévoyait aurait lésé les intérêts des grandes sociétés.

— C'est reparti ! glousse Phil.

Edmond a le chic pour flairer les complots. Parfois, ses raisonnements frisent la paranoïa. « Une Cassandre en habits de croque-mort », l'a surnommé Phil à cause de ses habits noirs, de sa maigreur nerveuse et de ses visions pessimistes.

— Le meurtrier du sénateur est un ancien *marine*, grogne Edmond d'un air entendu.

Phil lève les yeux au ciel :

— Un lampiste !

— Un ivrogne, une vraie cloche, dit Luisa.

— Il y a une puissante organisation derrière tout ça, s'entête Edmond. On veut peut-être éliminer la secte.

— Vaste programme ! ricane Luisa.

— Et si c'était l'inverse ? suggère Phil.

— C'est-à-dire ?

— Van Buren avait pratiquement rompu avec *Soul*. Il a critiqué ses dérives et démissionné de son poste de dirigeant.

— Pour convenances personnelles, précise Luisa. Il était pressenti pour un poste ministériel et il estimait les préceptes de *Soul* incompatibles avec cette fonction.

Edmond hausse les épaules :

— Il n'aurait pas été le premier membre propulsé par la secte au sein du gouvernement : Kingsley, Venturi, Ashford.

— Imaginez que la secte refuse de laisser partir l'un de ses gourous, détenteurs de tous ses secrets, dit Phil.

— Elle engage un homme de main qui lui tranche la gorge, ironise Luisa.

— J'ai consulté *Le Livre de lumière*, la bible de *Soul*, poursuit Phil sans se troubler. Je vous recommande en particulier le chapitre 12. Il évoque le cas des membres qui abandonnent l'organisation et assimile leur trahison à la désertion en temps de guerre.

— De là à exécuter froidement l'un des membres les plus en vue du Sénat…, soupire Luisa.

Allen a écouté leur échange d'une oreille distraite. Il conseille :

— Ne négligez aucune piste. Et, pendant que vous y êtes, retrouvez-moi Rachel Kent.

— C'est qui, celle-là ? s'étonne Luisa.

Phil et Edmond échangent un regard entendu. Ils n'ignorent rien du rôle joué par la jeune femme dans l'opération DARK.

— Il doit y avoir un vieux dossier sur elle, dit Phil.

Edmond ricane :

— À mon avis, la Rachel, elle doit être quelque part entre les Nouvelles-Hébrides et la Pentecôte.

— On en parle à Wayne ? demande soudain Luisa.

Le regard d'Allen se charge de sévérité.

— C'est une enquête criminelle.

— Justement, notre rôle est d'informer, pas d'enquêter.

Elle sent sur elle le regard hostile des trois hommes.

— Ce que j'en dis, moi…

— Établissez cette liste, ordonne Allen d'une voix froide.

Il ouvre aussitôt le dossier de Dimitri Charkov. Luisa a raison : en faisant cela, il enfreint les nouvelles règles de Nemo. Devant les autres, il a simulé l'indifférence. À présent, il éprouve une joie secrète. Il y a des années qu'il n'a pas connu une telle jubilation.

15 – Williamsburg

Maryan Butler sourit à Allen. C'est une belle métisse, moitié Indienne moitié Italienne. D'un geste étudié, elle laisse glisser son manteau de laine le long de ses épaules couleur de miel. Le spectacle est fascinant et Allen demande secrètement pardon à Lia, sa compagne, d'être troublé à la vue d'une autre.

— Toujours dans la mode ? demande-t-il en lui avançant un siège.

— Toujours dans l'espionnage ?

Son accent est chantant, sa voix douce, comme ses mains et ses yeux noirs ombrés de longs cils. Elle jette un regard curieux à la taverne, se demandant sans doute pourquoi Allen lui a donné rendez-vous dans ce lieu éloigné. Comment lui avouer que, pour donner le change à ceux qui le surveillent, il veut laisser croire à une liaison clandestine ?

— Votre appel m'a fait plaisir, dit-il. Il y avait longtemps… Trois ans ?

— Deux.

Deux, oui. Ils se sont revus après sa sortie de prison, lors d'un cocktail organisé par le groupe Graham. Ils n'ont pas eu l'occasion d'évoquer le drame qui a failli coûter la vie à la jeune femme, entraînée malgré elle dans la géniale supercherie de DARK.

— Toujours la mode, soupire-t-elle, les studios, les collections, les défilés. J'avoue que j'aimerais parfois changer d'horizon. Mais ce n'est pas pour vous parler de ça que je vous ai dérangé.

Elle s'interrompt pour regarder passer sur le chemin un cheval fringant tirant une calèche. Le village reconstitue l'époque où Williamsburg était la capitale de la Virginie. Une mise en scène naïve, touchante malgré tout.

— J'avais une amie, elle est morte. Quelques jours auparavant, elle m'a confié un objet.

Ses yeux se posent sur le sac de toile qu'elle a déposé au pied de son fauteuil. Brusquement, elle se met à pleurer, le visage entre ses mains.

— Excusez-moi.

Puis elle parle très vite, à voix basse :

— Elle s'appelait Susan Ray. La police prétend qu'elle s'est suicidée, mais je sais que c'est faux. Deux jours avant sa mort, elle est venue me voir, elle devait partir en vacances, Elle était inquiète, non, elle avait peur. Elle m'a dit : « Si jamais il m'arrive quelque chose, remets ceci à un reporter de Graham, quelqu'un de confiance. » J'ai pensé à vous.

Allen tend la main vers le sac :

— Vous permettez ?

Elle acquiesce en silence. Il ouvre la fermeture Éclair. Un regard suffit à confirmer ce qu'il pressentait : le sac contient un ordinateur portable. Il referme aussitôt et murmure :

— Vous avez bien fait de m'appeler. Votre amie ne s'est pas donné la mort. J'ai étudié les rapports de police. Selon toute vraisemblance, elle a été empoisonnée, après quoi on a maquillé le meurtre en suicide. Quelqu'un est-il au courant de votre rencontre ?

Maryan secoue la tête. Ses lèvres tremblent, elle balbutie :

— Je l'ai vue quelques minutes à peine. Je voulais savoir ce qui la menaçait, je voulais l'aider. Elle a refusé, pour me protéger, sans doute.

— De qui ?

— Elle n'a rien voulu me dire.

Il approuve avec gravité :

— Moins vous en saurez, mieux ça vaudra. Si cet ordinateur renferme ce que je suppose, c'est une véritable bombe à retardement. En attendant le résultat de l'enquête, mieux vaut ne plus nous rencontrer.

Il la dévisage intensément. Depuis leur dernière rencontre, de petites rides sont apparues au coin de ses yeux. Chagrin ? Insomnie ? Il ne sait rien d'elle, de ses amours. Les larmes la rendent plus belle encore.

— Quand tout sera terminé…

Il n'achève pas sa phrase. La jeune femme sourit avec lassitude :

— Chacune de nos rencontres est un drame. Au pays de ma mère, le Rajasthan, on raconte que certaines vies se heurtent comme ces pierres d'où jaillissent les flammes.

— Le feu n'est pas toujours destructeur, dit-il bêtement.

Il l'aide à enfiler son manteau. Elle n'a pas touché à son jus de goyave.

— Votre sac ?

— Gardez-le, en souvenir.

À travers les carreaux de verre épais de la taverne, il la regarde s'éloigner vers le Capitole, le cœur serré à la pensée qu'il ne la reverra plus.

16 – Washington

Allen jauge ses interlocuteurs. Philip Singer et Douglas Leyman forment un contraste étonnant : le premier épais, sourcilleux, sanguin ; le second élégant, souriant, faussement nonchalant. Néanmoins, les deux hommes ont l'air de bien s'entendre. « Pour me museler », songe-t-il avec méfiance.

L'examen minutieux de l'ordinateur de Susan Ray a bien révélé un contenu explosif, mais très différent de celui qu'il escomptait. Et il se demande si les enquêteurs sont prêts à entendre ses conclusions.

Il hésitait à prendre contact avec Leyman lorsque Singer a pris l'initiative de le convoquer. L'entretien a lieu dans l'un des bureaux du huitième district, proche de Concorde Avenue. Allen examine les trophées accrochés aux murs : diplômes, lettres de félicitations du préfet et du ministre.

Face au capitaine, sanglé dans son uniforme, et à l'agent fédéral dans son complet noir impeccable, Allen a l'air d'un marginal avec ses cheveux ébouriffés, son jean usé et son pull XXL. Il songe à la plaisanterie favorite de Lia : « Tu devrais présenter mes tableaux, et moi tes renseignements, on serait tous les deux plus crédibles. »

Après un long moment d'observation, Singer ouvre le feu :

— Le sénateur Van Buren et son assistante ont été assassinés. Leur meurtrier se nomme Dimitri Charkov, un ancien *marine* qui a mal tourné. Toutes les preuves l'accusent.

Allen se fend d'une moue admirative :

— Voilà une enquête rondement menée !

— Un peu trop, intervient Leyman. Nous nous posons d'autres questions : Si Charkov est coupable, qui a commandité les meurtres ? S'il est innocent, qui les a commis ?

Allen penche un visage curieux :

— Et vous avez des réponses ?

— Certaines, dit Singer, morose. Nous pensons que Nemo pourrait nous aider à les vérifier. C'est la raison de votre présence.

— Pourquoi ne pas l'interroger ?

— C'est ce que nous sommes en train de faire.

— Officiellement ?

Les deux hommes échangent un bref regard, puis Singer précise :

— J'ai dit Nemo, je me suis mal exprimé, j'aurais dû dire Kaufman.

Allen sourit :

— C'est très flatteur. Et je consens bien volontiers à vous aider. Tout dépend de ce que vous êtes disposés à entendre et des risques que vous êtes prêts à courir.

— Des risques ?

Une lueur mauvaise s'allume dans le regard du capitaine.

— Je ne parle pas de vos vies, pas seulement, dit Allen. Mais de vos carrières, de votre réputation…

Leyman l'interrompt d'un geste tranquille :

— Nous irons jusqu'au bout.

— Jusqu'au bout, gronde Singer.

— Dans ce cas…, dit Allen en posant son sac de toile sur le bureau du capitaine.

Les deux hommes, fascinés, le regardent sortir l'ordinateur portable.

— C'est celui de Susan Ray ! s'exclame Singer.

— Aucun doute.

— Depuis quand est-il entre vos mains ?

— Deux jours.

— Pourquoi ne pas nous l'avoir remis ? Il représente sans doute un élément capital de l'enquête. Si je ne vous avais pas contacté…

— C'est moi qui l'aurais fait.

— Qui vous l'a remis ?

— Permettez-moi de ne pas répondre tout de suite à cette question. En revanche, je vais vous dire pourquoi je l'ai conservé : il contient des preuves contre le sénateur Van Buren.

— Contre lui ? grogne Singer, incrédule.

— Des accusations si monstrueuses que j'ai voulu les vérifier. Comme vous le savez, le sénateur préside la commission d'attribution des crédits de la défense. Il a beaucoup de relations au Pentagone. Sachant cela, on a cherché à le compromettre. L'ordinateur de Susan Ray renferme les plans de la nouvelle arme tactique, M.E.X.

— Quelle sorte de plans ? s'exclame Singer.

— Technique de fabrication et de montage, système de programmation, codes, vecteurs de lancement... Tout y est. Nous avons vérifié auprès d'un expert.

— C'est un projet secret.

— Il ne l'est plus, visiblement.

— Comment cette arme est-elle arrivée entre les mains d'une simple assistante ?

— Nous l'ignorons. Il est vraisemblable qu'on a introduit les plans dans son ordinateur.

— Dans quel but ?

— Compromettre Van Buren. Nous avons consulté les comptes bancaires du sénateur. Douze millions de dollars ont été crédités à son profit en provenance de la banque Korash du Qatar. L'ordre a été donné par la Lika, l'une des cellules d'Al-Qaida. Si l'on s'en tient aux faits, Van Buren aurait vendu les plans de la M.E.X à un groupe terroriste. Celui-ci l'aurait éliminé ensuite pour effacer toute trace de la transaction.

Singer se lève et arpente son bureau à grands pas.

— Qui aurait pu imaginer un pareil scénario ?

— Une organisation assez puissante et organisée pour avoir accès aux secrets de la défense, trafiquer les comptes bancaires et modifier les mémoires informatiques. C'est un travail remarquable. L'origine des fonds, en particulier, est difficile à repérer, car ils proviennent d'une véritable atomisation de virements successifs et de versements en espèces. Nemo s'emploie à reconstituer leur parcours, sans succès pour le moment.

— Vous êtes convaincu de l'innocence de Van Buren ? demande Leyman.

— Doublement. D'abord, même codées, les preuves sont trop évidentes : quand on traite avec un groupe terroriste, on laisse moins de traces. Ensuite, les auteurs du complot ne se sont pas bornés à introduire les plans dans le Mac de Susan Ray. Ils ont effacé des éléments compromettants. Mais la mémoire a la vie dure. On peut la mettre en hibernation, pas la détruire. Nemo a réussi à lui faire cracher le morceau. Cette révélation a renforcé ma conviction que la prétendue trahison de Van Buren n'était qu'un coup monté.

— Par qui ?

— La secte *Soul*.

— Vous avez des preuves ? grogne Singer.

Allen dépose deux disques sur le bureau du chef du district :

— Voici les copies des éléments que nous avons reconstitués. Nemo conserve l'original par sécurité. Lors de la dernière enquête sur la secte et ses ramifications, des pièces à conviction ont disparu, des témoignages ont été effacés. Je ne vous apprends rien. J'ai voulu vous épargner ces déconvenues.

— Vous êtes trop bon ! renifle Singer.

— Je vous résume la situation en deux mots : Harry Van Buren, l'un des pionniers de *Soul*, conteste les nouvelles orientations de la secte, sa politique financière, ses fraudes, ses pressions sur la justice, les immunités scandaleuses dont elle bénéficie. Il prend ses distances et dénonce ses agissements. Mais on ne quitte pas l'organisation aussi facilement, surtout lorsque l'on détient des dossiers qui l'incriminent.

— Quels dossiers ? demande Leyman.

Allen hoche la tête :

— Je ne sais pas, pas encore. Les éléments que nous avons récupérés ne font qu'évoquer le problème. Ils parlent de complot sans fournir de preuves. Peut-être celles-ci n'ont-elles jamais existé, ou bien elles ont été effacées. J'en doute. Elles doivent être quelque part, à nous de les découvrir. En éliminant Van Buren, on l'empêchait de parler. Mais ce n'était pas suffisant. Il fallait encore détruire sa crédibilité en l'accusant de trahison.

Les trois hommes restent silencieux, réfléchissant aux implications de cette affaire énorme. Puis Allen se dresse :

— Une obstruction est toujours possible. Nous devons agir vite. Je vous communiquerai tout ce que je récolte, heure par heure. Je vous demande d'en faire autant.

Leyman sourit. Il connaît l'audace et le génie du maître de Nemo. Dans le passé, il n'a pas hésité à affronter des adversaires redoutables et à défier le gouvernement. Ce marginal est un homme comme il les aime.

— Soyez prudent, dit-il.

Allen répond par une mimique qui lui donne un air d'adolescent :

— J'allais vous donner le même conseil.

17 – Washington

La berline aux vitres teintées stoppe brutalement. Deux hommes en jaillissent. Carrure sportive, cheveux ras, costumes sombres. Allen fait demi-tour et sprinte à travers l'avenue vers le trottoir opposé. Aussitôt, un second véhicule manœuvre au milieu de la circulation pour lui couper la route. Des portières claquent. Ils sont quatre à présent.

Allen s'adosse à la vitrine d'Emerson et leur fait face. Il a reconnu les agents du SURF, le Bureau fédéral de surveillance du territoire.

— Inutile de nous faire courir, conseille l'un des malabars.

« Aucun risque », songe Allen. Il les a menés là où il voulait : face aux caméras du centre commercial. « Souriez, c'est pour la télé », jubile-t-il. Phil n'aura aucun mal à les identifier et à le retrouver en cas de besoin. En attendant, il feint d'être victime d'une agression.

— Vous vous trompez ! hurle-t-il. Je n'ai pas un rond. Taxez quelqu'un d'autre.

Des curieux s'attroupent, amusés ou hostiles. L'un des agents du SURF parlemente avec un policier en uniforme. Il lui montre sa plaque avant de revenir vers Allen.

— Tu es un petit malin, pas vrai ?

La main qui empoigne le bras du maître de Nemo et l'entraîne vers l'un des véhicules est vigoureuse. Elle le propulse à l'intérieur. Encadré par deux malabars, il songe avec un frisson aux films noirs où les truands conduisent leur victime sur le lieu d'exécution.

En ce qui le concerne, il le sait, il ne s'agit que d'intimidation. La voiture ralentit devant un immeuble de Rhode Island Avenue, et s'engouffre dans un parking souterrain. Un ascenseur conduit Allen et ses gardes du corps au quatorzième étage. Les bureaux sont étroits et anonymes. Ni plaque ni enseigne. Une hôtesse sans âge jette un coup d'œil indifférent aux agents et à leur prisonnier.

Ils entrent dans une salle sans fenêtre. Un homme aux cheveux gris, installé au centre, l'invite à prendre place face à lui. Allen lui trouve une ressemblance avec Gregory Peck dans *La Malédiction*. « À ses yeux, je suis Damien, le fils du diable. »

— On a oublié de me lire mes droits, ironise-t-il.

— Nous sommes là pour en parler, de vos droits. De vos devoirs aussi !

La voix grave ne manque pas de chaleur, accompagnée d'une pointe d'indulgence. « Un proviseur devant un élève dissipé », songe Allen, un peu agacé.

— Nous avions un accord.

— Nous ?

— Vous deviez accomplir votre travail de chercheur sans vous mêler des enquêtes de terrain. Vous êtes sorti du pénitencier d'Aranka et avez repris vos fonctions à cette condition expresse.

— J'ai tenu mes engagements.

Le visage de l'homme prend une expression réprobatrice :

— Vous vous êtes rendu dans les bureaux du huitième district pour y rencontrer Philip Singer et Douglas Leyman…

Il consulte une note :

— Hier à midi.

— Ce sont eux qui m'ont convoqué, vous pouvez vérifier. Ils voulaient obtenir un supplément d'information sur l'un des suspects.

— Quel suspect ?

— La secte *Soul*.

— Vous auriez dû me tenir au courant.

Allen tourne la tête. Tony Wayne, bien sûr ! C'est lui qui a alerté le SURF, imaginé ce simulacre d'arrestation pour l'impressionner, le rappeler à l'ordre.

Wayne est le superviseur de Nemo. Il vient prendre place à droite de l'homme aux cheveux gris. « Le tribunal se forme », pense Allen avec amertume.

— Comme Percy Manson vient de le souligner, vous avez des devoirs, et je suis las de relever vos manquements. Nous sommes ici pour décider si vous pouvez continuer dans ces conditions.

Allen redresse la tête et regarde ses juges avec un sourire ironique. Il n'a que mépris pour ces deux personnages. Des chiens de garde, dressés à obéir sans réfléchir.

— Mon premier devoir est de servir l'État, de défendre les citoyens de ce pays et leurs dirigeants, rétorque-t-il avec fierté.

Wayne secoue la tête :

— Belles paroles, mais en réalité, vous maniez un instrument assez redoutable pour mettre en danger l'État que vous prétendez protéger.

— Cet instrument, c'est moi qui l'ai créé, rappelle Allen d'une voix douce.

— Votre compétence n'est pas en cause, dit Manson. Les moyens que vous utilisez sont plus contestables. À plusieurs reprises vous avez usé de vos pouvoirs pour pirater des systèmes, détourner des sommes considérables et espionner la Maison Blanche. Après cela, ne vous étonnez pas si on se méfie de vous.

— Il y a prescription, non ? soupire Allen. Depuis bientôt trois ans, je n'ai pas détourné un cent, ni dénoncé les assassins d'un chef d'État, ni démasqué les éléments pourris des services secrets. J'accomplis avec conscience mon travail de fonctionnaire, et tout ce que je fais est politiquement correct.

Manson, impassible jusqu'à présent, s'agite sur son fauteuil :

— Nous n'avons pas oublié les services que vous avez rendus au pays, et nous saurons les récompenser si vous évitez les initiatives contraires aux intérêts du gouvernement.

— Quelles initiatives ?

— Cet entretien secret avec les enquêteurs.

— Pas si secret puisque vous êtes au courant.

— Grâce à la surveillance que j'exerce sur vous.

— En ce qui me concerne, je préfère surveiller les terroristes et les criminels, réplique Allen avec insolence.

Wayne crispe les poings :

— Vous portez de graves accusations contre une organisation qui est le plus fidèle soutien du gouvernement, et vous le faites sans preuve !

— Je n'accuse personne. Je me borne à transmettre des renseignements aux enquêteurs.

— Après avoir manipulé les témoignages.

— Manipulé ? Vous faites sans doute référence à l'ordinateur de Susan Ray ? Je me suis borné à faire la part du vrai et du faux.

— Une collection d'hypothèses sans intérêt, dit Wayne avec dédain.

— Le meurtre d'un sénateur des États-Unis est une affaire sérieuse, vous en conviendrez, dit Allen d'un ton froid. Mais si vous l'exigez, je peux effacer tout ce qui incrimine la secte dont vous vantez les mérites.

Le superviseur lui lance un regard meurtrier :

— Ce n'est pas ce qu'on vous demande. Contentez-vous de me communiquer les renseignements recueillis et de cesser d'enquêter. Suis-je bien clair ?

— Tout à fait clair, monsieur.

Le superviseur et le patron du SURF se lèvent avec un bel ensemble. Aucun des deux ne songe à lui tendre la main. Manson esquisse ce qui peut ressembler à un sourire :

— Soyez prudent, monsieur Kaufman.

Leyman lui a dit la même chose. C'était un conseil. Maintenant, la phrase sonne comme une menace.

18 – Georgetown

La toile évoque un soleil ardent tamisé par un feuillage calciné, ou bien l'incendie céleste d'un été d'autrefois, Golden Creek, la plage blonde, Lia à contre-jour, les rires tout autour et le bruit de l'océan, ou encore les éclats sur la houle verte, pareils aux flammes des noyés. Peut-être trouvera-t-elle une autre signification à cette explosion de couleurs : la maternité, la solitude, dieu sait quoi !

Tout en examinant le tableau, Allen résume sa journée, l'arrestation, l'interrogatoire, le chantage, son mépris.

— Incorrigible, tu es incorrigible, soupire Lia mi-inquiète mi-amusée.

Allen admire sa compagne. Lia est le sosie d'Audrey Hepburn : d'immenses yeux noirs, des traits délicats, une peau de soie, un corps mince à la limite de la maigreur, des gestes gracieux. Trompeuse fragilité : sous sa douceur vulnérable, la jeune femme dissimule une forte personnalité.

Lorsque Allen a quitté la prison d'Aranka, Lia a abandonné New York, sa ville bien-aimée, pour habiter avec lui dans les faubourgs de Georgetown. Leur maison, lourde et ingrate, est coiffée d'une verrière qui éclaire le grenier où Lia a installé son atelier de peinture. Les œuvres de L. Anderson commencent à valoir de petites fortunes auprès des amateurs éclairés. Allen s'interroge sur le soleil violent qui éclabousse la toile : « Dix mille dollars pour ça ? »

— Pourquoi incorrigible ? rumine-t-il. Je ne fais que mon travail. Traquer la vérité suscite la haine et m'attire des vengeances. C'est ma destinée !

Un éclair malicieux passe dans les yeux noirs :

— Ta jouissance aussi. Poursuivre les terroristes de tous poils, les inquiéter, les enrager, les enfumer dans leurs repaires, ça t'excite, avoue ! EAGLE, Al-Qaida, *Soul* à présent.

Il la dévisage, stupéfait :

— Qui t'a dit ça ?

— Ça, quoi ?

— *Soul.*

Elle prend l'air important :

— J'ai mes sources, moi aussi, qu'est-ce que tu crois ?

— Qui ?

Il s'en veut d'avoir crié. Toujours cette peur de la mettre en danger ! Lors de l'opération DARK, trois ans auparavant, il a mobilisé toute la bande de Golden Creek, sauf elle. Ce qui n'a pas empêché Lia de jouer un rôle important dans le déroulement de l'enquête. Mais Allen a tremblé pour elle jusqu'au dénouement.

Le voyant angoissé, elle le rassure :

— C'est Rachel, je l'ai rencontrée ce matin.

— D'où elle sort, celle-là ? Et comment elle sait que je m'occupe de cette affaire ?

— Elle fait partie de la secte. Tu l'ignorais ? Elle sait ce que tu mijotes. Elle te recommande d'être prudent.

— C'est une maladie !

— Elle n'est pas fâchée, tu sais.

— Manquerait plus que ça !

Lia recouvre sa toile d'un drap, essuie ses pinceaux et range son matériel, puis elle se lave les mains dans un petit lavabo installé dans la soupente. Tout en s'activant, elle parle de son amie :

— Il y avait longtemps que je n'avais pas discuté avec elle. Elle est différente, moins cynique qu'autrefois, plus grave, plus réfléchie. On dirait qu'elle a un idéal, une passion. Si c'est l'influence de *Soul*, ça donne envie de tenter l'expérience.

Il hausse les épaules :

— C'est ça, oui !

— Qu'est-ce que je risque ?

— Presque rien : juste de perdre ton âme.

— L'âme ! Tout de suite les grands mots ! *Soul* n'est qu'un apprentissage comme un autre, un moyen de triompher de soi, de dépasser ses limites, de s'épanouir.

— Si je comprends bien, tu n'es pas épanouie ?

— Si ! mais la vie a ses limites tandis que le rêve est infini.

« Victor Hugo, à présent ! »

— Le rêve ! grommelle Allen.

Elle est prise de fou rire devant son air bougon.

— Tu devrais essayer, toi aussi. Une cure au Walhalla de *Soul* te ferait le plus grand bien.

— Attends un peu !

Il s'élance, elle fuit en riant dans l'escalier de bois en hélice, qui perce les trois niveaux de la maison. Plus légère, elle atteint le rez-de-chaussée avant lui, et se dissimule dans un renfoncement à l'angle de la cuisine et du hall d'entrée. Allen ne fait plus aucun bruit. S'est-il arrêté ? Elle retient sa respiration. Le silence s'éternise. Elle réprime une envie de rire. Toujours rien. Où est-il ? Pas question de passer la soirée dans son réduit ! Elle passe la tête dans l'ouverture avec précaution. Le couloir est obscur. Soudain, deux bras la saisissent, la soulèvent, lui arrachent un cri de terreur.

— Allen, idiot ! Lâche-moi ! Tu m'as fait une peur affreuse. Non, pas ça, pas de chatouilles ! Arrête !

Elle se tord, gesticule, finit à genoux.

— Je t'en supplie, je ferai tout ce que tu voudras !

Il la délivre. Elle reste sur le parquet, épuisée, les bras autour du corps.

— Bon, qu'est-ce qu'on mange ?

Il a pris une voix de macho, despotique et brutal. Lia sourit, amusée et attendrie. Avec sa tignasse, son vieux jean et son pull *grungy*, il ressemble au grand dadais qui, dix ans avant, prônait la révolution et répudiait sa famille, des aristocrates de Boston.

— Fais-toi beau, je t'emmène au Saint-Régis, annonce-t-elle en se levant.

— En quel honneur ?

Le Saint-Régis est l'un des restaurants les plus élégants de Washington.

— J'ai vendu six tableaux, mon cher. Soixante-six mille dollars !

— Le Seigneur de la Guerre blanchirait-il l'argent sale du Darfour et de Sierra Leone ?

— Ça, mon vieux, c'est dégueulasse !

Le Seigneur de la Guerre est le surnom de James Anderson, le grand-père de Lia, richissime banquier, fabricant de matériels pétroliers, marchand d'armes, fournisseur attitré du Pentagone et des Émirats du Golfe.

— Ben quoi, il est féru de peinture et toi de fric. Vous êtes faits pour vous entendre.

En réalité, Anderson n'entend rien à l'art, malgré les chefs-d'œuvre entreposés dans sa demeure de Black Forest. Quant à Lia, elle n'attache aucune valeur à l'argent, sauf quand il récompense son talent. Elle saisit son portable.

— Tu vas me le payer !

Elle compose un numéro d'un air féroce :

— La compagnie d'Edward sera plus agréable que la tienne, et lui, au moins, n'aura pas l'air d'un écolo frustré.

Edward Lipton, critique d'art et propriétaire de trois galeries, est le type du gentleman, beau, élégant, raffiné et cultivé. Allen, jaloux, ne peut pas le voir en peinture (l'expression est de Lia). Il lui arrache le téléphone et le jette à l'intérieur d'un porte-parapluies baroque qui trône dans le hall.

— L'écolo s'excuse. J'adore tes tableaux.

— Menteur !

Il cherche à la prendre dans ses bras ; elle le repousse :

— Si tu veux dîner avec moi, va te raser !

— Dis-moi d'abord à qui tu as vendu tes toiles.

— Qu'est-ce que ça peut te faire ?

Il admire ses lèvres boudeuses, ses yeux de chatte en colère, et ses oreilles, découvertes par ses cheveux courts. Tout en elle est délicat, émouvant, à la fois sensuel et pudique. Elle fronce les sourcils :

— Qu'est-ce que tu regardes ?

— Un chef-d'œuvre.

Elle pouffe :

— Tu ne t'en tireras pas comme ça !

— Je ne songe pas à me tirer.

Sa voix se fait tendre. Lia s'abandonne, les doigts noués autour de son cou.

— C'est la Continentale.

— La banque ?

— Mes six anges de flammes vont siéger dans la salle du conseil d'administration.

— Pauvres anges ! finir au cachot !

— Si tu continues, tu finiras comme eux, et ta prison sera moins luxueuse.

La plaisanterie ramène Allen à la réalité :

— Je m'inquiète pour Rachel.

Lia connaît ce regard noyé, ces rides sur ce front un peu trop haut.

— C'est si grave ?

Pas question d'évoquer la mort tragique de Van Buren et de Susan Ray. Il se contente de soupirer :

— Toutes les drogues le sont.

— Elle n'a pas l'air paumée, Rachel, tu sais, dit Lia d'un ton enjoué. On sent chez elle une détermination extraordinaire.

— Elle a trouvé sa voie, ou plutôt quelqu'un l'a tracée pour elle.

Il prend le visage de Lia entre ses mains, et sourit :

— Comme moi.

19 – New York

La femme qui accueille les deux hommes au vingt-cinquième étage n'est pas celle qu'ils connaissent. Celle-ci est blonde, l'autre était brune. Elles sortent pourtant du même moule : beauté distante, regard dur, sourire hautain.

Le bureau dégage une atmosphère de cave, humide et glacée. L'homme est à sa place habituelle, immobile. Sa voix, plus lointaine, semble venir d'ailleurs :

— Où en êtes-vous ?

— Nous contrôlons la situation, dit Robertson.

Ancien champion de tennis, le chef organique de l'Église *Soul* porte beau sa quarantaine. Un mètre quatre-vingt-quinze, quatre-vingt-dix kilos, muscles durs, cheveux blonds, teint cuivré.

— Vous contrôlez Kaufman et Leyman ?

Pour une fois, la voix perd sa neutralité pour exprimer un léger scepticisme.

— Nous avons suivi vos instructions à la lettre, précise Robertson avec assurance.

Summer lui lance un bref coup d'œil. Il est bien placé pour savoir que l'homme n'apprécie pas les remarques de ce genre. Il prévoit déjà sa réaction. Celle-ci ne tarde pas :

— Vous les surveillez, vous ne les contrôlez pas. Leyman commande une unité spéciale qui a fait ses preuves. Il jouit d'une grande autonomie. Quant à Kaufman, c'est un génie dans son genre. Des hommes qu'on n'intimide pas aisément. Il faut les distraire, les désorienter, les vaincre sur leur propre terrain. Je n'ai pas besoin de vous rappeler l'enjeu des jours à venir.

— Pourquoi ne pas les éliminer carrément ? suggère Robertson.

Le silence de l'homme exprime un certain mépris.

— S'ils sont si dangereux…, ajoute Robertson, mal à l'aise.

— Aucun danger si vous savez vous y prendre. Est-ce trop exiger ?

C'est au tour de Robertson de garder le silence. Summer réprime un sourire. Plus subtil que son compagnon, il sait trouver les mots et les idées qu'on attend de lui. Plus lucide, il mesure mieux le risque de déplaire à celui dont dépend leur destin.

L'homme fait pivoter son fauteuil et s'abîme dans la contemplation de Manhattan. Congédiés, Robertson et Summer se disposent à quitter la pièce lorsque la voix s'élève de nouveau :

— Prenez garde à vos paroles.

20 – Seadog

Rachel a vu la voiture s'arrêter sur le bas-côté, à faible distance de la maison. Le moteur se tait. Les phares, qui la suivaient depuis Albright, au bord de la falaise, s'éteignent.

Elle se doutait que ce moment allait arriver. Pas si vite, cependant. Elle n'a pas eu le temps d'accomplir ce qui devait l'être, et elle éprouve un sentiment d'échec. Mais il est trop tard pour les regrets.

En montant les degrés jusqu'à la maison de bois, elle réfléchit : prévenir la police ? Le temps qu'elle arrive jusque-là, tout sera fini. Et que lui raconter ? Une journée ne suffirait pas à expliquer sa situation. Ugo ? Allen ? Ses amis sont trop loin. D'ailleurs, rien ne prouve que ceux qui la suivent lui veulent du mal. Peut-être cherchent-ils seulement à l'effrayer.

En ouvrant la porte, sa main ne tremble pas. En la refermant, elle pousse le verrou par pure forme : les parois légères et les fenêtres branlantes invitent à l'effraction. Qu'ils viennent vite ! Mieux vaut affronter le danger qu'être surprise en plein sommeil.

Après avoir déposé son sac, elle écarte les lames du store pour surveiller ce qui se passe. Trois lampadaires éclairent l'escalier et le bout de la route en cul-de-sac. Le reste est plongé dans l'obscurité.

La nuit est paisible. Pas le plus infime souffle de vent, le moindre ressac. Le calme avant la tempête : la météo annonce des rafales à cent trente kilomètres-heure et une mer de force dix.

Sur la route, rien ne bouge.

— Prenez votre temps ! gronde-t-elle.

Cette attente, sans doute volontaire, est insupportable. À présent, elle frémit. D'impatience, non de peur. Elle se raccroche à une certitude : quoi qu'ils fassent, ils ne trouveront rien à Seadog.

Elle sort quelques provisions de son sac de toile, verse de l'huile dans une poêle, casse deux œufs. L'odeur de friture lui met l'eau à la bouche. Elle se prend à chantonner. Dehors, la pluie se met à tomber, fine d'abord, puis lourde et sonore sur les bardeaux, prémices de l'ouragan annoncé.

Une pensée la taraude : son voilier est ancré dans une crique, au pied de la falaise. Si elle sortait en mer, avec le grain qui se prépare, ils ne pourraient pas la suivre.

À quoi bon ? Où qu'elle aille, ils n'auraient aucune peine à la retrouver. Ils sont partout, et l'océan n'est pas assez vaste pour lui offrir un abri.

Elle mange ses œufs debout, sur le coin de la table, en les accompagnant d'une rasade de rhum comme un marin. Ensuite, elle allume sa radio. À en croire le bulletin météo, avec le vent d'Est déchaîné, elle devra rester cloîtrée deux jours entiers. C'est mal la connaître.

Après avoir déposé son verre et son assiette dans l'évier, elle étale une carte marine sur la table, et trace un itinéraire. Il y a des années qu'elle n'est pas allée à Radmore. La baie ouverte à l'Ouest, à l'abri de l'ouragan, est un ancien repaire de pirates. La dernière fois qu'elle s'est rendue dans l'île…

Au même instant, deux coups légers se font entendre. Quelqu'un est là, derrière la porte. Rachel saisit un harpon de baleinier, et demande :

— Qui est là ?

Une voix féminine répond :

— Nancy Adams, une amie d'Élisabeth Erhard. Je cherche Rachel Kent.

— Je suis Rachel Kent. Quelle mouche a piqué Betsy pour vous envoyer ici à une heure pareille ?

— Je me suis paumée dans toutes ces petites routes. Seadog, il faut connaître. Ma carte est trop vieille, sans doute.

— Moins que cette maison, dit Rachel d'un ton rogue.

Elle tire le verrou et entrouvre la porte. La fille est seule, mignonne, avenante, malicieuse :

— Vous allez à la chasse ?

— Ça m'arrive, grogne Rachel en appuyant l'arme contre la cloison. Les visites ne sont pas toujours amicales dans ce coin retiré.

La visiteuse acquiesce. Elle frissonne.

— Ôtez votre veste, vous êtes trempée, conseille Rachel. Nancy…

— Adams, dit la fille.

Elle repousse ses longs cheveux collés à son visage. Sous la veste, elle porte un pull moulant serré à la taille par une large ceinture. Elle soupire :

— J'ai cru ne jamais arriver. Ça sent rudement bon chez vous !

— Vous avez faim ?

— Je ne veux pas vous déranger. Élisabeth m'a dit que je pourrai peut-être louer un bateau pour aller à Chesapeake.

« Téléphoner à Betsy pour confirmer cette histoire », pense Rachel, soupçonneuse.

— On peut dire que vous avez choisi votre jour, avec cet avis de tempête !

— J'ai déjà navigué, vous savez.

Sa peau brune et son allure révèlent une sportive. Mais elle semble trop légère pour la navigation en solitaire.

— Je ne loue jamais l'*Albatross*. Betsy devrait le savoir.

— Il ne s'agissait pas du vôtre. Elle m'a indiqué des noms…

Elle fouille dans ses poches, en extirpe un papier :

— Carson, Janovitch, Smithmeyer…

— Vous croyez qu'ils sont là à vous attendre, ces braves gens ? Vous auriez dû me téléphoner.

— Je voulais repérer l'endroit.

— En pleine nuit ?

— J'ai perdu un temps fou. Tout de même, j'ai assisté au coucher du soleil. C'est merveilleux, ces falaises !

La sympathie de Rachel s'éveille : il y a chez cette fille une liberté qui ressemble à la sienne.

— Kufs et bacon, ça vous va ?

— Vous êtes sûre que ça ne vous dérange pas ?

— Vous êtes montée jusqu'ici, matelot. Vous avez mérité un coup de rhum.

Nancy fait entendre un rire clair :

— Alors, ce n'est pas de refus !

Rachel tourne le dos à la visiteuse pour saisir la bouteille. Un bruit l'alerte. Elle réagit une seconde trop tard : deux bras la ceinturent et la projettent en avant avec une vigueur incroyable. La fille a plongé sur elle. La bouteille explose sur le sol et la tête de Rachel heurte l'angle de l'évier.

21 – Washington

— CS 100, annonce Allen.

— CS 100, répètent en chœur Phil et Edmond.

Luisa Mc Kelly, dernière recrue du quatuor, leur jette un regard intrigué :

— C'est quoi, le CS 100 ?

— Tu es trop jeune pour comprendre, dit Phil.

Edmond referme l'armoire métallique qui protège sa précieuse collection de BD, et enfile la clé dans un lacet noué autour de son cou, avant d'expliquer :

— C'est un code secret entre nous. Il signifie : travail puissance dix.

— Puissance 10, confirme Phil.

Luisa renifle :

— Donc, c'est à vous deux qu'il s'adresse. À ce rythme, vous en ferez presque autant que moi.

Indifférente aux sarcasmes de ses deux compagnons, elle s'absorbe dans la contemplation de son écran. Elle n'est pas dupe de l'explication. Ce code est destiné à l'écarter de l'enquête en cours.

Huit mois auparavant, elle est venue remplacer l'un des cerveaux de Nemo : Janet Adler, morte dans des conditions dramatiques au cours de l'opération DARK. Luisa sait que Janet a été assassinée. Mais elle ignore qu'elle a trahi Allen en livrant des secrets à la CIA. Si elle en avait connaissance, elle comprendrait pourquoi Allen, Phil et Edmond se méfient d'elle.

La jeune femme est d'autant plus suspecte à leurs yeux qu'elle a été nommée à ce poste par Tony Wayne. Or le superviseur est trop bien informé du déroulement de la traque lancée contre la secte *Soul* pour se borner aux éléments que lui délivre Nemo. Quelqu'un le renseigne ; il est probable qu'il s'agit de Luisa. Après tout, elle est là pour ça, elle fait son job.

Code 100 signifie : noyer les observateurs indiscrets sous une masse d'informations impossibles à assimiler. Synapse fonctionne à plein régime.

— Vorace, la bête ! glousse Edmond.

On ne sait pas s'il parle du système ou du superviseur. Allen approuve d'un sourire, puis il juge qu'il est temps de revenir aux choses concrètes :

— Quoi de neuf à Chinatown ?

— Spatzétov est revenu ! lance Edmond. Crâne nu, sourcils généreux, nez busqué, yeux bridés, moitié russe, moitié mongol. C'est lui !

Phil lui lance un regard intrigué :

— De qui tu parles, là ?

— Spatzétov, l'adversaire de Corto, dans *Sibérie* de Hugo Pratt.

Phil lève les yeux au ciel en grommelant :

— Il y avait longtemps !

Il ne partage pas la passion d'Edmond pour la BD, et sa manie d'identifier les gens à ses héros imaginaires l'exaspère au plus haut point.

— Il se nomme Bruce Snow, poursuit Edmond. Même pedigree que Dimitri Charkov, même parcours : l'Irak, l'Afghanistan. Frères d'armes, frères de mort.

— C'est lui, l'exécuteur, tu es sûr ? s'impatiente Allen.

Edmond acquiesce avec un petit sourire satisfait :

— Il y a plein de caméras dans le quartier chinetoque. Je t'ai préparé un montage.

Ils se placent devant l'écran géant de Nemo. Edmond lance les images et les commente au fur et à mesure :

— Là, notre homme franchit Friendship Archway. Notez le manteau et le bonnet. Le soleil est radieux. Oh ! Quel est cet objet bizarre ?

Il actionne l'arrêt sur image.

— Une canne ? Un parapluie ? Une batte ? Une gaule ?

— Un sabre ! s'exclame Phil.

— Bien observé ! raille Edmond.

Il remet le film en marche, au ralenti cette fois. Le pan du manteau de Snow masque l'étui laqué d'un sabre de samouraï.

La scène suivante se déroule au cœur du quartier chinois. Sur les trottoirs, la foule est plus dense.

— Quel rapport avec Charkov ? demande Luisa, qui les a rejoints.

Edmond pointe son doigt sur l'écran :

— Le voilà, ton Charkov, c'est ce sumo. Tu vois, il s'arrête pour reprendre haleine.

— Il est bourré !

— Jusqu'à la gueule ! Regardez, derrière lui, Snow s'est arrêté, lui aussi. Il fait semblant d'examiner la vitrine d'une boutique. Il repart. On est le 9 avril, à dix-huit heures vingt. D'après le légiste, le meurtre a été commis un peu plus tard.

— Tu as les coordonnées de Snow ? demande Allen.

— J'ai tout transféré sur ton ordinateur.

Allen hoche la tête :

— Beau boulot ! Tu as transmis l'info à Singer ?

— J'attendais ton feu vert.

Luisa se mord les lèvres :

— Et pour Wayne ?

Allen hausse les épaules :

— Comme si tu avais besoin de ma permission !

La jeune femme se crispe sous le regard goguenard des autres :

— Je me plais bien, ici, moi. Je n'ai aucune envie d'être virée.

— Tu seras encore là quand nous n'y serons plus, ricane Edmond.

Rageuse, Luisa le bouscule pour regagner son bureau. Elle est aussi soupe au lait que Janet Adler. C'est leur seule similitude. Janet était maigre, nerveuse, coiffée d'une crinière bouclée, vêtue et maquillée de noir, dans le plus pur style gothique. Luisa est blonde, assez jolie, un peu trop ronde, et toujours nippée avec un mauvais goût qui excite la verve d'Edmond.

— Je t'ai réservé une surprise, moi aussi, annonce Phil, impatient de voler la vedette au fan de Corto Maltese. Quand je dis surprise, je suis modeste. Ce serait plutôt une série à épisodes du genre *Dallas*.

À son tour, il fait défiler des images sur l'écran géant. Ils reconnaissent le ministre de la Justice et le ministre de la Défense, puis divers membres du Congrès, le président de la Banque fédérale, le directeur adjoint du FBI, deux juges de la Cour suprême, des gouverneurs, le maire de New York, des stars du cinéma et de la chanson, tous en compagnie des grands maîtres de l'Église *Soul*, George Summer, John Robertson et Harry Van Buren.

— Ce sont des membres de la secte ? souffle Luisa, ébahie.

— Difficile à dire pour certains, explique Phil. Des sympathisants, ça oui. Virgil Ford, le ministre de la Justice, est intervenu publiquement pour condamner l'attitude du gouvernement français, à la suite du décret interdisant les activités de l'organisation et obligeant SCINTERN à fermer ses écoles sur l'ensemble du territoire. Mais attendez un peu, vous n'avez pas vu le plus beau !

Sur l'écran paraît David Soul, le fondateur de la secte, en compagnie de William Stuart, président des États-Unis. Les deux hommes se serrent la main, puis se penchent sur un document et le signent à tour de rôle.

— La nouvelle Charte des libertés et du libéralisme, dont s'inspire le chapitre 21 du *Livre de lumière*. Le document est ancien, David Soul était encore vivant, et Stuart n'était pas encore président, précise Phil.

— Où tu as eu ça ? murmure Allen, impressionné.

Phil se rengorge :

— Les télés, les archives, celles du Congrès, du FBI, de la CIA.

— Tu as piraté le système de la CIA ! s'exclame Luisa, atterrée.

— Interrogé, rectifie Phil. Avec Nemo, c'est donnant donnant. L'interroger, c'est laisser entrer le loup dans la bergerie. Sauf que les victimes ne sont pas des moutons. Du reste, Graham est beaucoup mieux informé que les agences du gouvernement. Tu savais que le groupe de communication avait enquêté sur la secte ?

— Il y a deux ans, je me le rappelle, dit Allen. L'organisation a intenté un procès en diffamation. Il y avait sept avocats, une montagne de témoignages favorables, une mobilisation médiatique. C'est là qu'on a vu la puissance de l'Église !

Phil opine :

— Et voici notre jeune héros, Stanley Stiwal, reporter de Mundial TV. C'est lui qui a défié le monstre.

Un portrait apparaît sur l'écran, celui d'un homme d'une quarantaine d'années, blond, souriant, sympathique.

— On dirait cet acteur..., murmure Luisa. Vous savez celui qui joue dans *La Guerre des étoiles...*

— Jabba ?

— Crétin !

— En tout cas, il ne ressemble pas à un fouille-merde, fait remarquer Edmond.

Luisa fait la moue :

— Moi, je le trouve mignon.

— Tu as la liste de ces personnalités ? demande Allen avec impatience.

Le visage rond de Phil s'épanouit :

— Cent trente-cinq noms, et ce n'est qu'un début.

Edmond le bouscule :

— Attends ! Tu peux revenir à l'image précédente ?

— Celle-là ?

— Non, celle-là non plus... Là, stop ! Vous ne remarquez rien ?

— Jack ! murmure Allen, stupéfait.

Il vient de reconnaître le fils de l'ancien président des États-Unis. Jack Garfield, l'un des membres de la bande de Golden Creek, a embrassé la carrière politique quelques années auparavant. Élu sénateur, malgré son jeune âge, il jouit d'une excellente réputation. Que fait-il en compagnie des maîtres de la secte ?

— C'est lui, c'est Bruce Snow ! s'écrie Edmond.

Phil rajuste ses lunettes :

— Tu crois ?

— Observe la forme du crâne, le nez, les sourcils…

— Tu as raison ! Un tueur chez les fils de la lumière !

Allen regarde ses hommes avec sévérité :

— Je veux l'identité des onze personnages de cette photo, le lieu où elle a été prise, le jour et l'heure.

— L'âge du photographe et le prénom de sa grand-tante, ronchonne Luisa.

Allen se frotte les mains :

— C'est le pied de travailler avec vous !

Edmond siffle entre ses dents :

— Je rêve ou c'est un compliment ?

Phil lève les mains au ciel :

— C'en est un, mon frère. Mais ton incrédulité est légitime. L'éloge est une espèce en voie de disparition.

— La dernière fois, c'était, voyons…

Edmond se frappe le front :

— Juste après la guerre de Sécession !

— Question de circonstance, explique Phil à une Luisa, hilare. Rien ne vaut un bon petit meurtre pour mettre notre gourou de bonne humeur.

— Les repris de justice ont besoin de sang, comme les vampires. Quand on sort d'Aranka…

Allen n'écoute plus les railleries de ses assistants. Il songe à Jack. Peut-être saura-t-il le renseigner. Mais d'abord, il doit échapper à l'inquisition de Tony Wayne. Ce n'est pas le moment d'être écarté de Nemo.

Nemo est un fauve en cage. Un petit tour dans la jungle lui fera le plus grand bien !

22 – Seadog

Le vent a soufflé toute la nuit, fouettant la falaise, pluie et écume confondues. Les hommes s'échelonnent le long des cordes fixées à la paroi, les cirés jaunes des marins intercalés entre les combinaisons vertes des sauveteurs. Le fracas des vagues couvre le grincement du treuil installé sur la crête. Dans sa gangue de plastique, le corps s'élève avec lenteur, accompagné par les mains des hommes. Parfois, il bute sur une arête, s'accroche comme s'il répugnait à quitter l'océan.

— Lâchez !

Le cri se perd dans les rafales. Les sauveteurs le répercutent du bas jusqu'en haut. Le treuil relâche sa tension, le corps redescend, le vent le fait osciller, huit mains le stabilisent.

— Hissez !

L'ascension recommence. Tout en bas, un voilier, éventré sur le haut-fond, lève sa gueule béante comme s'il voulait aspirer une dernière goulée avant de sombrer.

Les hommes remontent, collés à la paroi à la façon des alpinistes. Ils hurlent. Certains ont la voix cassée.

— C'est bien l'*Albatross*, confirme Liam Nordström, le commandant du port de Kinkhead.

Glen Thomas, le chef des secours, s'essuie le visage et se mouche avec bruit. Il a fait ouvrir la maison. Ses hommes épuisés l'ont rejoint. Une vapeur les environne. Certains, par réflexe, secouent leurs cirés et tapent leurs bottes avant d'entrer. D'autres, déjà chez eux, ont mis de l'eau à bouillir.

— Qu'est-ce qui lui a pris de sortir par un temps pareil ? s'emporte Thomas.

Nordström secoue sa tête qui ressemble à un vieux bois sculpté :

— C'était une sacrée championne !

— Je vois ça ! Vous êtes sûr que c'est elle ?

— C'est son voilier, elle ne le confiait à personne.

On installe la dépouille sur le plancher, à l'abri du vent, en attendant l'ambulance qui vient d'Albright. Nordström ouvre la gangue et grimace : le visage n'est plus qu'une bouillie, le corps est disloqué.

— Pauvre femme !

— Rachel Kent, disiez-vous ?

— La fille du magnat du pétrole. La maison appartient à sa famille depuis plus d'un siècle.

— Un vrai palais de milliardaire ! ricane Thomas.

Le vent secoue la carcasse de la maison et pénètre en sifflant par les fentes des volets. Par moments, l'électricité faiblit, puis revient avec une brusque intensité. Les hommes ont trouvé du thé et du rhum. Des gobelets fumants circulent de l'un à l'autre. L'un des hommes s'ébouillante et jure, les autres rient. Ils ont déjà oublié le corps déchiqueté.

Thomas continue à grommeler :

— Elle aurait dû savoir que Seadog est un cimetière.

— Elle le savait mieux que vous, elle a passé sa vie en mer, dit Nordström. Le cap Horn, les Quarantièmes Rugissants. Il a dû se produire quelque chose.

— Elle a peut-être démâté, suggère un marin.

— Ou bien elle a brisé son gouvernail.

— On dirait qu'elle a tenté de regagner le port.

— En pleine tempête, c'est tout juste si on distingue les feux des Sharps.

— Faudrait savoir d'où elle venait !

La sirène de l'ambulance interrompt leurs suppositions.

— Qui doit-on prévenir ? demande le chef de la sécurité maritime.

Nordström secoue la tête :

— Autrefois, il y avait un gardien, il entretenait la maison et le bateau. Depuis quelques années, il n'y avait plus personne. Elle faisait de courts séjours et ne s'attardait pas à terre. J'apercevais ses voiles, bel oiseau !

Il se tait. Deux infirmiers transis sanglent la morte sur une civière. Les hommes déposent leurs gobelets par respect. Thomas examine une photo collée au mur. Elle représente un groupe d'adolescents, six filles et six garçons en maillots, au bord d'une piscine. Rachel Kent devait être l'une d'entre eux. Des gosses de riches, ça se voit. Beaucoup trop riches pour se contenter d'une vie ordinaire. Pour eux, seul l'océan est assez grand.

23 – Arlington

— Désolé de ces manières de conspirateurs, je n'ai pas le choix. Seul le président a plus d'hommes pour veiller sur lui. Je suis obligé de ruser pour parvenir jusqu'à vous. Si je vous disais que je me trouve en ce moment à l'African Reading Room ? Mes assistants me fabriquent un alibi.

Allen se méprend sur l'air féroce de Philip Singer, sa bouche dure, sa violence contenue.

— Je devais vous parler d'urgence et sans témoins.

Le capitaine du huitième district lève son lourd poignet cerclé de galons :

— J'ai cinquante suspects, autant d'hypothèses et toujours pas de vrai mobile, autrement dit rien de sérieux.

— Vous avez reçu le dossier de Bruce Snow ?

— L'homme a disparu. Personne ne le connaît. On se demande s'il a existé. Le seul Bruce Snow répertorié est mort depuis des années.

— Pourtant Nemo l'a bien identifié.

— Vos renseignements sont précieux, mais il est trop tard. Cette enquête n'est pas un fait divers, c'est une affaire d'État. Elle me dépasse.

— Vous ?

— Moi, oui. Terminé, j'abandonne.

— Vous aviez promis…

Les puissantes épaules de Singer se voûtent :

— D'aller jusqu'au bout, je sais. Mais ça ne dépend plus de moi, on me retire l'affaire. L'ordre émane d'en haut. Pas de sanction, au contraire : on me nomme superintendant avec effet rétroactif au 1er janvier. Je gagne d'un coup huit ans de carrière.

— Félicitations.

— Il n'y a pas de quoi.

Pour la première fois, Allen décèle, chez le policier, un sentiment qui ressemble à de la bienveillance.

— Je n'ai jamais cédé, dit-il d'une voix rauque, jamais, même sous la pression des services secrets. Je me rappelle…

Il balaie ses souvenirs d'un geste fataliste :

— Il faut croire que ce que nous avons déniché en dérange plus d'un. Ils ont le pouvoir, je n'ai qu'une conscience. Et encore… S'ils réussissent à m'acheter, c'est que je suis à vendre.

Son accent est teinté d'amertume. Il contemple d'un œil morne le chemin qui conduit à l'amphithéâtre du mémorial d'Arlington. Ils se trouvent au cœur du cimetière militaire qui étend ses pelouses à l'infini. Ses allées tranquilles permettent de repérer les espions et d'éviter les oreilles indiscrètes.

— Vous dites « ils », mais qui sont-ils ? demande Allen.

— Si je le savais… Je ne peux tout de même pas convoquer les ministres et les parlementaires dont vous m'avez communiqué la liste. Nous en savons à la fois trop et pas assez, heureusement pour notre sécurité. Ne croyez pas que le danger m'impressionne. Mais si je m'accrochais à l'affaire, je serais démis. Mon successeur est déjà en place. Inutile de compter sur lui. Ma nomination n'est pas fortuite, elle est motivée. Elle rappelle mes états de service, et elle est appuyée par mes successeurs et approuvée par le maire. Devant une telle unanimité, il est difficile de repérer celui ou ceux qui ont intérêt à se débarrasser de moi.

— En résumé, j'ai choisi un trop bon enquêteur, ironise Allen.

Le compliment laisse Singer de marbre.

— Vous n'avez rien choisi du tout, j'étais sur l'enquête avant vous. C'est moi qui vous ai invité !

Ils font quelques pas en silence, puis le capitaine reprend d'un ton radouci :

— Rien ne vous empêche de poursuivre les investigations. Vous en savez plus que moi. Vos synapses font des prodiges.

Allen s'arrête un instant pour céder le passage à un couple de gens âgés, qui peinent à se repérer de tombe en tombe. Lorsqu'ils se sont éloignés, Allen soupire :

— Un cerveau n'a pas grand pouvoir sans les membres qu'il oriente. Il fut un temps où je jouissais d'une grande liberté. Maintenant, je suis reclus dans mon bunker. Le dispositif ingénieux créé pour protéger Nemo sert à le brimer.

— Vous avez peut-être abusé de cette liberté.

— En certaines circonstances, la légalité est plus utile aux ennemis de l'État qu'à ses défenseurs.

— Vous pensez à DARK ?

— À *Soul* aussi.

— Personnellement, je ne vous aurais pas suivi sur ce terrain, l'illégalité.

Allen hausse les épaules :

— Je suis prêt à assumer ces entorses à la loi lorsqu'il s'agit de démasquer les coupables. Mais j'ai besoin d'hommes courageux et intelligents pour les affronter. La vérité est un poison violent à doser avec précaution.

— Pour cela, vous pouvez faire confiance à Douglas Leyman. Il a plus de pouvoir que moi.

Le regard d'Allen est sceptique :

— Je me demande jusqu'à quel point le FBI n'est pas aux ordres de ceux que nous soupçonnons.

C'est au tour de Singer de s'immobiliser et de retenir son interlocuteur :

— Qu'est-ce qui vous fait dire ça ?

— Anton Faber, le directeur adjoint, est un intime des grands prêtres de la secte.

— L'intimité affichée ne signifie rien. Faber fréquente beaucoup de monde ; sa fonction le lui impose. Mais rien ne prouve qu'il subisse leur influence. Personnellement, je n'apprécie pas les méthodes du FBI : ses hommes débarquent un beau jour, ils s'emparent des enquêtes en cours de conclusion, s'en attribuent le mérite, ou en rejettent les erreurs sur de pauvres fonctionnaires dans mon genre. La plupart sont arrogants ; certains se prennent pour James Bond. Cependant je suis forcé de reconnaître que la nouvelle organisation du Bureau fédéral est remarquable, beaucoup plus efficace que par le passé. Et les agents de la valeur de Leyman, intelligents, compétents et incorruptibles, ne sont pas des exceptions.

Allen recommence à marcher en silence, avant d'avouer :

— Vous allez me manquer !

Le capitaine le dévisage, méfiant, cherchant à déceler l'ironie.

— Ne poussez pas, Kaufman ! Je sais que je suis invivable. J'ai un caractère de chien, et les gens de mon service respirent depuis qu'ils ont appris la nouvelle de mon départ. Mon successeur se nomme Calvin Alcott. N'attendez pas trop de lui : il vous comblera de sourires et de bonnes paroles en évitant de prendre le moindre risque. Ce n'est pas lui qui inquiétera l'organisation.

Ils arrivent devant la tombe de John Fitzgerald Kennedy où, depuis plus de quarante ans, brûle la flamme du souvenir. La pensée d'Allen s'évade : si l'on peut assassiner impunément un président des États-Unis, que pèse la vie d'un homme comme lui ?

24 – Middleburg

Le docteur Ugo Gregori se fige au seuil du bar. Dans la lumière ténue, une femme en noir, en tête à tête avec un vieil homme aux allures d'aristocrate, lui est douloureusement familière. Il la connaît, et elle semble le reconnaître, car elle ébauche un signe discret de la main. Rachel ?

Il passe une main tremblante sur son visage. Rachel est morte. Il a vu son corps affreusement déchiqueté à la morgue, puis il a assisté à la cérémonie de son incinération en compagnie de ses amis, Allen, Lia, David, Karl, Virginia et Jack, ainsi qu'une foule de membres de la secte.

Cette secte, il la déteste, il la rend inconsciemment responsable de la mort de celle qu'il aimait. Cette femme, il n'arrive pas à l'oublier. Elle le hante. Depuis sa mort, il croit la voir partout. Ce soir encore…

Il regarde les autres clients du *Paris* comme pour les questionner : cette jeune femme... Mais personne ne fait attention à lui. L'ambiance est feutrée ; les couples murmurent. Il secoue la tête pour échapper à un mauvais rêve, puis fait quelques pas pour se rapprocher de la dame en noir lorsque l'homme qu'il est venu rencontrer dans cette auberge élégante l'aborde avec une exubérance impropre à la sérénité des lieux.

C'est un avocat d'affaires d'Alexandria, prétentieux, bavard et angoissé car il doit subir une opération quelques jours plus tard. Ugo le rassure : ses analyses sont bonnes, l'intervention est bénigne, trois jours d'hospitalisation seulement... Tout en parlant, il guette la femme. Elle s'éloigne au bras de son aristocrate. Avant de sortir, elle tourne la tête. Ugo a l'impression que son regard s'attarde sur le sien. Toujours ce rêve !

— Nous dînons ensemble, bien sûr.

Wilkinson, l'avocat, insiste :

— Vous êtes venu de si loin.

Ugo l'enverrait volontiers au diable, mais l'homme lui a rendu de grands services.

— J'ai mille questions à vous poser.

— Mille, c'est beaucoup, ironise Ugo. Ces questions, il faudra me les poser à l'hôpital. Disons la semaine prochaine.

— Je n'ai confiance qu'en vous.

Ugo accepte de boire un verre, puis deux. L'avocat n'en finit pas. Une vraie plaidoirie ! L'anesthésie, la souffrance, les risques, les soins… Ugo répond mécaniquement. Son esprit est loin. Il songe à Rachel. Il la revoit sur le môle de Golden Creek, toujours la première à plonger, la dernière à regagner le rivage. Depuis l'accident, il ne dort plus, il s'est remis à l'alcool. Son travail s'en ressent. À trois reprises, il a dû se faire remplacer.

Il accepte un troisième verre. Wilkinson le dévisage avec étonnement :

— Ça ne va pas, docteur ?

— Dans mon métier, vous savez…

— Oui ?

— On est toujours préoccupé.

L'explication ne rassure pas son futur patient. On exige d'un chirurgien la jovialité, ou mieux la rigueur du praticien sûr de son pouvoir, mais certes pas ce désarroi qui suggère on ne sait quelle maladresse.

Leur conversation meurt de sa belle mort.

— À bientôt ?

L'avocat prend congé, effleuré par le doute. Son brillant chirurgien est plutôt éteint. Son regard est fuyant, et ses mains sont tremblantes.

Quelques instants plus tard, Ugo quitte le bar à son tour. Dans le hall, la jeune fille bavarde avec l'aristocrate. Mince et brune, elle a le type italien. En pleine lumière, sa ressemblance avec Rachel est plutôt vague.

Ugo sort de l'auberge et respire. Après une longue abstinence, l'alcool lui brouille l'esprit et ressuscite ses fantômes au lieu de lui apporter l'oubli. On dit que les noyés reviennent hanter les navigateurs, qu'ils les tourmentent, les poussent sur les écueils. Rachel est l'une de ces âmes errantes, obstinée, nouée à son esprit comme une algue noire des profondeurs.

25 – Washington

Trois niveaux au-dessus de la salle souterraine de Nemo, le bureau de Tony Wayne s'ouvre sur Pennsylvania Avenue. Par la baie vitrée, on voit les arbres de Market Square, le bâtiment des archives, et la lourde architecture du siège du FBI.

La pièce est confortable. Les plantes vertes et les arbres japonais à fleurs remplacent le marbre et l'acier du centre opérationnel. Les sièges de cuir sont raides comme leur propriétaire, serré dans un costume trois-pièces.

— L'enquête sur l'assassinat du sénateur Van Buren est close, proclame le superviseur. Ses conclusions sont claires. Le rapport sera remis tout à l'heure au ministre de la Justice.

— Pour le mettre en examen ? demande Allen d'un air candide.

— Vos plaisanteries n'amusent que vous !

— Ce n'en était pas une.

Wayne tord son coupe-papier de bronze comme s'il voulait le briser :

— Bref, plus d'inquisition inutile. Nous avons d'autres priorités.

— Elles ne sont pas négligées. Nemo ne fait pas d'exception.

— Pas d'exception, mais il fait parfois du zèle, intervient Walter Wright avec un grand sourire.

Wright est l'un des adjoints du superviseur. Contrairement à son patron, c'est un homme de valeur. Ancien d'Harvard, mathématicien et informaticien surdoué, il a dirigé la recherche d'IBM avant de rejoindre Nemo. Allen aurait recherché son amitié si le brillant personnage n'était pas à vendre au plus offrant.

— Vous avez étudié mes simulations ? demande-t-il.

Il s'adresse à Wright. C'est Wayne qui répond :

— Simulations ! le terme est bien choisi. Je ne suis pas dupe de vos manœuvres, vous savez. Vous m'avez submergé d'informations pour me faire perdre mon temps. En réalité, c'est vous qui en avez perdu.

— Ces informations, vous les avez exigées.

— Ne me prenez pas pour un idiot ! explose Wayne. Je connais tous vos trucs, votre code 100, vos contacts, vos entretiens secrets avec les enquêteurs. Mais Singer et Leyman sont plus scrupuleux que vous.

Je peux vous répéter mot pour mot votre conversation d'Arlington. Ça vous suffit ?

Le superviseur se tait, savourant sa victoire. Wright, le dos tourné à l'assistance, contemple Washington. Arthur Brent, le deuxième adjoint, fixe Allen d'un air mauvais. Il se juge important parce qu'il dirige les seize agents du service de protection. Mais il est loin d'avoir la subtilité de Wright et l'influence de Wayne.

Allen affecte un détachement qu'il est loin de ressentir : l'espionnage dont il est victime, en particulier les fuites d'Arlington, exige des moyens sophistiqués.

— Qu'allez-vous faire ? Me livrer aux gorilles du SURF ?

— Ce serait donner trop d'importance à des ragots, dit Wayne avec dédain. Entre nous, je me ficherais éperdument de votre secte si vos simulations, comme vous les appelez, ne risquaient pas de mettre en cause les plus hautes personnalités de notre pays. Vos méthodes ressemblent à celles des charognards du journalisme. Ne me parlez pas d'idéal ou d'intégrité, Kaufman, surtout pas. Vous n'êtes pas un anarchiste de l'information, mais un exhibitionniste en quête de votre propre notoriété. Plus la proie est célèbre, plus elle vous excite, elle vous aveugle, vous rend partial, intolérant, et vous lance aussitôt dans une chasse aux sorcières.

— Si je comprends bien, je n'ai plus qu'à retourner à Aranka, dit Allen, imperturbable.

— Vous restez, mais je reprends le contrôle de Nemo. Est-ce assez clair ?

— Oui, monsieur.

Allen salue et sort du bureau.

La porte refermée, Walter Wright, sans cesser d'observer la ville, fait remarquer d'une voix douce :

— Nemo est incontrôlable. Si vous voulez diriger ce centre, c'est Kaufman qu'il faut neutraliser.

26 – Hampton

— Ce n'était pas un accident !

Allen pose une main apaisante sur l'épaule de son ami. Ugo se dégage avec irritation : il n'a pas besoin d'être consolé. Tout ce qu'il veut, c'est qu'on l'écoute.

— Jamais Rachel ne serait sortie du port par une telle tempête. Force 10 !

— Elle l'a fait, pourtant.

— C'est ça que je ne m'explique pas.

— Ce n'était pas la première fois. Tu sais comme moi qu'elle a bravé d'autres ouragans.

— En haute mer, oui. Pas sur les récifs de Seadog par vent d'Est, et en pleine nuit. Elle connaissait la côte comme sa poche.

— Son voilier a pu avoir une avarie.

— L'*Albatross* ? Tu plaisantes ! C'est la version des sauveteurs, mais je n'y crois pas : Rachel avait le meilleur bateau de la région.

Allen fait quelques pas sur la terrasse, qui domine l'embouchure du Potomac et la baie de Chesapeake. Ugo habite au sommet d'une ancienne demeure rénovée, un bel appartement tout en verre et en bois rouge. La mer est d'un bleu intense, sans une ride. Au bout d'un instant, il se retourne et résume :

— Ce que tu essaies de me dire, en somme, c'est qu'on l'a obligée à sortir en mer et à se jeter sur les récifs.

— D'une façon ou d'une autre, dit Ugo d'une voix sombre. On l'a peut-être acculée au suicide. Depuis quelque temps, elle était tourmentée, angoissée. Je t'en avais parlé.

— Lia l'a rencontrée. Elle l'a trouvée, au contraire, épanouie, déterminée.

La voix d'Ugo se fait soudain véhémente :

— C'est bien de Rachel, ça ! Elle masquait sa souffrance et ses angoisses sous la tendresse ou l'ironie. Elle est venue me rendre visite à l'hôpital il y a trois semaines. Je ne sais plus si je te l'ai dit. Elle avait disparu, j'étais mort d'inquiétude. En riant, elle m'a expliqué qu'elle arrivait d'Europe.

— D'Europe ?

— De Zurich et de Milan, oui. J'étais rassuré en pensant qu'il y avait un homme derrière cette escapade. Tu vois où j'en étais. Elle était belle, plutôt détendue.

Je lui ai fait remarquer que son voyage lui avait fait du bien. C'est là qu'elle a craqué, tout d'un coup. Une fois de plus, elle m'a parlé de la secte, et son visage s'est décomposé. Elle tremblait tellement qu'elle a dû s'appuyer à mon bureau. Elle avait peur, je crois, elle que rien n'effrayait jamais.

— Elle te l'a dit ?

— Pas vraiment. Elle voulait que je fasse partie de son Église, tu te rappelles ? Je ne la prenais pas au sérieux. Je lui disais que si tous les sergents recruteurs avaient des jambes comme les siennes, l'armée pourrait se passer de campagne de pub. Il s'agissait d'un appel au secours et je ne l'ai pas compris.

— Donc, selon toi, c'est à cause de la secte qu'elle est morte.

— J'en suis persuadé.

— Mais tu n'as pas de preuves ?

— Il y a la mort de ce détective, c'est suspect, non ? De ton côté, tu as pu te renseigner ?

Allen ignore la question. Devant son silence persistant, Ugo perd contenance :

— Ne me dis pas que tu as peur, toi aussi, que tu renonces ? Rachel est morte, Allen.

— Elle te pressait de faire partie de la secte ?

— Au début. Depuis quelque temps, elle n'en parlait plus, ou alors elle en faisait un sujet de plaisanterie. Il fallait que je rencontre un certain John O'Hanna pour évaluer mon potentiel spirituel.

Il éclate d'un rire forcé :

— Mon potentiel spirituel, tu te rends compte ?

— Eh bien, tu vas aller trouver ce monsieur, décrète Allen, imperturbable.

— Quoi, tu prétends… Ce n'est pas sérieux ?

— Tu veux comprendre ce qui s'est passé, non ? Le meilleur moyen de le découvrir, c'est d'y entrer.

— Ils m'ont vu à son enterrement, et sans doute en sa compagnie, avant sa mort. Ils me reconnaîtront et se méfieront de moi.

— Pas si tu suis mes instructions à la lettre. J'ai besoin de quelqu'un à l'intérieur de l'organisation. Ce sera toi.

— Qu'est-ce que je devrai faire ? demande Ugo avec méfiance.

— Je te le dirai. Tu seras suivi en permanence par Nemo. Pour communiquer, tu auras une ligne sécurisée. Tu pourras ainsi me joindre à tout moment. En revanche, nous ne pourrons plus nous rencontrer. Je suis surveillé jour et nuit. Pour venir te voir, j'ai pris une vedette à Annapolis. On me croit à Washington. Ce brave Wayne est persuadé qu'il me suit pas à pas. Tandis que nous parlons, Nemo m'invente des itinéraires et des contacts. Je suis devenu un personnage virtuel.

Ugo secoue la tête :

— Tu n'as pas changé !

— Si tu le dis ! soupire Allen. En réalité, je me sens un peu seul. Nous ne sommes que deux sur ce coup-là. Autrefois, nous étions douze !

Il secoue la tête comme pour se débarrasser de ses pensées mélancoliques :

— Tu peux prendre tes distances avec l'hôpital ?

— C'est déjà fait.

— Tu as donc du temps, de l'argent, tout ce qu'il faut pour te faire une place dans l'organisation. Je te dirai comment parvenir au sommet.

— Rachel a essayé. On a vu le résultat ! dit Ugo d'un ton amer.

— Elle a certainement découvert quelque chose.

— Que veux-tu dire ?

— Si, comme tu le soupçonnes, la mort de Rachel n'est pas accidentelle, c'est qu'on l'a supprimée. Je ne crois ni à l'accident ni au suicide. Autrement dit, ta mission est dangereuse.

— Je n'ai pas peur.

— Remarque, on peut se tromper : certains tentent peut-être de compromettre la secte. Jusqu'à présent, le meurtre n'était pas le genre de la maison. Et subitement elle se déchaîne, on dirait qu'elle veut faire place nette.

— Et si c'est le cas, si l'organisation est innocente ?

— Tu auras dépensé ta fortune pour rien.

— Je me contrefiche de l'argent.

— Au besoin, je pourrai détourner quelques milliards, murmure Allen d'un air pensif. Je ne serais pas fâché de plumer la secte. La financer avec son propre argent, tu te rends compte ?

Ugo secoue la tête :

— Tu tiens à retourner en taule ?

— Parfois, j'ai l'impression d'y être encore. Non, je plaisante. J'ai Nemo, une clé qui ouvre toutes les portes et toutes les fenêtres. N'empêche, il faut être prudent.

« Prudent, c'est lui qui dit ça ! » songe Ugo. Allen était le plus fou de la bande et, à voir son expression réjouie, il n'est pas très différent de l'adolescent de Golden Creek. L'infiltration de la secte comble ses vœux, comme autrefois celle de EAGLE. Tout recommence. « À une différence, calcule Ugo. Cette fois, c'est moi qui vais être en première ligne ! »

27 – New York

Allen dévisage avec sympathie le voyageur, tout juste débarqué de l'avion en provenance de l'Est africain. Fils d'Alexis Horner, patron de Graham, l'un des groupes de communication les plus puissants du monde, William est grand reporter à IVTV, première chaîne de Graham.

Autrefois, il a fait partie de la bande de Golden Creek, comme Rachel, Ugo, Lia, Allen et huit autres.

À l'époque de DARK, Will était encore un jeune homme timide, plutôt malingre. Trois ans plus tard, le journaliste stagiaire est devenu un correspondant de guerre au physique de baroudeur : larges épaules, rangers, chemise militaire ouverte sur un torse brûlé par le soleil.

— C'était dur, le Darfour ?

Will hoche la tête :

— L'enfer. Ils s'attaquent aux humanitaires et se dévorent entre eux.

— Tu repars bientôt ?

— Le temps de monter ma série : six reportages. On a des images-choc. Certaines ne passeront pas la censure.

— Quelle censure ?

— La mienne. Le mal à l'état pur et l'horreur créent des vertiges et suscitent des vocations.

— À ce point ?

— Pire. Je réserve certaines séquences aux commissions de l'ONU. Sans la moindre illusion : la condamnation des responsables restera symbolique. Elle ne mettra pas fin aux atrocités.

Il regarde Allen et sourit :

— Tu n'as pas changé.

— Je vais finir par le croire : tout le monde me dit ça.

— Tout le monde a raison.

— C'est un compliment ?

— Un réconfort : en te voyant, on se dit qu'il existe encore des rêveurs et des idéalistes. Tu es comme les cigognes, un survivant de l'espèce. C'est pour ça qu'on t'aime et qu'on a envie de te protéger.

— Une cigogne ! Autrefois, tu me comparais à un poisson-pilote. C'est une promotion. À propos d'oiseaux migrateurs, tu connais Stanley Stiwal ?

— Le correspondant de *Mundial TV* ?

— Et du *Washington Herald*, oui.

— Un crack ! dit Will avec chaleur. J'ai admiré ses enquêtes sur le Pakistan et la Corée du Nord. Pourquoi tu me demandes ça ?

— Il a enquêté jadis sur l'Église *Soul*. Tu es au courant ?

Le rire de Will lui donne soudain l'air de l'adolescent d'autrefois :

— Pour être au courant... Une meute d'avocats s'est ruée sur la chaîne. Le jugement a coûté un max au groupe. Si je me souviens bien, il y a eu un compromis : on parle de cinq cents millions de dollars !

Allen siffle entre ses dents.

— Ne me dis pas que tu t'attaques à eux ? s'exclame Will, incrédule.

— J'enquête.

— Ils sont chatouilleux et dangereux.

— Plutôt, oui. Je les soupçonne d'être responsables de cinq meurtres, dont celui d'Harry Van Buren et de Rachel.

Will sursaute :

— Rachel ? Rachel Kent ?

Allen acquiesce :

— Elle faisait partie de la secte. Son voilier s'est soi-disant fracassé sur les récifs de Seadog. Je n'y crois pas une seconde.

Will plisse les yeux, attentif comme un chasseur qui guette sa proie :

— Tu es sûr de ce que tu avances ?

— Pas encore, bien que tout accuse *Soul*. C'est pourquoi je veux rencontrer Stiwal. Je pense qu'il doit détenir les informations qui me manquent.

— Pourquoi ne pas l'appeler ?

— On me surveille. Si je me pointe chez Graham, les limiers de Tony Wayne, mon patron, devineront aussitôt ce que je mijote. Je suis censé avoir abandonné l'enquête sur ordre du ministre de la Justice. Mais tu me connais… J'ai dû tricher pour arriver à l'aéroport Kennedy sans éveiller l'attention. Mes deux anges gardiens m'attendent devant le quartier général du FBI, où je suis censé présider une commission d'enquête sur les filières du diamant, alors que je me trouve à New York.

— Donc, tu veux que je contacte Stiwal et que je lui explique la situation.

— Désolé de t'enrôler de force.

— Je le ferai volontiers, pour toi, et aussi pour Rachel. Morte en mer ! J'ai souvent pensé qu'elle finirait ainsi, mais pas si tôt, ni dans les circonstances tragiques que tu suggères. Un détail me sidère : qu'est-ce qu'elle fabriquait dans une secte ? Tu es certain qu'elle en faisait partie ?

— Certain, et Ugo est adepte, lui aussi.

— Ugo ! C'est elle qui a dû l'entraîner dans cette galère.

— Indirectement. C'est moi qui l'ai poussé, en réalité. Il cherche à savoir si la secte est responsable de la mort de Rachel. Il était fou d'elle. Il n'a pas supporté sa disparition.

— Je comprends, murmure Will.

Il secoue sa mélancolie et reprend sa voix de reporter pour proposer :

— J'organiserai la réunion chez moi. Non, j'ai mieux : l'appartement de Peter. Peter Ryan travaille en Thaïlande. Il est correspondant du *Star*. L'endroit est loin d'être luxueux, mais il est discret. Ce ne sera pas dans l'immédiat : J'ai mes émissions à préparer, et j'ignore si Stanley se trouve à New York. Je te préviendrai.

— Surtout, pas un mot à ton père, recommande Allen.

Will réprime un sourire :

— Aucun risque : le seul nom de *Soul* lui donne de l'urticaire.

— Quelle revanche, tout de même, si on arrivait à coincer les maîtres de la secte !

Le reporter secoue la tête d'un air de commisération :

— Ne rêve pas trop, mon vieux. Ces gens-là sont mieux gardés que le président Kim Yong dans son bunker de Corée du Nord.

Allen acquiesce avec un petit sourire. Il est seul à connaître la vraie puissance de Nemo. Ses révélations peuvent être aussi dévastatrices que l'arme atomique. Le tout est de se trouver hors du champ de radiation !

28 – Washington

L'oiseau, aigle ou corbeau, emplit tout le tableau comme une ombre noire. Il écrase le paysage sous-jacent, la mer, le rivage, les enfants. Si, toutefois, cette variation violente, du rouge pâle à l'incarnat, évoque une plage. Elle pourrait être tout aussi bien une traînée de sang, une ligne de paprika, un soleil couchant.

— Pas de réaction ?

Dans sa longue blouse, maculée de peinture, les poings sur les hanches, Lia a son regard sombre des mauvais jours. Allen pense qu'il lui faut inventer quelque chose de toute urgence, sinon la toile disloquée risque de finir, comme tant d'autres, dans le feu qui ronfle dans la cheminée.

— C'est fort !

— Fort ? C'est tout ce que tu as trouvé ? Ce n'est pas un alcool !

— Si, justement.

Les yeux noirs se radoucissent :

— Tu veux dire…

— En le regardant, j'éprouve une sorte de vertige, comme si le ciel écrasait la terre, ou l'inverse. On perd tout repère. Cet ange noir me fascine et me terrifie.

— Tu m'étonnes, murmure Lia.

— Désolé.

— Non, surtout pas : tu as effleuré ce que je voulais exprimer, c'est important. Je croyais avoir échoué. Je me demandais si l'idée n'était pas trop factice, le traité trop descriptif. Tu comprends, il ne faut pas sentir, mais ressentir.

Allen s'éloigne du tableau pour élargir sa perspective tout en l'examinant avec attention :

— Il y a quelque chose qui me bouleverse sans que je puisse l'expliquer.

Lia le regarde. Cette fois, il y a de l'amour dans ses yeux, et toute la tendresse du monde est contenue dans son sourire.

Le feu craque. La pluie martèle la verrière. Allen songe qu'il aimerait passer toute la journée dans cet atelier. Il s'installerait sur le vieux fauteuil de velours qu'il affectionne pour la regarder peindre. Lia est si belle, si merveilleusement belle, quand elle s'acharne sur sa toile, le regard éperdu, les lèvres mordues, torturée, bouleversante. Cependant elle ne supporterait pas sa présence. Elle déteste quand il la regarde travailler.

À ses yeux, il est plus indécent de peindre devant lui que de se balader toute nue.

Allen le comprend. Quand elle crée, elle s'enfonce au plus profond d'elle-même. Elle révèle le plus intime, le plus défendu. Tant que le tableau n'est pas terminé, elle fuit le regard des autres. Ensuite, elle s'en sépare, il ne lui appartient plus totalement, même si elle en revendique la maternité. Il devient un enfant séparé de sa mère après la naissance.

Allen connaît la signification de cet ange noir : il raconte la mort de Rachel. Lia en souffre comme elle a souffert autrefois du meurtre de Samira. Pour elle la mort de ses amies est intolérable ; la peinture elle-même ne parvient pas à l'en guérir.

— Je me disais... On pourrait tous se retrouver, suggère-t-il avec douceur.

— Tous ?

Il sent le regard de Lia, son interrogation muette, vaguement critique.

— Tous les amis d'autrefois, oui. À Golden Creek, pourquoi pas ?

Il y a un long silence au bout duquel Lia soupire :

— Je ne sais pas si c'est une bonne idée : découvrir les autres changés, devenus ce qu'ils ne voulaient pas être !

Il éclate d'un rire forcé :

— Ta vision est bien pessimiste. Pourquoi seraient-ils différents de ceux que nous aimions ?

Lia refuse de le suivre sur le terrain de l'ironie :

— Nous passerions notre temps à évoquer les disparus, et à échanger nos souvenirs d'anciens combattants, merci bien !

Les bras autour du corps, elle frissonne.

— Et puis, avec ton enquête, tu en compromettrais plus d'un, ajoute-t-elle.

— Mon enquête ?

— Ne joue pas les innocents, je te connais ! Je sais que tu continues à traquer ta maudite secte. Je te sens crispé, angoissé...

— Quelle imagination !

Il essaie de donner le change, mais ne peut pas l'empêcher de poursuivre.

— Inquiet, oui, tu l'es, et tu as raison de l'être. Rachel est morte à cause de cette histoire, ne mens pas ! Elle est venue ici tout exprès pour te recommander d'être prudent. Tu as pris cela pour une menace ; c'était un avertissement. Tu cours des risques, Allen. Et tu en fais courir aux autres. En ce qui me concerne, je l'accepte, je suis heureuse de partager ton sort, parce que je t'aime. Mais les autres...

Il la prend dans ses bras et l'étreint de toutes ses forces :

— Calme-toi, je t'en prie. Ce n'est pas si dramatique. Tu t'affoles pour rien, je t'assure. C'est une enquête comme une autre. Du reste, elle est officiellement terminée. Tout le monde est satisfait.

— Sauf toi, pas vrai ?

Elle éloigne son visage pour le regarder au fond des yeux. Il se trouble, et murmure d'une voix sourde :

— Je veux savoir ce qui est arrivé à Rachel !

— Je comprends.

Ils se séparent et demeurent l'un en face de l'autre en silence. Ce qu'elle demande à sa peinture, il l'exige de Nemo. Mais il y a chez lui, en plus, le goût du risque, la volonté de faire plier ceux qui se croient au-dessus des lois. Une lutte solitaire, un défi au danger, et d'abord à lui-même.

29 – Washington

— Tout va bien, rassure-toi.

La voix d'Ugo est claire, étrangement animée.

— Où es-tu ?

— Chez SCINTERN, comme prévu. Je suis déjà associé à plusieurs projets intéressants, artistiques, humanitaires. Et mes conseillers, on dit ici des conducteurs, ne sont pas des amateurs : Reiner, Maiakosky, Reynolds. Ces noms t'évoquent quelque chose ?

— Et les autres, tu les as aperçus ? le presse Allen.

— Les autres ?

— Summer, Robertson, Brown, Plunket…

— Pas encore. Les grands maîtres ne se dérangent pas encore pour moi. En revanche, j'ai eu un long entretien avec Margaret Sullivan et Larry Vaugham, l'ancien ministre de la Défense. Je vais t'envoyer la liste des personnalités que j'ai rencontrées. Tu me diras celles qui t'intéressent. J'essaierai d'approfondir mes relations avec elles.

— Si tu communiques par Internet, utilise le code que je t'ai donné.

— Pas de problème !

La nonchalance d'Ugo inquiète Allen : « Il se laisse endormir ! »

— Ils t'ont parlé de Rachel ?

— Deux ou trois, ceux qui se trouvaient aux obsèques.

— Ils t'ont reconnu ?

— Certains. Sa disparition brutale les a affectés. Plus ça va et plus je pense que l'Église est étrangère à sa mort. Rachel ne s'est pas suicidée, c'était un accident.

— Qu'est-ce qui te fait dire ça ?

— L'Église, l'ambiance, la générosité qui s'en dégage. Rachel était très considérée. Elle jouait un rôle important d'après ce que j'ai compris. Je n'en suis pas encore là. Je termine tout juste ma formation. Il paraît que j'ai un énorme potentiel, non pas scientifique et médical, comme nous l'avions prévu, mais artistique. Note, je ne m'en plains pas.

— À part ça, qu'est-ce que tu as découvert ?

— Ils préparent quelque chose d'important. Une assemblée, je crois. Les adeptes vont venir du monde entier. C'est assez flou, mais les pontes sont tout excités à la pensée d'y participer. Les élus seront peu nombreux, à ce qu'on dit. Je vais tenter d'en savoir plus.

— Sois prudent, recommande Allen. Sous leurs dehors bienveillants, ces gens-là sont dangereux.

Souviens-toi de Rachel. Tu disais qu'elle était angoissée, malheureuse.

La voix d'Ugo s'altère :

— Tu crois que je ne pense plus à elle, c'est ça ?

— Ce n'est pas ce que j'ai voulu dire !

— Je te rappelle !

La communication s'interrompt brutalement. Soit Ugo a été surpris par quelqu'un de la secte, soit il n'a pas supporté la réflexion d'Allen. « J'ai été maladroit, songe le maître de Nemo. Il risque peut-être sa vie, et, au lieu de l'aider, je le culpabilise ! »

Son air contrarié n'a pas échappé à ses partenaires. Sans avoir entendu sa conversation, Phil, Edmond et Luisa se doutent que quelque chose ne tourne pas rond.

— Rien de cassé, boss ? dit Edmond.

Allen s'oblige à sourire :

— Côté cœur, tout va bien.

Il surprend le regard de Phil : « Une ligne sécurisée pour parler d'amour ? »

— Et vous ? demande Allen.

— Question cœur, c'est la cata, soupire Edmond. En revanche, je suis de plus en plus génial !

— Et modeste, glousse Luisa.

— Ne riez pas, j'ai du nouveau, du sensationnel, du prime time, un scoop, six colonnes à la une…

— Accouche !

— Trois échanges téléphoniques entre Robertson et Snow.

— Le grand maître et le tueur ? s'exclame Phil.

— Eux-mêmes !

— Tu rigoles.

— J'en ai l'air ?

— Laissez tomber, ordonne Allen.

Edmond ricane ostensiblement :

— Attends d'avoir entendu mes oratorios ou plutôt mes requiems.

Le ton d'Allen devient cassant :

— J'ai dit : laissez tomber !

— Écoute au moins l'enregistrement : il ne dure que cinq minutes !

— Pas question !

— Hé ! J'ai bossé soixante heures là-dessus ! proteste Edmond.

— Tu n'es pas le seul, dit Phil.

Allen hoche la tête :

— Ce sont les ordres.

Ils le regardent, ébahis, comme s'ils doutaient de sa raison.

— Depuis quand tu te couches dès qu'un pourri élève la voix ? lâche Edmond, insolent.

— Tu as déjà tâté de la prison, dis-moi ? riposte Allen.

— C'est à ce point ? murmure Luisa.

Allen hausse les épaules :

— Nous avons d'autres combats à mener.

— À condition de ne pas déranger les puissants de ce monde, dit Edmond avec amertume. Ils peuvent bafouer les lois impunément. Ben voyons, ce sont eux qui les font !

— C'est injuste !

La voix plaintive de Luisa toucherait Allen si elle n'émanait pas de l'espionne de service. C'est pour elle qu'il vient de faire tout ce cinéma, pour qu'on sache là-haut qu'il abandonne. En réalité, il a suffisamment d'éléments stockés au cœur de Nemo pour ne pas en chercher davantage. Wayne et ses alliés imaginent ses systèmes comme des coffres-forts protégés par des codes. Or rien n'est plus facile à casser qu'un code. Nemo lui-même s'en charge pour peu qu'on sache le lui demander. Wright est de taille à y pénétrer aussi aisément que Phil et Edmond. Ce qu'ils ignorent tous les trois, comme tous les génies qui explorent Nemo depuis des années, c'est que ce cerveau n'est pas une source, mais un puits obscur. Nul ne peut le sonder au plus profond pour y récolter ce qu'il emmagasine. À ce niveau, sa mémoire n'est qu'un espace invisible, une matière aussi inaccessible que les souvenirs d'un sourd-muet. Pour y pénétrer, il faut un langage sans sons ni symboles qu'Allen est seul à connaître. Il a tout, sauf un dernier détail. Et ce détail, il l'aura dans trois jours : après deux mois d'absence, Stanley Stiwal revient du Liberia.

Tandis que sa pensée erre sur l'entretien à venir, le téléphone intérieur retentit. Phil agite l'appareil :

— Wayne veut te voir.

— Pour te féliciter, grogne Edmond.

— Il attendra.

Allen se penche sur le dossier de la contrebande du diamant qui lui sert de couverture pour masquer sa véritable enquête. À la première impulsion, Nemo se met au travail. Il évite les pays sages, l'Australie et le Botswana, pour orienter ses recherches vers la Russie et le Liberia. Des sociétés défilent, sérieuses ou suspectes, suivant le cas. Aux secondes est accolée l'identité des intermédiaires, des réseaux et des revendeurs.

— *Ekman*, j'ai déjà rencontré ce nom, dit Luisa. C'est une compagnie du groupe *Elektra*.

— Et *Elektra* appartient à nos amis de l'Église *Soul* ! triomphe Edmond.

Phil émet un ricanement joyeux :

— Inutile d'enquêter, les mecs. C'est la secte qui vient à nous.

— Pur hasard, dit Allen.

— Impur !

Selon Nemo, la compagnie possède des filiales à Londres, Anvers et Amsterdam. Elle est tout ce qu'il y a de plus limpide. Mais elle se fournit en partie au Liberia. Belle entrée en matière pour questionner Stiwal qui revient de là-bas.

— Pour la forme, vérifiez les actionnaires et les administrateurs d'Elektra, recommande Allen.

Edmond adresse un clin d'œil à Phil :

— Les affaires reprennent.

— Et balance tes fameux enregistrements sur mon poste, on ne sait jamais, ajoute Allen.

30 – New York

Stanley Stiwal forme un contraste étonnant avec William. L'homme amaigri, aux épaules voûtées et aux cheveux rares, ne ressemble plus guère au portrait du sémillant reporter publié par les médias à l'époque du procès Graham. « On dirait un vieux professeur chahuté par ses élèves », pense Allen.

Après avoir fait les présentations, Will se tient à l'écart. Stiwal se laisse tomber dans l'un des fauteuils et, la tête appuyée au dosseret recouvert de tapisserie, il ferme les yeux.

— Dur voyage ? s'enquiert Allen avec sympathie.

— C'est un métier de fossoyeur, gronde Stiwal. L'information enterre ses morts à la va-vite. Les victimes du jour font oublier celles de la veille. L'horreur devient un spectacle, un film comme un autre. Les jeux du cirque. S'il n'y avait pas de monstres, il faudrait en créer. Mais de ce côté-là on n'a pas à redouter de pénurie. Que voulez-vous savoir ?

La brutalité de la question désarçonne Allen.

— William m'a dit que vous enquêtiez sur l'Église *Soul*, ajoute-t-il. Je vous souhaite bien du plaisir !

Le ton exprime plus d'amertume que d'ironie.

— J'ai suivi les péripéties de DARK et apprécié le courage avec lequel vous avez démasqué les démons de EAGLE. On peut dire que vous n'avez pas lésiné sur les moyens. Vos adversaires étaient dangereux. Surtout ne vous faites pas d'illusion : ceux auxquels vous vous attaquez aujourd'hui le sont encore davantage parce que leur pouvoir est plus insidieux, et leurs ramifications innombrables.

Il s'interrompt pour examiner les lieux. L'appartement est chichement meublé : un lit, deux tables, quelques fauteuils hideux. On devine que son propriétaire ne vient que pour y dormir entre deux avions. Le reste du temps, il parcourt la terre sans chercher à s'enraciner nulle part. Il effleure le monde.

Le quartier, proche du Bronx, est désert ; l'immeuble anonyme. Nemo a brouillé les pistes, localisant les trois hommes dans différents secteurs de la ville.

— Tout a commencé il y a six ans, raconte Stiwal. Dans le cadre d'une étude sur l'influence des sectes aux États-Unis, j'ai été amené à enquêter sur les finances de l'Église *Soul* en collaboration avec deux anciens agents fédéraux spécialisés dans l'investigation financière et le blanchiment des narcodollars. À l'époque, Nemo n'existait pas encore.

— Il est entré en service l'année suivante, précise Allen.

— Mes enquêteurs étaient de premier ordre. Leur estimation avait fixé le trésor de guerre de *Soul* à un niveau impressionnant. Pour vous donner une idée : le budget annuel d'un État comme la Grèce. Sachant que ce n'était que la partie visible de l'iceberg, car l'organisation possédait des coffres et des comptes secrets en Suisse, au Liechtenstein, et dans une dizaine de paradis fiscaux, nous prenions des contacts à l'intérieur de la secte lorsque Harry Van Buren s'est pointé. J'attendais ce contact, je l'avais provoqué, mais j'avoue que je ne m'attendais pas à un personnage aussi éminent : sénateur, président de la commission des finances, ministre en puissance, et administrateur de l'Église *Soul* !

Le sourire du reporter découvre des dents jaunies par la nicotine :

— La stature du personnage corroborait l'importance de ce que nous étions en train de découvrir. Je pensais que l'homme était là pour m'influencer ou acheter mon silence. Je m'attendais à une accusation ou une intimidation feutrée. Or, rien de tout cela. Van Buren était subtil et cultivé. Il connaissait mes goûts, mes opinions, mes combats. Il m'approuvait sur bien des points. Nous parlions de littérature et de voyages. Une conversation de salon ! Par instants, je l'avoue, j'étais sous le charme. Mais vingt ans de métier m'avaient immunisé contre le chant des sirènes et la dialectique des gourous. J'étais méfiant. Je me demandais quand et comment il allait me circonvenir. Or, il n'en avait pas l'intention. En réalité, il me testait. À notre troisième rencontre, rassuré sans doute par... disons : mon intégrité professionnelle et ma ténacité, il s'est mis à me faire des confidences. C'est un euphémisme !

Il s'interrompt pour ménager son effet avant de reprendre :

— Un coup d'État ! D'après lui, il s'agissait de cela, rien de moins. La secte avait accumulé assez d'influence et d'argent pour prendre le pouvoir dans notre pays et imposer sa religion matérialiste et son idéologie fasciste à une partie du monde. Tout d'abord, je ne l'ai pas cru. J'ai soupçonné une provocation, ou un délire mystique. Mais Van Buren n'avait rien d'un illuminé. C'était un homme lucide et équilibré. Et les nouvelles ambitions de la secte, loin d'être utopiques, lui semblaient très dangereuses.

— Cette secte, c'est pourtant lui qui l'avait créée, objecte Allen.

— Disons qu'il avait contribué à sa fondation. Après la mort de leur grand maître, David Soul, ses successeurs se sont disputé le pouvoir. L'organisation s'est déchirée en plusieurs tendances. La plus ambitieuse, soutenue par Summer et Robertson, l'a emporté, et la révolution a été programmée.

— Un coup d'État ? Tu veux rire ! intervient William, jusqu'à présent silencieux. Comment instaurer une dictature dans un pays soumis à une constitution comme la nôtre et attaché aux valeurs de la démocratie ?

Stiwal hoche la tête :

— C'est ce que je pensais. Mais le monde évolue, les mentalités aussi. Il faut compter depuis une décennie avec un nouveau pouvoir : celui de la religion. Les hommes ont besoin de repères, et ces repères sont spirituels. Nous rentrons dans une ère mystique. Quand je parle de religion, je ne pense pas à l'islam, divisé et déconsidéré par le terrorisme, ni à la religion chrétienne, jugée trop faible et trop éloignée de la réalité. L'Église *Soul*, elle, répond mieux à leurs attentes. Elle propose une croyance simple, plus matérialiste que métaphysique. L'âme n'est plus un concept abstrait, mais une force intérieure qui donne aux croyants la capacité de réussir dans le monde impitoyable d'aujourd'hui. C'est sur des idées aussi simplistes que se fondent la plupart des dictatures, car elles sont comprises de tous et donc rassurantes.

— Il est vrai que le peuple américain est l'un des plus religieux du monde, reconnaît William. De là à plébisciter la secte *Soul*…

— Je n'ai pas dit ça, réplique Stiwal. Mais les relais d'opinion, acquis à l'organisation, et donc capables de rassembler les électeurs autour de leur candidat à la présidence, étaient impressionnants. Van Buren m'a convaincu en me communiquant la liste des instigateurs et des acteurs de ce complot. Tout ce que notre pays compte de puissance financière, économique, scientifique, politique s'y trouvait réuni. Van Buren avait commencé à critiquer ouvertement l'ingérence de l'organisation dans les affaires de l'État. Il était allé jusqu'à susciter une commission d'enquête sénatoriale, refusant d'en faire partie pour garantir son objectivité. Le rapport des sénateurs a été décevant : l'organisation était en règle. C'est alors que Van Buren m'a contacté. Puisque les institutions refusaient d'admettre qu'elles étaient en danger, il comptait sur les médias pour alerter l'opinion.

Il prend le temps d'allumer une cigarette et d'inhaler la fumée avec volupté avant de poursuivre :

— J'ai mis du temps à croire à sa sincérité. Je croyais qu'il voulait régler ses comptes avec ses partenaires. Une chose m'intriguait, en particulier : cet homme, qui déclarait publiquement la guerre à l'Église *Soul*, continuait à assister à ses réunions et à faire officiellement partie du conseil d'administration d'un certain nombre de ses filiales. De son côté, la secte ne songeait pas à l'exclure en dépit de ses attaques. Sans doute espérait-il la contraindre à se réformer et à abandonner ses menées subversives.

— J'avoue que je ne comprends pas très bien, dit Allen.

Le reporter lui fait signe d'être patient :

— Il me communiquait des documents, des noms, des adresses. Ces informations m'ont permis de publier une série d'articles qui soulignaient la nocivité de la secte et l'hypocrisie de ses dirigeants. Bien entendu, je ne citais pas mes sources. Mais il était évident que Van Buren était mon informateur. Et, soudain, *Soul* a porté plainte contre le groupe Graham. Ses avocats exigeaient une rétractation et le paiement d'une énorme indemnité en préjudice de l'image négative véhiculée par mes articles. Alexis Horner n'est pas du genre à se laisser intimider, et il respecte l'indépendance de ses collaborateurs, son fils peut en témoigner.

Will approuve en souriant :

— Allen aussi. Mon père a accepté de retransmettre en direct l'épilogue fantastique de DARK.

— C'était le bon temps, soupire Allen.

— Alex m'a demandé si j'étais sûr de la solidité de mes révélations, poursuit Stiwal, et j'ai répercuté la question sur Van Buren. Le sénateur m'a rassuré : à son avis, un procès était le meilleur moyen de faire éclater la vérité. Il m'a fourni tous les détails du complot : les noms, les moyens, la stratégie. Le moment venu, notre avocat le citerait à comparaître comme témoin et il produirait toutes les preuves devant le tribunal. Fort de son assurance, j'ai contre-attaqué violemment, et nous sommes allés au procès. Vous connaissez la suite : au jour dit, le sénateur ne s'est pas présenté, et le groupe Graham a dû se résoudre à un compromis qui lui a coûté très cher.

Il écrase sa cigarette, et frotte ses yeux rougis par la fatigue et l'insomnie.

— Après ce fiasco, j'ai mis des années à retrouver ma crédibilité. Je n'ai jamais revu le sénateur. J'ai pensé qu'il m'avait manipulé, car la secte est sortie renforcée de cette épreuve. Faute de preuves tangibles, nos accusations lui avaient donné un statut de victime et, paradoxalement, une réputation d'intégrité. Alex, lui, a pu s'expliquer avec Van Buren. Il en a conclu que le sénateur était sincère, mais, au moment décisif, il avait fait machine arrière. Pourtant, l'homme n'était pas de ceux qu'on intimide facilement. Son assassinat laisse à penser qu'il était nécessaire de le bâillonner une fois pour toutes. S'il détenait les preuves du complot, il a eu tort de renoncer à les produire. C'était signer son arrêt de mort.

Il tire un mouchoir de sa poche pour s'éponger le front. La pièce, surchauffée, dégage une odeur de médicament qui l'incommode.

Allen se penche vers lui :

— À votre avis, quelles sortes de preuves détenait-il ?

— C'est une bonne question. J'ai cru comprendre qu'il s'agissait d'enregistrements.

— Ces documents compromettaient peut-être Van Buren lui-même, avance William. C'est ce qui a pu le faire reculer, le moment venu.

Stiwal s'extirpe de son fauteuil et se masse les reins.

— C'est possible, mais je suis sceptique : il avait déjà fait son *mea culpa* en expliquant son rôle au sein de l'Église *Soul*. Il avait même dévoilé l'appui financier que l'organisation lui avait fourni au début de son parcours politique.

William se rapproche de ses deux amis :

— Ce que je veux dire, c'est qu'il a peut-être commencé à comploter avec les autres avant de se raviser. Le scandale risquait de briser sa carrière et de compromettre les réalisations qu'il avait entreprises, en particulier les réformes sociales.

Stiwal secoue la tête :

— J'ignore ce qui a pu motiver son revirement. J'ai cessé depuis longtemps de m'interroger à ce sujet. C'est tout ce que j'ai à vous dire. J'ai écrit un livre qui résume mon enquête. Il contient tous les détails, mais ne paraîtra jamais.

— Vous l'avez, ce livre ? demande Allen d'une voix pressante.

— Je ne l'ai plus. Mon éditeur, peut-être…

— Quel éditeur ?

— Karl Burns, à San Francisco. Mais je doute qu'il vous le remette.

Allen échange un sourire avec William : Karl est un ancien de la bande de Golden Creek.

— Je n'en suis pas si sûr.

— Essayez toujours. Je vous signerai une autorisation… Je ne vous aide pas beaucoup.

— Détrompez-vous, dit Allen. Vous m'avez confirmé ce que je pensais : seul un complot de l'ampleur que vous venez de nous décrire et les risques d'être démasqué peuvent expliquer le meurtre d'un sénateur.

Stiwal hausse les épaules :

— Vous n'êtes pas plus avancé, à moins de découvrir les preuves qui m'ont fait défaut. À mon avis, si elles ont jamais existé, ces preuves, il y a beau temps qu'elles ont été détruites.

— On peut toujours essayer de les retrouver, dit Allen avec assurance.

— Six ans après ?

— Depuis, il y a eu du nouveau.

— Quoi donc ?

— Nemo.

31 – New York

Le silence persistant rend l'atmosphère oppressante. Le parfum, qui flotte dans la pièce, accentue encore cette sensation. Il n'est pas désagréable ni grisant, mais obsédant, difficile à identifier. L'homme a toujours été maître dans l'art d'élaborer les aromates, les vapeurs et les drogues. À cause de cette émanation, peut-être, la voix de Robertson est altérée :

— Il est temps de l'arrêter, Monsieur.

Ce « Monsieur » sonne curieusement. Summer et Robertson ne l'ont jamais appelé ainsi. Le silence qui s'obstine semble réprouver la bévue du directeur de la secte.

L'odeur n'est pas la seule anomalie du bureau. La lumière elle-même est inhabituelle. Il est impossible de savoir d'où elle provient. Pas du ciel, c'est évident, ni des spots, tous éteints. Pourtant, elle est bien là.

L'homme paraît rayonner. Non pas qu'on le distingue davantage, aujourd'hui. Son visage reste dans l'ombre, et le contre-jour dessine une silhouette sans relief. Le phénomène est autour de lui. La table Song et les deux visiteurs sont enveloppés par sa douceur invisible.

Summer n'a pas le temps de s'interroger plus longtemps sur ce sortilège, car la voix s'élève enfin, curieusement enjouée :

— On ne l'arrête pas, bien au contraire : on l'encourage.

Robertson, si souvent maître de lui, s'agite :

— En un mois, à peine, ce Gregori a pris des contacts avec des éléments que nous ne contrôlons pas.

— Pourquoi ne pas les contrôler ?

— Nous avons six cent mille adeptes.

— Merci de me le préciser.

Le ton est franchement ironique. L'homme semble s'amuser ; il ne l'a jamais fait.

— C'est lui qu'il faut contrôler.

— Il est en relation régulière avec Allen Kaufman, autrement dit Nemo.

On peut reprocher bien des choses à Robertson : sa brutalité, son arrogance, son manque de perspicacité, mais pas l'absence de courage. Il en faut pour s'opposer ainsi à celui dont dépend son destin. Cependant, loin de s'en offusquer, l'homme semble apprécier la franchise abrupte de son interlocuteur. C'est avec une indulgence singulière qu'il poursuit :

— Je veux qu'il fasse partie du premier cercle.

— Du premier cercle, Monsieur ? murmure Robertson, désarçonné.

Cette fois, Summer partage son étonnement. L'homme savoure leur désarroi avant de reprendre :

— Je me suis mal fait comprendre, je crois : il ne suffit pas de désarmer ces éléments hostiles. Il faut les utiliser. C'est pour cela que nous avons attiré, admis, intégré Ugo Gregori. L'obscurité et le silence sont suspects. Le mystère ne fait qu'exciter la curiosité, aiguiser les soupçons, engendrer les pires hypothèses, et révéler, pour finir, ce que nous voulons cacher. Communiquons les renseignements à ceux qui les demandent. La vérité vaut mieux que les mensonges maladroits.

— J'estime seulement le moment mal choisi, insiste Robertson. Les initiés du premier cercle vont être témoins d'un événement majeur qui permettra à notre Église d'accomplir sa mission, mais risque de mettre en danger l'organisation tout entière.

La voix de l'homme reprend sa froideur habituelle :

— L'organisation n'est pas si vulnérable. À propos de l'assemblée prochaine, je veux que les vingt-six réunions soient filmées et enregistrées dans leurs moindres détails. À l'insu de leurs participants, cela va sans dire. Rien ne doit transpirer, ni à l'extérieur ni à l'intérieur.

— Et Gregori y assistera ?

— Il participera.

— Comment l'obliger à se taire ?

— Pourquoi l'empêcher de parler ? Laissez-le s'exprimer. Donnez-lui ce qu'il désire le plus au monde, c'est tout.

Le siège pivote. L'homme présente son dos. Robertson lance un regard interrogateur. Summer sourit : il a compris où l'homme veut en venir. L'alliance d'un ennemi qui a toutes les raisons de vous haïr est le meilleur garant de la victoire. L'homme s'inspire des stratèges chinois les plus subtils.

32 – Fredericksburg

Le domaine de Colombo est situé à une cinquantaine de kilomètres de la capitale, au bord du Potomac, sur la rive de Virginie. Allen admire l'allée d'érables centenaires qui mène à la maison géorgienne. L'architecture est stricte, la demeure massive, néanmoins élégante.

Gerald Garfield s'est retiré là à la fin de son mandat, jugeant que l'implication de ses proches dans le scandale de EAGLE lui interdisait de se représenter alors que sa réélection semblait assurée.

L'ex-président des États-Unis s'avance sur le perron pour accueillir son visiteur. En apparence, il n'a pas changé : il a gardé la maigreur ascétique et l'expression de sévérité qui lui valaient le surnom d'inquisiteur. Mais sa démarche est plus lente ; sa voix empreinte de lassitude.

— Comment va le capitaine Nemo ?

L'allusion à *Vingt mille lieues sous les mers*, le célèbre roman de Jules Verne, amuse Allen.

— Toujours en plongée, monsieur le Président.

Les deux hommes continuent à plaisanter en gagnant un salon aux murs tendus de toile vert foncé. De confortables fauteuils de cuir dessinent un demi-cercle devant une cheminée de bronze, où ronfle un feu de grosses bûches, car la maison aux murs épais reste humide malgré la saison.

Garfield a acheté cette ancienne plantation de coton à la veuve du propriétaire de la *Stardust industry*.

— Je suppose que vous venez me parler d'Harry Van Buren ?

Le regard incisif et perspicace de l'homme d'État est toujours le même. Allen avoue avec un sourire :

— En effet, monsieur le Président.

Garfield plie ses doigts osseux sous son menton.

— Vilaine affaire ! Van Buren était l'un des hommes politiques les plus doués de la nouvelle génération. Je l'atteste d'autant plus librement qu'il jouait dans le camp adverse. Où en est l'enquête ?

— La justice estime qu'elle est close, dit Allen avec prudence. Elle s'en tient à la première version de la police : le crime crapuleux. Le meurtrier serait Dimitri Charkov, un ancien *marine*, exécuté lui-même par un groupe mystérieux, l'Aile Noire.

— Vous n'êtes pas de cet avis.

Il ne s'agit pas d'une question.

— Non, reconnaît Allen. L'affaire est loin d'être aussi simple. D'abord, on a voulu discréditer Van

Buren en introduisant dans l'ordinateur de son bras droit, Susan Ray, les plans d'une arme secrète. On suggérait ainsi qu'il aurait vendu ces secrets militaires à un groupe terroriste en échange d'une forte somme transférée sur l'un de ses comptes, et que ses commanditaires l'auraient ensuite exécuté.

— Foutaises ! soupire Garfield.

— Effectivement. Nemo n'a eu aucun mal à prouver que ces plans avaient été introduits postérieurement à la mort des intéressés. En même temps, nous avons découvert les traces d'un dossier effacé incriminant une organisation importante. Tout cela semble faire partie d'un plan minutieusement préparé.

— Un plan ? Qui soupçonnez-vous ?

— L'Église *Soul*.

Le visage de l'ancien président reste impénétrable, et ses yeux continuent à fixer les flammes de la cheminée, invitant Allen à poursuivre.

— D'après mes informations, Harry Van Buren aurait été sur le point de révéler un complot contre la sûreté de l'État, ourdi au sein de la secte. J'ai ici une liste de personnalités influentes soupçonnées d'être mêlées à ces activités subversives.

Garfield refuse d'un geste le document que lui présente son visiteur.

Un domestique, vêtu d'une veste blanche, apporte un plateau chargé de tasses de porcelaine, et sert le thé fumant sur une table basse. Les deux hommes le regardent officier en silence. Allen admire le cérémonial importé de la Maison Blanche.

Lorsque le serviteur s'éloigne, Garfield se tourne vers Allen :

— Qu'en pense le président Stuart ?

— Je l'ignore.

— Van Buren était l'ami d'enfance de William Stuart. Le collège, l'université, le parti. Ils avaient le même cursus et s'entendaient bien. La disparition du sénateur le prive d'un allié fidèle.

— C'est pourquoi j'ai été surpris qu'il ne s'implique pas davantage dans notre enquête. On dirait qu'on a cherché en haut lieu à freiner le zèle des policiers au lieu de l'encourager. Le plus déterminé, le capitaine Philip Singer, a été démis du dossier. Son successeur ignore superbement l'affaire.

— En matière de raison d'État, il faut savoir maîtriser ses impulsions et tenir compte des enjeux. William Stuart a des défauts, mais c'est un homme d'une grande probité et d'un réel courage.

Les deux hommes se perdent dans une réflexion silencieuse. Allen s'interroge, en particulier, sur le message que l'ex-président essaie de lui transmettre. Il insiste :

— La justice exige avant tout la vérité, n'est-ce pas ?

Le regard de Garfield se teinte de gravité. Soudain, le président perce sous l'ami :

— Quelle vérité ? La vôtre ?

— Non, bien sûr. Je me pose des questions, c'est pourquoi je suis venu vous demander conseil.

— Vous voulez mon avis ? Alors je vais vous le donner, dit Garfield d'un ton radouci. L'organisation que vous évoquez présente à son actif de nobles réalisations dans plusieurs domaines : culturels, scientifiques, humanitaires. Elle a aussi commis des erreurs et s'en est corrigée. Elle a favorisé l'ascension de personnalités éminentes, celle de Van Buren, entre autres. Faut-il le lui reprocher ?

— Son ascension, non, mais sa disparition ?

— Je ne crois pas l'Église *Soul* capable de commanditer des assassinats. Sur un tel sujet, procédez avec circonspection. Les gens que vous risquez de mettre en cause jouent un rôle capital dans notre pays.

« On dirait qu'il connaît le contenu de ma liste sans l'avoir consulté », s'étonne Allen. Un soupçon l'effleure : « N'a-t-il pas bénéficié lui-même des largesses de la secte ? »

Il ne peut s'empêcher d'ajouter :

— Il semblerait que, depuis une dizaine d'années, *Soul* insère ses propres hommes dans l'appareil d'État : ministres, sénateurs, membres du Congrès, juges, gouverneurs, maires. Cette stratégie obéirait à un objectif précis : conquérir le pouvoir suprême et influencer la politique américaine.

— Un coup d'État, en quelque sorte ?

Le ton de l'ancien président est carrément ironique.

— On peut l'appeler ainsi.

— C'est une accusation très grave.

— C'est un grave délit. Tout porte à croire que Van Buren s'apprêtait à dénoncer le système et ses auteurs. C'est la raison pour laquelle on l'aurait éliminé.

Garfield pince les lèvres :

— Si Van Buren avait quelque chose à dénoncer, il l'aurait fait depuis longtemps. Il a été à l'origine d'une commission d'enquête sénatoriale, dont le rapport a blanchi l'organisation. Il a eu l'occasion de s'exprimer ensuite lors du procès Graham. Il ne l'a pas fait. Je vous invite à consulter le dossier.

Son visage s'éclaire d'un mince sourire :

— Vous n'avez pas attendu mon invitation, bien sûr.

Il tend la main :

— Montrez-moi cette liste !

Il la consulte avec attention, puis il la lui rend en disant :

— Il manque un nom.

— Lequel ?

— Celui de Jack, mon fils.

Garfield n'a pas manqué son effet : Allen demeure sans voix. Puis il murmure d'un ton aussi neutre que possible :

— Je l'ignorais.

— Jack est un homme courageux, sensé et incorruptible. Il a une haute idée de son métier : la politique. Vous le connaissez aussi bien que moi ; vous avez combattu ensemble pour une belle cause. Jack n'est pas différent de votre ancien compagnon de lutte. Ou, s'il a changé, c'est en mieux : il a acquis de l'expérience. Il sait ce qu'il faut demander à la vie et exiger de ses idéaux. Son ambition est grande. Il peut monter très haut, je le souhaite, je l'appuie. Or, vous ne l'ignorez pas, pour accéder au pouvoir, il faut bénéficier de moyens importants. C'est ainsi que je suis parvenu moi-même à la présidence. Des donateurs ont financé ma campagne. Certains appartenaient malheureusement à EAGLE. J'en ai tiré les conclusions qui s'imposaient en refusant de solliciter un deuxième mandat. Les erreurs que j'ai commises ont rendu Jack plus prudent et scrupuleux. S'il a accepté les dons de *Memphis Inc.*, c'est que cette compagnie offrait toutes les garanties d'intégrité exigées, et lui laissait une totale liberté d'action.

Une lueur d'amitié passe dans son regard :

— Vous l'avez deviné, *Memphis Inc.* est contrôlée par l'organisation qui suscite votre enquête. Vous l'ignoriez, sinon le nom de Jack figurerait sur votre liste. Je vous confie cela pour vous aider à saisir le véritable enjeu de votre inquisition. Interrogez Jack. Il vous répondra avec sincérité. Ensuite, vous jugerez, vous êtes libre, l'homme le plus libre que je connaisse. C'est pour cela que je vous estime tant. Ce pays a besoin d'hommes tels que vous, travaillant en dehors de tout système établi.

Il se lève brusquement :

— Fin des éloges ! Venez voir mes plantations.

Ils n'ont pas touché au thé, qui refroidit dans les tasses. La maison sent la cire et le tabac. Les planchers craquent. Le président et son invité se promènent un moment sur une terrasse, le long de la façade arrière de la demeure.

Six marches conduisent à une roseraie en pleine floraison. Garfield énumère les variétés, décrit les modelés délicats, insiste sur les couleurs et les parfums.

« Il faut que je parle à Jack. Il me dira peut-être qui est Bruce Snow et ce qu'il faisait en sa compagnie », songe Allen. Malgré lui, il ressent un malaise. Il était venu chercher un appui : Garfield exerce encore une grande influence au sein du parti républicain. Il n'a récolté qu'un scepticisme poli et une sympathie condescendante.

En continuant leur promenade, ils arrivent au bord du Potomac. Une balustrade, ponctuée de vasques fleuries, borde la rive.

— Comment êtes-vous venu ? demande l'ancien président.

— En taxi.

— Vous devriez rentrer en bateau. La balade est fort belle.

Il montre un débarcadère :

— J'ai un canot automobile, un vrai luxe. Mon chauffeur le pilote, il vous ramènera. À Alexandria, vous pourrez louer un véhicule.

— C'est très aimable à vous, mais le taxi doit venir me chercher.

— Comme il vous plaira. J'ai été heureux de vous revoir, Allen. Jack vous aime beaucoup, et ce n'est pas un homme à aimer au hasard. Il y a eu Nemo, DARK, l'Iran, des initiatives courageuses, même si les méthodes n'étaient pas toujours…

— Légales.

— Je ne voulais pas le dire. J'ai beaucoup d'admiration pour vous. Cela m'autorise à vous donner un conseil : ne vous lancez pas dans une aventure dangereuse sans vous assurer que le droit est de votre côté. Je dis bien : le droit. Rappelez-vous : vous avez beaucoup d'ennemis, au gouvernement, au Congrès, au FBI, au Pentagone. On vous soupçonne, à tort ou à raison, de n'en faire qu'à votre tête, de mépriser les hiérarchies et de poursuivre une justice chimérique au mépris des intérêts du pays. Vous êtes l'anarchiste qui brandit un baril de poudre.

— Je ne me savais pas aussi dangereux, dit Allen en riant.

— Vous l'êtes, pour les autres, mais aussi pour vous-même. Alors, évitez les risques inutiles. Je vous protégerai dans la mesure de mes moyens si, de votre côté, vous respectez les règles.

« Quelles règles ? » se demande Allen. Il juge déplacé de poser la question.

Son taxi est garé devant l'allée d'érables. Pile à l'heure.

À l'instant du départ, Garfield retient sa main plus longtemps que ne l'exige la courtoisie, pour lui témoigner son amitié ou s'excuser, peut-être, de ce qu'il n'a pas voulu lui dire.

34 – Washington

La voix d'Ugo est lointaine, froide, maussade. Allen s'étonne :

— Tu devrais être satisfait !

— De quoi ?

— Tu as assisté à l'assemblée, c'est inespéré !

— Je n'ai pas compris grand-chose, tu sais.

— Comment tu as fait pour être admis à l'intérieur du premier cercle ?

— Je n'ai rien fait, justement.

La voix n'est pas normale, un peu trop lente, comme si l'effort de réflexion était trop grand. D'abord, Allen s'est dit qu'il ne pouvait pas s'exprimer librement. Maintenant, il songe à autre chose : Drogue ? Alcool ? Avec Ugo…

Il veut en avoir le cœur net :

— Il faut qu'on se rencontre.

— C'est impossible, tu le sais bien. Trop risqué !

— Tu as peut-être raison.

Pourquoi cette impression désagréable qu'Ugo a pris ses distances ? Ce n'est pas la peur d'être démasqué par la secte qui motive cette attitude, mais autre chose, Allen le devine.

— Parle-moi de l'assemblée.

— Des assemblées, corrige Ugo. Nous étions répartis en vingt-six commissions.

— Les adeptes venaient bien du monde entier ?

— Je crois.

— Tu as noté leurs noms ?

— Je n'en ai pas eu le temps, et puis je ne les connaissais pas assez.

— De quoi a-t-il été question ?

— Je t'ai adressé les discours.

— Ces tissus de banalités ? Mille personnes et trois jours de travail acharné pour parvenir à la conclusion que l'identité de l'homme doit être réhabilitée, ses aptitudes développées, son âme révélée ? Tu parles d'une révélation !

Il se met à rire. Ugo l'imite, mais son rire est crispé.

— J'ai fait partie de la commission artistique en compagnie d'acteurs, de réalisateurs, de peintres, de musiciens : Malcolm Meredith, Vanessa Livingston, Charles Winter, Trevor Harold, Clara Minelli. Il y avait aussi Wizard, tu sais, le réalisateur de *La Pluie noire*.

— Où es-tu ?

Il y a un blanc, et puis Ugo dit :

— À Washington.

Pourquoi cette impression désagréable qu'il est en train de mentir ? Que cache-t-il ? Nemo pourrait facilement le localiser, mais, en le faisant, il risquerait de le trahir.

— J'ai besoin de renseignements !

— Tu m'as demandé d'infiltrer la secte. C'était difficile et dangereux. J'ai réussi à faire partie du premier cercle en trois mois à peine. Que veux-tu de plus ?

— Toujours rien au sujet de l'accident ?

— Celui de Rachel ? Rien de nouveau. Les gens ont oublié.

« Toi aussi », songe Allen.

— Écoute, dit-il. Je vais lancer plusieurs attaques contre l'organisation. Je te demande de noter les réactions des uns et des autres et de me tenir au courant.

— Quelles sortes d'attaques ?

— Il est préférable que tu ne sois pas au courant.

— Tu parles ! Ils n'ignorent pas que nous sommes amis. Ils se douteront d'où ça vient. Ne fais pas ça, Allen.

— Je n'apparaîtrai pas, moi non plus.

— Ils savent tout ce qui se passe. Ils sont partout.

La voix n'est pas anxieuse, plutôt triomphante. Ugo n'est plus le même. Il a oublié la raison qui l'a poussé à faire partie de la secte. Dans sa jeunesse, il lui est arrivé de tout abandonner ainsi en plein élan, ses études, ses métiers, ses amours. C'était comme s'il était effrayé par ses rêves. Il cherchait alors l'apaisement, l'oubli. La secte est peut-être pour lui une nouvelle drogue. Il est conquis, possédé.

« Dire que c'est moi qui l'ai poussé vers elle ! » s'accuse Allen.

35 – Washington

Allen se prend à détester cet homme suffisant qui ressemble à Ronald Kaufman, son père. Un banquier !

— Vous avez dépassé tous les seuils autorisés, monsieur Kaufman.

— Impossible !

L'homme tapote son listing :

— Les chiffres sont là.

— Ils sont faux, croyez-moi. Il ne peut s'agir que d'une erreur, une erreur de la banque : je n'ai fait aucune opération importante depuis six mois.

L'air faussement patient du directeur de la *Mendel Bank* a quelque chose d'insultant :

— Ce n'est pas à vous que je vais apprendre que les signatures électroniques excluent toute manipulation. Les codes ne sont connus que de vous seul. L'informatique se borne à exécuter vos ordres.

— Vous voulez dire que tout s'est volatilisé en vingt-quatre heures : mes trois comptes courants, mon épargne, mes actions, que je ne possède plus rien actuellement ?

— Pour être exact, votre solde est débiteur de cinquante mille dollars.

— Ben voyons ! Et vous avez donné votre aval à ces mouvements sans m'avertir ?

— Pourquoi l'aurais-je fait ? Vos ordres étaient clairs, et votre patrimoine familial offrait toutes les garanties voulues.

Cette allusion à la fortune de Ronald Kaufman met Allen en rage : depuis de nombreuses années, il est fâché avec son père et pour rien au monde il ne solliciterait son aide.

— Il ne me reste plus qu'à vérifier la destination de ces fonds et à mettre au point la façon de les récupérer, soupire-t-il.

Le regard du banquier se fait soupçonneux :

— Vous pensez à une malversation ?

— Un malentendu.

— Quelqu'un d'autre que vous a accès à vos codes ?

— Personne !

Allen note, sur le listing, la destination des transferts bancaires. Un nom apparaît chaque fois : la *Société Internationale d'Investissement*. Le total des transactions s'élève à cent soixante-cinq mille dollars.

— En attendant, comment comptez-vous régulariser votre situation ? demande le banquier avec une politesse glacée.

— Vous n'avez pas à vous inquiéter.

L'homme incline la tête. Allen s'empresse de prendre congé. En dépit de l'assurance qu'il affiche, il éprouve une sourde appréhension. La suite des événements confirme ses craintes. Nemo piste les sommes détournées. De la *Société Internationale d'Investissement*, l'argent a été viré à un établissement des îles Caïman, puis de là à une banque du Golfe, où il s'éparpille en une infinité de règlements vers des sociétés ukrainiennes, iraniennes et pakistanaises. À ce stade, il s'évanouit dans la nature.

Allen doit se rendre à l'évidence : il s'est fait piéger. On a cassé un système réputé inviolable en utilisant les mêmes techniques qui lui ont permis, autrefois, de détourner des sommes considérables pour se venger de son père, puis pour abattre EAGLE.

Il a beau se dire que c'est impossible, les ordres émanent de son propre poste, ils utilisent ses codes. On dirait qu'il les a lancés dans un état inconscient. Il mobilise en vain Nemo toute la nuit. Au matin, il doit s'avouer vaincu : son argent a définitivement disparu. Il rentre chez lui, épuisé et humilié.

En le voyant dans cet état, Lia s'affole :

— Que s'est-il passé ?

Il lui raconte son aventure d'une voix morne. Quand il a terminé, il voit, dans les yeux de sa compagne, une étincelle qui ne lui plaît pas.

— Tu te fous de ma gueule ?

— Non, mais je craignais le pire !

Il réagit avec véhémence :

— Le pire ! Que peut-il exister de pire ? Tu es inconsciente, ma parole ! Ils me font savoir qu'ils ont accès à ce que je croyais inviolable, mon secret le plus précieux.

— L'argent ?

Il hausse les épaules :

— Synapse.

— Je suis certaine que tu sauras trouver une parade : c'est toi, le génie !

Il se laisse tomber sur le lit et ferme les yeux :

— En attendant, ils m'ont battu sur mon propre terrain. C'est la preuve de leur puissance et de mon imprudence. Cette leçon, je l'ai méritée. Je me croyais à l'abri de tout. Résultat, je n'ai plus rien, ni argent, ni carte de crédit, et je ne sais pas comment je vais pouvoir rembourser ma dette.

— Mais si, tu le sais, dit Lia en se penchant sur lui avec tendresse.

Il se redresse, dégrisé :

— Pas question !

Elle se laisse tomber sur lui, le renverse et l'enlace. Caressante, elle murmure :

— J'ai vendu dix nouvelles toiles. Que veux-tu que je fasse de tout cet argent ?

— À qui tu les as vendues ?

— Toujours les mêmes, les administrateurs de la *Continentale*. Ils sont emballés. Ils ont voulu de nouveaux tableaux pour leurs agences de New York et de Boston.

Pour ne pas lui gâcher son plaisir, il renonce à lui dire que la *Continentale* est l'une des banques contrôlées par la secte.

Allen joue avec les boucles brunes de la jeune femme, il caresse son visage, lisse ses sourcils, puis, ses lèvres contre les siennes, il demande :

— Combien as-tu récolté, Botticelli ?

Il connaît déjà la réponse : cent soixante-cinq mille dollars ! Exactement ce qu'ils ont détourné ! Ces pillards jouent aux mécènes avec le fric qu'ils lui ont volé !

36 – Washington

Leyman l'a convoqué avec une semaine de retard. Pour masquer le véritable but de leur entrevue, il a été convenu qu'elle aurait lieu au siège du FBI et aurait pour objet la contrebande du diamant. « Beau travail ! » a dit l'agent fédéral, faisant allusion, sans doute, au manuscrit de Stanley Stiwal remis par Karl Burns, et communiqué à Leyman.

En franchissant le hall du FBI, et en foulant le symbole de l'aigle, incrusté dans le sol, Allen est envahi d'une impatience inhabituelle. Il se demande comment Leyman va réagir en apprenant que *Soul* l'a piégé en se jouant des barrages de Nemo.

Le dossier des filières clandestines du diamant sous le bras, il franchit le portique de sécurité ; accroche son badge à la poche de son blouson, et se laisse conduire jusqu'à une salle devant laquelle deux hommes armés montent la garde. La porte s'ouvre et se referme. Allen fait quelques pas, salue Leyman, assis sur la table de réunion, les pieds ballants. Devant lui, une jeune femme, poignets menottés, est installée sur une chaise. Le visiteur se fige : il a reconnu Maryan, la belle métisse de Williamsburg !

— Inutile de faire les présentations, dit Leyman.

— Que se passe-t-il ? murmure Allen d'une voix blanche.

L'agent fédéral abandonne sa posture nonchalante.

— Votre piste était bonne.

— Ma piste ?

— Mme Butler n'a fait aucune difficulté à avouer.

— Avouer quoi ? s'écrie Allen, alarmé.

Le visage défait de Maryan se lève vers lui, et ses yeux demandent pardon.

— C'est elle qui a modifié l'ordinateur de Susan Ray.

— Pas moi, non ! proteste Maryan.

— Elle a permis à deux experts de faire le travail, rectifie Leyman.

— Je vois, oui, murmure Allen en fuyant les beaux yeux pleins de larmes de la jeune femme.

— Ils m'ont forcée ! s'écrie-t-elle. J'ai un fils de six ans. Ils ont dit qu'ils le tueraient si je ne faisais pas ce qu'ils exigeaient. Je devais leur confier l'ordinateur durant deux jours, et ensuite vous le remettre. Je vous jure que j'ignorais ce qu'il contenait.

Allen maudit sa crédulité. S'il avait eu un grain de bon sens, il aurait compris que la jeune femme était complice. Sinon, comment expliquer l'introduction des plans d'une arme secrète dans la mémoire de l'ordinateur ? Pourtant, pas un seul instant il n'a soupçonné Maryan.

— Pardonnez-moi, Allen, sanglote-t-elle.

— Comment avez-vous su ? demande Leyman.

Allen met quelques instants à comprendre que la question lui est adressée.

— Elle, ça se conçoit, vous deviez la suspecter depuis le début. Mais l'identité et la localisation des deux pirates ?

Devant l'air ahuri d'Allen, Leyman plisse les yeux d'un air soupçonneux :

— C'est bien vous le maître de Nemo ?

— Jusqu'à preuve du contraire, ironise Allen.

— Peter Fersen et Sean Mc Cortney. Mes hommes sont en train de les appréhender. Ils nous diront sans doute qui leur a confié ce boulot.

— Espérons-le.

— On dirait que Nemo se réveille. Je commençais à désespérer, à croire que vous aviez renoncé à l'enquête.

— C'est le cas. Et vous ?

— Dossier classé !

La voix de l'agent fédéral trahit une jubilation secrète.

— Je m'intéresse, à présent, aux filières du diamant, dit Allen en déposant son dossier sur la table.

— Coïncidence : moi aussi !

— Ce travail va exiger de longues semaines d'investigations.

— J'en ai peur.

Les regards des deux hommes brillent d'une lueur complice.

— Je veux vous exposer ma stratégie. Mais l'instant est mal choisi, dit Allen en montrant Maryan.

Leyman fronce les sourcils :

— Qu'allons-nous faire d'elle ?

— La libérer. Sans cela, il faudrait justifier sa détention et avouer que nous poursuivons l'enquête.

— Je peux imaginer un autre chef d'inculpation.

— Le procureur ne sera pas dupe.

— Sans aller jusqu'à lui.

— Vos supérieurs non plus.

— Admettez qu'on la laisse filer et qu'elle alerte ses complices !

Allen regarde la jeune femme à la dérobée :

— En ce qui me concerne, je la crois sincère : on l'a obligée à se servir de moi. Je la connais bien. Il y a quelques années, elle m'a rendu service au péril de sa vie. J'ai une dette envers elle. Elle n'avertira personne, j'en réponds.

— Si vous en prenez la responsabilité..., capitule Leyman à contrecœur.

— Nemo la surveillera. Ôtez-lui les menottes.

L'agent fédéral s'exécute. Allen regarde Maryan se frotter les poignets. Il dit d'une voix aussi neutre que possible :

— Je vous raccompagne.

Tout en parcourant les couloirs entre Allen et l'un des hommes de Leyman, la jeune femme s'essuie les yeux et met de l'ordre dans sa coiffure.

Sur Pennsylvania Avenue, elle demande d'une voix émue :

— Vous pourrez me pardonner, Allen ?

Évitant son regard, il se contente de murmurer :

— Prenez soin de votre fils.

37 – Washington

Sous la lueur des lampadaires, la pluie a une pâleur de cendres. Une eau grise et tiède tombée d'un ciel invisible sur des trottoirs glissants. Les passants fuient ce caprice hivernal du printemps qui s'achève. Les voitures elles-mêmes sont rares, freinées par la brume et les flaques profondes de la chaussée défoncée. Dans les jardins, la végétation alourdie s'arrache à ses tuteurs.

Allen tente de se repérer. L'homme a précisé : 2140, Anacostia. Or l'adresse n'existe pas. Rien ne l'indique, nul ne la connaît. Pourtant la voix de Fred Adams était claire, et le ton anxieux respirait la sincérité.

Après lui avoir transmis le manuscrit de Stanley Stiwal, Karl Burns a annoncé à Allen qu'Adams allait prendre contact avec lui. « Jeune romancier, grosse ambition, petit talent », a précisé Karl. Beaucoup plus explosif que le livre de Stiwal, le manuscrit, intitulé

Venins, que l'écrivain a remis à l'éditeur dénonce la secte *Soul* et ses méthodes : la corruption, le chantage, la manipulation.

Pour le rencontrer, Allen erre au milieu de la nuit dans les artères perdues d'Anacostia.

À l'angle de King Road, enfin, un passant vient à sa rencontre. Imperméable noir, feutre rabattu. Il s'arrête devant lui, lève la tête et sourit.

— Fred Adams ?

Le sourire s'élargit. Le visage de l'homme est sympathique, sa stature imposante. Au son de sa voix, quelques heures plus tôt, Allen l'imaginait plus frêle.

— J'ai eu du mal à vous trouver.

L'inconnu le dévisage en silence sans se soucier de la pluie qui les cingle.

Au même instant, Allen perçoit des pas. Tournant la tête, il voit deux hommes s'avancer, copies conformes de celui qu'il a pris pour Adams. Il comprend qu'il est tombé dans un piège. La peur s'insinue en lui. Soudain, la pluie lui semble glacée. Il glisse les mains dans ses poches pour les empêcher de trembler.

Il s'adosse au mur d'un jardin. Les trois hommes se dressent devant lui, décourageant toute tentative de fuite. Du reste, il est loin de tout. Les rues sont désertes, les maisons endormies.

— Où est Adams ? Que voulez-vous ?

Le ton qu'il voulait agressif est défaillant.

Ils se contentent de le dévisager en silence, sans réagir, et cette attente est plus insupportable qu'une agression. Puis l'un d'eux finit par tendre sa main gantée vers le cou d'Allen, qui l'esquive une première fois. Patient, l'homme saisit son col et le relève d'un geste prévenant. D'un revers de main, il essuie l'eau qui inonde les épaules d'Allen.

La dérision se lit dans leurs yeux. Ils sont là pour lui faire comprendre qu'il se trouve à leur merci, qu'ils pourraient le châtier, le tuer, le faire disparaître. Qu'il ne tient qu'à lui de vivre en paix. Nul besoin de parler pour se faire comprendre. Le message est entendu.

Jugeant que la comédie a assez duré, Allen écarte son vis-à-vis d'un coup d'épaule et s'éloigne sous la pluie. Pas si rassuré, il se demande encore s'ils ne vont pas le poursuivre, le frapper, lui tirer dans le dos. Il compte les pas jusqu'à l'angle d'Anacostia Avenue. Plus que cent ! Sa voiture est garée à l'angle. Il doit s'y reprendre à trois fois avant de trouver la serrure.

Pourquoi cette clémence, ou ce sursis ? Sans doute n'est-il pas dangereux. Au lieu de le rassurer, cette pensée le démoralise. Il fut un temps où on le craignait. Nemo lui donnait un avantage décisif. Il avait toujours une longueur d'avance sur ses adversaires. Il pouvait prévoir leur comportement, anticiper leurs réactions. À présent, les rôles sont inversés. Les autres le devancent et le prennent à son propre piège.

Cependant, en voulant l'impressionner, ils se trompent. S'ils s'imaginent que la peur de la mort va l'empêcher d'aller jusqu'au bout, ils commettent une grave erreur. Au contraire, sa fierté blessée exige réparation.

Sur le chemin du retour, il téléphone à Lia. La voix douce et ensommeillée de la jeune femme lui fait oublier l'épreuve qu'il vient de subir.

— Quelle heure est-il ?

— Je ne sais pas... Minuit, je crois.

— Viens...

Elle s'est rendormie sans éteindre son portable. Il croit entendre sa respiration légère et se traite de brute : troubler son sommeil ! Puis il s'attendrit : existe-t-il au monde une seule chose qui vaille la peine de s'éloigner de cette belle endormie ?

Quand il arrive, cependant, elle ne dort plus. Assise sur son lit, elle lit le journal du soir d'un air attentif. Allen embrasse son épaule nue :

— Pardon de t'avoir réveillée !

— Ce n'est pas toi, c'est Virginia.

— Virginia ?

— Forester, tu sais l'adorable Chinoise que tu as mise jadis dans ton lit ou bien c'est elle qui t'a mis dans le sien, je ne sais plus. Ne fais pas l'innocent !

— Tu peux parler, toi !

Lia a eu des aventures, mais elle les a oubliées. Depuis son enfance, elle n'a aimé qu'un garçon : Allen. De son côté, le petit génie était amoureux d'elle sans oser le lui dire. Lia a dû attendre dix ans son premier « Je t'aime ».

— Elle m'a appelée de Los Angeles sans se soucier du décalage horaire, comme toujours, pour m'annoncer qu'elle allait tourner dans le prochain film de Raphaël Wizard.

— Oui ? dit Allen en étouffant un bâillement.

Virginia, l'une des douze de la bande de Golden Creek, est comédienne, cantonnée depuis dix ans aux seconds rôles.

— Devine qui a décroché le rôle principal ?

— Tom Cruise ? Brad Pitt ?

— Ugo Gregori.

— Tu rigoles !

Il lui arrache le journal des mains.

— Te gêne pas, surtout, Brutus !

L'article est important et élogieux : « Un inconnu, tête d'affiche de la superproduction de Dreamworks », « Ugo Gregori, une révélation », « Le symbole d'une nouvelle génération romantique ».

Ugo a rencontré Wizard lors du concile de l'Église *Soul*, il y a tout juste cinq mois.

— On peut dire qu'il est allé vite en besogne ! grogne Allen. Je ne sais pas s'ils l'ont payé cher, toujours est-il qu'ils l'ont acheté !

— Qui ça ?

— Lui, Ugo.

— Tu es jaloux ?

— Surpris.

— Virginia, elle aussi, tombait des nues. Elle n'a qu'un tout petit rôle. Ugo est traité comme une star. Je trouve ça super, moi ! Virginia a eu une réflexion marrante. Elle m'a dit : « Il faut que je me mette à la chirurgie ! »

— Elle ferait mieux d'entrer dans la secte. Du reste, j'y songe, moi aussi.

— Tu veux faire du cinéma ?

— Mon rêve, c'est d'incarner Dracula.

Il saute sur le lit et lui mord le cou. Ils chahutent un moment comme des gosses, puis Lia se rendort subitement. Allen reste éveillé jusqu'à l'aube, hanté par les rues désertes et les trois hommes menaçants.

Le sommeil finit par l'envahir au moment où il ne l'attend plus.

Le soleil le réveille. La chambre est chaude. Le plancher du grenier craque : Lia est en train de peindre à l'étage au-dessus. Dix heures ! Rester au lit jusqu'au soir, oublier l'enquête, mener une existence tranquille de chercheur…

Il en rêve pendant quelques instants, puis il se dit qu'abandonner, c'est s'avouer vaincu. Nemo, auquel il a consacré tant d'années, cesserait d'être une invention révolutionnaire pour devenir une collection de programmes comme une autre. Cette idée le révolte davantage que l'intrusion de la secte dans sa vie et son esprit. Il doit relever le défi au péril de sa vie même, comme il l'a fait contre EAGLE.

Lia vient interrompre ses pensées. Elle le traite de paresseux et le bombarde d'oreillers.

Surtout ne rien lui dire. L'insouciance lui va si bien.

38 – Salisbury

Une odeur de moisissure imprègne la maison, inhabitée depuis longtemps. Dans les pièces sordides s'aligne un matériel sophistiqué de détection, d'observation et d'enregistrement, autour duquel les hommes s'affairent en silence.

Une planque ! C'est le lieu choisi par Leyman pour rencontrer Allen à l'abri des espions de la secte.

Les deux hommes s'isolent du reste de l'équipe.

— Une puissance occulte ?

Le ton de Leyman est sceptique.

— Un pouvoir qui nous dépasse.

— L'influence de la secte est devenue considérable, ces dernières années, reconnaît l'agent.

Allen secoue la tête avec énergie :

— Il ne s'agit pas seulement de ça. On sait la domination que peut exercer l'Église *Soul* sur les esprits.

Mais dérober les plans d'une arme secrète ? Surveiller le moindre de nos mouvements ? Assassiner impunément ? Orienter nos investigations en nous révélant des indices ? Pénétrer à l'intérieur de Nemo ? Cette dernière provocation m'inquiète particulièrement. Je pensais que nul cerveau au monde n'aurait pu y parvenir.

— N'était-ce pas de la présomption de votre part ?

— Peut-être. Mais utiliser le système n'est pas à la portée du premier venu. Tel qu'il a été conçu, Nemo est à l'abri de toute intrusion. Celui qui a réussi à y entrer n'a pas seulement franchi des frontières, il a violé ma pensée. Il n'a pas pris la peine de m'éliminer. Au contraire, on dirait qu'il tient à me garder comme partenaire de son jeu cérébral. Il se contente de me mortifier. Il souffle tantôt le chaud, tantôt le froid. Un jour, il vide mes comptes bancaires ; le lendemain, il nous révèle le rôle de Maryan et nous livre le nom des experts qu'il a utilisés. Quand j'infiltre son domaine, il utilise mon espion à son profit.

— L'interrogatoire de Fersen et Mc Cortney n'a rien donné, dit Leyman. Ils ignorent tout de la secte et de l'origine des plans qu'on leur a demandé d'introduire dans l'ordinateur. Nous avons seulement la description de la femme qui les a contactés, et le montant des sommes qu'ils ont perçues : cent mille dollars pour une petite manipulation. Difficile de refuser !

Emporté par sa nervosité, Allen déambule dans la pièce sonore en raisonnant pour lui-même :

— Le plus déroutant, c'est la raison de tout cela : pourquoi semer des indices au lieu de se faire oublier ? Pourquoi nous défier sans cesse comme s'ils voulaient nous forcer à réagir ? C'est comme ces trois hommes, avant-hier au soir… Que voulaient-ils ?

— C'est à se demander si la secte est réellement derrière tout ça, gronde Leyman.

— Il y a peut-être une façon de le savoir, suggère Allen. Interrogez Robertson. Ses entretiens avec Snow le compromettent personnellement. Et les accusations contenues dans l'ordinateur de Susan Ray exigent des explications.

Leyman affiche son scepticisme :

— Nous n'avons pas la preuve absolue de l'implication de Snow dans le meurtre de Charkov. Quant à l'ordinateur, il ne contient que des allégations. Robertson n'aura aucun mal à éluder les questions qui nous préoccupent.

— Certains indices tels que le contenu de l'ordinateur sont restés confidentiels. Vous découvrirez si Robertson est au courant. S'il l'est, c'est que quelqu'un renseigne la secte à l'intérieur de nos agences respectives.

— Je peux essayer, soupire Leyman. Mais j'avoue que j'aurais préféré avoir autre chose que de simples présomptions. Le succès de Robertson risque de souligner notre incapacité.

— Notre détermination ! Si l'on cherche à déstabiliser la secte, Robertson pourra peut-être le laisser entendre.

Leyman secoue la tête, perplexe :

— Espérons que notre informateur continuera à nous aider en douce, même en piratant Nemo.

Il sourit devant le regard sombre lancé par Allen.

39 – Washington

Phil et Luisa sont penchés sur leurs écrans comme des enfants punis tandis que Edmond entasse ses affaires dans des cartons.

— Qu'est-ce qui se passe ? s'étonne Allen. Vous vous êtes disputés ?

Edmond ricane avec aigreur :

— Je suis viré !

— Qu'est-ce que tu racontes ? Pourquoi tu serais viré ?

— Absences injustifiées, dissimulation d'informations, espionnage illicite, mépris de la hiérarchie… On me balance aux archives !

— Aux archives ? Quelles archives ?

— Celles du FBI. Leurs employés vivent dans des cages de 8 m^2. Où je vais mettre ma collection ? se désole-t-il.

La collection d'Edmond réunit plus de mille BD, dont certaines, fort rares, valent de petites fortunes. C'est pourquoi Edmond refuse de les entreposer dans son appartement par crainte d'un cambriolage. Le jeune chercheur déplore moins la perte de sa fonction chez Nemo que la sécurité offerte à son trésor par la salle souterraine. Cependant, Allen ne songe pas à se moquer de sa manie.

— Attends-moi !

Prenant l'ascenseur, il monte au deuxième niveau. Dans le hall, Miller, chef de la sécurité et adjoint de Brent, discute avec l'un de ses hommes en uniforme. En voyant débarquer Allen, dans un état de rage inhabituel, il esquisse le geste de lui interdire le passage. Puis il y renonce au souvenir, sans doute, du temps où Allen était maître à bord. Il se contente de le saluer.

Allen traverse deux antichambres. Une hôtesse lui lance un regard ébahi. Marjorie, la secrétaire du superviseur, devine que l'atmosphère est à l'orage :

— M. Wayne est occupé. Vous ne pouvez pas…

Allen écarte la femme sans ménagement et ouvre la porte du bureau présidentiel en coup de vent. Wayne est en conversation avec Walter Wright et un inconnu d'une cinquantaine d'années à la corpulence imposante.

— Salut, Tony ! lance Allen en posant une fesse désinvolte sur la luxueuse table de travail du superviseur.

Ravalant provisoirement sa colère, Tony Wayne essaie de faire bonne figure devant ses visiteurs :

— Excusez-moi, messieurs, je crois que nous avons terminé.

Allen surprend un sourire furtif chez Wright. Le superviseur adjoint aurait-il de l'humour ?

— De quel droit osez-vous sanctionner l'un de mes équipiers ? fulmine Allen avant la sortie des deux hommes.

Le visage de Wayne devient cramoisi. Il bégaie :

— De quel droit ? J'ai tous les droits, ici. L'ignorez-vous ?

— Vous n'en aurez bientôt plus aucun, Tony, dit Allen. Il me suffit de mettre Nemo en veilleuse. Que ferez-vous avec dix mille agents de la CIA et du FBI aux fesses ?

— Vous bluffez, dit Wayne avec dédain. Je contrôle Nemo aussi bien que vous !

— On parie ?

— Je n'ai ni le temps ni l'envie de me prêter à vos petits jeux. Edmond Chomsky a commis une faute professionnelle. Il sera sanctionné.

— Une faute vraiment ? ironise Allen.

— Sans tenir compte de mes injonctions, il s'est permis de transmettre au FBI des informations concernant l'un des responsables d'une société honorable.

Allen sourit en montrant les dents :

— Par société honorable, je présume que vous faites allusion aux filiales louches d'une secte suspecte et aux relations de son patron avec un homme soupçonné de meurtre ?

La voix du superviseur se fait menaçante :

— Prenez garde à vos propos. Je ne fais que répercuter des ordres venus d'en haut.

— C'est quoi, en haut ? raille Allen en montrant le plafond. L'étage de rebut où l'on entrepose les dossiers oubliés ?

— La Maison Blanche, si vous voulez tout savoir.

— Le président Stuart en personne ? Eh bien, je vous charge de lui dire que les accusations portées contre la secte sont bien fondées.

— Elles ne reposent sur rien, ces accusations, nous le savons tous les deux.

Le sourire triomphant de Wayne alerte Allen. L'espace de quelques instants, il se demande si le superviseur n'est pas à l'origine de tout ce qu'il a subi, et s'il n'est pas responsable des manipulations de Nemo. Lui, non. Mais Wright ?

— Méfiez-vous, dit-il. On n'efface rien de Nemo. Même Wright en serait incapable.

— Pourquoi, lui ?

— C'est le plus doué d'entre vous. Il est génial. Pas assez, cependant, pour supprimer des preuves.

— Tandis que vous…

— Je n'efface jamais une preuve.

— Vous vous contentez d'en inventer.

— Je ne les ai pas inventées. En revanche, c'est moi qui les ai transmises. Edmond n'y est pour rien.

Tony Wayne sourit :

— Vous essayez de couvrir votre collaborateur. C'est généreux de votre part. Mais je ne vous crois pas.

— Vous savez que je dis la vérité. Je peux vous signer des aveux, si vous le souhaitez. Profitez-en, renvoyez-moi !

— J'ai besoin de vous, pas de Chomsky. Il ira au FBI.

— Comme vous voudrez, dit Allen d'une voix douce. J'espère que vous n'aurez pas à le regretter.

Wayne hausse les épaules :

— Ne vous inquiétez pas pour moi, je ne risque rien. Ce n'est pas votre cas. Faites très attention, Kaufman.

L'air hypocrite du superviseur exaspère Allen :

— Il y a une chose que j'aimerais savoir.

— Quoi donc ?

— Combien *Soul* vous paie pour faire obstruction à la justice ?

Wayne pointe un doigt frémissant sur la porte :

— Sortez !

— La vérité mise à l'index ! ironise Allen en gagnant la sortie.

40 – New York

La pièce est ensoleillée et, cette fois, la lumière émane du ciel. La climatisation tempère agréablement la chaleur brutale de juin. L'éclairage permet de distinguer le visage de l'homme : une statue de pierre dure.

— L'interrogatoire ?

— Simple formalité, dit Robertson d'un ton léger. Le FBI soupçonne un certain Bruce Snow avec lequel j'ai eu de vagues rapports, il y a quelques mois.

— Ont-ils des raisons de le suspecter ?

— Je l'ignore.

— Vous l'ignorez ?

Robertson s'humecte les lèvres, mal à l'aise :

— Il a fait partie de notre Église.

— Plus maintenant ?

— Bruce Snow a disparu, intervient Summer.

— Vraiment ? Le nombre de gens qui disparaissent ces temps-ci est stupéfiant. L'Église est au cœur de ce phénomène, et c'est fâcheux. Pour vous, évidemment.

— C'est ce qu'ils veulent faire croire !

— Ils ?

— Leyman, Kaufman...

— Je crois savoir qu'Allen Kaufman a découvert un document très compromettant.

— Sur l'Église ? demande Summer.

— Sur vous.

— Moi ?

Malgré l'empire qu'il exerce sur ses émotions, l'administrateur de la secte *Soul* trahit son désarroi.

— Il y a quelque temps, vous auriez eu une altercation avec Harry Van Buren, au cours de laquelle vous l'auriez menacé sans équivoque.

— C'est impossible, dit Summer d'une voix blanche.

— Cette querelle n'a pas eu lieu ?

— Si, mais il s'agissait d'une conversation en tête à tête. Il n'y a eu aucun témoin, je le certifie.

— Pas de témoin, mais une caméra vous a bel et bien enregistré.

Summer secoue la tête avec incrédulité :

— Dans le sanctuaire d'Aréna, une caméra ?

Il prend à témoin Robertson, aussi abasourdi que lui.

— Je ne vois qu'une explication : Van Buren m'a piégé !

— L'auteur de ce document n'a pas grande importance, dit l'homme d'une voix froide. Ce qui compte, c'est l'usage que risque d'en faire celui qui l'a en sa possession.

— Allen Kaufman !

— Kaufman, oui. Je pense que nous l'avons sous-estimé.

— Les menaces n'ont aucune prise sur lui, dit Robertson, vindicatif.

— Vous faites allusion à vos trois croque-mitaines ? Vous appelez cela des menaces, un homme qui a tenu tête aux exécuteurs de EAGLE ?

— Vous aviez recommandé de ne pas toucher à sa personne. S'il n'avait tenu qu'à moi…

— Pas de violence ! coupe l'homme. Mais il s'agit, cette fois, de l'exclure une fois pour toutes. Je vais m'en charger personnellement.

— Et pour ce film ? rappelle Summer.

— Ne niez rien, au contraire. Préparez une explication logique. Et ajoutez que c'est vous qui avez communiqué le document aux enquêteurs.

— Moi ? Mais…

— Ils vous croiront.

Le fauteuil pivote. La conclusion brutale de l'entretien laisse Summer et Robertson sur leur faim. Ils se regardent, indécis, puis se résignent à quitter la pièce, convaincus qu'un puissant adversaire menace leur Église et que, s'il réussit à l'ébranler, l'homme ne leur pardonnera pas leur échec.

41 – Georgetown

Il lui a fallu des jours et des jours de travail acharné pour enfermer l'Église *Soul* tout entière dans un réseau de surveillance indétectable. L'intelligence de Nemo, appuyée par des moyens techniques exceptionnels, se concentre sur cette opération qui prend les proportions d'une guerre.

Épuisé, les yeux usés, l'esprit en feu, Allen gagne à pied la périphérie de Georgetown. Il voit avec étonnement le jour se lever. Il n'a pas vu passer la nuit. La maison est proche. Il savoure à l'avance le repos, le silence, la douceur de Lia endormie.

Passé l'angle de la rue, il constate avec étonnement que la verrière de l'atelier est éclairée. Lia travaille rarement de si bon matin. Elle peint le soir, à la lumière artificielle. Cette habitude excite la verve d'Allen : pourquoi cet immense toit de lumière et ce grand soleil alors que la nuit est la plus propice à son inspiration ? Un peintre vampire, c'est ce qu'elle est ! Rien d'étonnant à voir le sang qui s'écoule de ses toiles !

Il monte les six marches du perron, et va introduire sa clé dans la serrure quand la porte s'ouvre. Une main brutale l'empoigne et l'attire à l'intérieur.

— Allen Kaufman ?

Il découvre, hébété, la maison illuminée, les hommes qui s'agitent, le contenu des meubles répandu sur le plancher. Son regard s'arrête sur Lia, à peine vêtue, ses minces poignets menottés. Un homme la secoue sans ménagement. Allen se précipite sur lui, ivre de rage :

— Si tu la touches, je te tue !

Il n'arrive pas jusqu'à lui. L'un des hommes le saisit par les cheveux et pratique sur lui une prise d'étranglement. Il entend Lia supplier :

— Laissez-le !

En voyant leurs jeans, leurs vestes de cuir et leurs baskets, il les a d'abord pris pour des voyous. Il comprend à qui ils ont affaire : ce sont des flics !

Celui qui l'a immobilisé le pousse vers la table à tréteaux, qui sert à Lia de plan de travail. Des sachets de poudre blanche recouvrent le plateau.

— Tu vas peut-être pouvoir m'expliquer ça, toi ?

L'homme est petit, avec de larges épaules, un front bas, de longs favoris et de grosses mâchoires. Une tête de dogue.

— C'est de la drogue ? murmure Allen.

— Perspicace !

Le ricanement du Dogue se communique aux autres.

— Il y en a pour vingt-six kilos. Disons quatre cent mille dollars. On peut dire que vous ne lésinez pas, vous autres !

Allen se tourne vers Lia au bord des larmes. Il lance au policier, soupçonneux :

— C'est vous qui avez apporté cette merde ?

La claque sonore le sonne à moitié. L'homme le saisit au collet et approche son visage à quelques centimètres du sien. Son haleine empeste le tabac.

— Ne te fiche pas de moi, tu n'as pas intérêt. Ta petite amie n'est pas vierge, si je puis dire. Elle a déjà été condamnée pour usage de stupéfiants !

— J'ai commis une erreur ! proteste Lia. J'étais étudiante, il y a des années de ça ! Je n'ai jamais touché à la cocaïne !

— Tu te contentes de la revendre ! gronde le Dogue. Récidive ! Avec ce paquet-là, ça va bien chercher dans les dix ans !

— Quinze ! corrige un grand blond qui serre Lia d'un peu trop près au gré d'Allen.

— Laissez-la s'habiller, exige-t-il.

Le Dogue lui assène une tape sur le crâne :

— D'abord, tu vas nous indiquer le nom de ton fournisseur. Tes revendeurs, c'est inutile : on les connaît.

— Mes revendeurs ?

— Serpent, Igloo, Marty... Ils ne se sont pas fait prier pour se mettre à table. Planques, horaires, dosages, clientèle, tarifs, notre dossier est déjà bien rempli. Il n'y manque qu'un petit détail et tu vas nous le fournir gentiment.

Allen a le goût du sang dans la bouche. Le côté droit de son visage, atteint par la brute, le brûle. Les stups ! C'est bien dans leur manière !

— Écoutez, dit-il. Toute cette histoire, c'est un coup monté. Renseignez-vous : Lia est peintre, et moi, je travaille pour le FBI et la CIA.

— Nous savons qui vous êtes, coupe le flic avec grossièreté. Votre fonction ne vous donne pas tous les droits. Elle ne vous autorise pas à arrondir vos fins de mois en vous associant à ceux que vous devriez combattre.

— Puisque je vous répète que nous sommes innocents ! s'emporte Allen. Vous me croyez assez stupide pour entreposer vingt-six kilos de coke dans mon salon ?

— Et toi, tu me crois assez idiot pour admettre qu'un cartel d'illuminés a sacrifié quatre cent mille dollars rien que pour te pourrir la vie ?

— C'est pourtant le cas.

— Tu as tort de t'entêter.

— J'ai tort d'essayer de raisonner une bande d'abrutis !

Le Dogue le saisit à la gorge :

— Un conseil : mets-la en veilleuse ! Tu as pris un mauvais départ avec nous. Ton réseau est tombé. Tous tes têtards sont passés aux aveux. J'ai trois kilos de témoignages et vingt-six kilos d'arguments. Avec tout ça, je peux t'expédier pour longtemps dans le pire des pénitenciers.

Allen lit la peur dans les yeux de Lia. Elle a compris qu'on les a piégés. Les hommes qui les entourent ne sont pas disposés à leur faire de cadeau. À cause d'une bêtise de jeunesse, elle a fait l'expérience de la prison lors de sa première arrestation. Son incarcération n'a duré que quelques jours, mais l'épreuve l'a marquée au point de lui faire redouter ce qui l'attend.

— Je veux un avocat ! exige Allen.

Le Dogue sourit d'un air mauvais :

— Ne t'inquiète pas, on va te lire tes droits. Tu auras tout ce qu'il te faut : des conseils, de la compagnie, un lit et de la bouffe aux frais de l'État. Embarquez-les !

Lia enfile un pantalon et un pull par-dessus sa chemise légère. Allen lui prend les mains et les trouve glacées.

— Préviens James, murmure-t-il.

Elle lui lance un regard noyé. Son grand-père et unique parent, James Anderson, a été ulcéré par sa première arrestation. Il risque de la croire encore coupable.

Elle se laisse conduire sans réaction dans l'une des voitures de la police. Allen est poussé vers un deuxième véhicule. En se voyant séparé d'elle, il se maudit : il est responsable de tout ce qui arrive. Derrière cette mise en scène, il y a la secte, une organisation impitoyable. Il a cru triompher d'elle. Privé de Nemo, il se trouve désarmé, à la merci de ses ennemis.

42 – Washington

— Nos handicaps, ce sont vos deux condamnations antérieures, fait remarquer l'avocat.

— Pas pour trafic de drogue.

— Vous n'en êtes pas moins un récidiviste aux yeux de la loi.

Allen observe Julius Berstein avec défiance. Le jeune avocat s'était montré brillant lors de sa libération de la prison d'Aranka, trois ans auparavant. Mais il avait alors des arguments de poids : les services rendus par Allen au gouvernement américain et l'appui de l'ensemble des médias. L'affaire était facile. L'accusation de trafic de stupéfiants est autrement plus complexe. Et ce n'est pas la spécialité de Berstein.

— Vous avez parlé à Tony Wayne comme je vous l'ai demandé ?

L'avocat acquiesce :

— J'ai rencontré M. Wayne et M. Wright. Ils vous témoignent l'un et l'autre beaucoup de sympathie, mais refusent de se mêler de cette affaire. Ils disent qu'il faut faire confiance à la justice.

— J'ai besoin de Nemo pour prouver mon innocence ! Vous le leur avez expliqué ?

Berstein secoue la tête d'un air navré :

— Ils ont prétendu que leur service n'était pas destiné à résoudre des problèmes personnels. Il est mobilisé au service de l'État.

— Je vois, oui, dit Allen avec dégoût.

Ils sont tous satisfaits de ce qui lui arrive, au point qu'il se demande s'ils ne sont pas complices de la machination.

— Et Douglas Leyman, vous avez pu le joindre ?

— Pas encore.

— Ça fait huit jours !

— Mes assistants téléphonent sans répit. Au FBI, on prétend qu'il se trouve actuellement en mission. Une mission secrète.

— Secrète, mon cul ! enrage le prisonnier.

Leyman est le seul à pouvoir lui venir en aide. Or, il disparaît sans prévenir à l'instant le plus dramatique. A-t-il été écarté de l'enquête ? Refuse-t-il d'intervenir en sa faveur ? Ça ne lui ressemble guère.

— Il faut que je prouve mon innocence. Cette histoire est bidon, ce doit être facile à démontrer. Engagez un enquêteur.

— Ce n'est pas aussi simple, dit Berstein. Du moins, ça prendra du temps. J'ai pris connaissance du dossier. Les témoignages sont précis et accablants.

— Des revendeurs de drogue ! dit Allen avec mépris. Tous des paumés ! On a dû faire pression sur eux. Il suffit de les bousculer un peu pour qu'ils avouent tout et n'importe quoi. Je vous ai parlé de l'Église *Soul* ? C'est elle qui a organisé ce guet-apens.

L'avocat lève la main en signe d'apaisement :

— J'ai noté tout cela. Je vous promets de faire le nécessaire. Mais vous devez être patient.

— Patient !

— La comparution aura lieu après-demain. Je vais essayer d'obtenir votre libération sous caution. Je ne vous cache pas que l'exigence du juge promet d'être lourde. De plus, le procureur, Taylor, ne vous porte pas dans son cœur pour une raison que j'ignore. Il se fondera sur l'importance de la saisie pour réclamer le maximum.

— Et Lia, vous l'avez rencontrée ?

Berstein sourit :

— Je l'ai vue ce matin en compagnie de son défenseur, Mike Thompson. Elle est dans de bonnes mains. Mais je l'ai trouvée très abattue. C'est tout juste si elle a pu répondre à mes questions.

— Elle a demandé de mes nouvelles ?

— Bien sûr !

Il ment, c'est évident. Lia doit être au bord du désespoir.

— Quand pourrai-je lui parler ?

— Après-demain, après votre comparution.

Allen baisse la tête. Il réfléchit un long moment sans écouter les conseils de l'avocat. Puis il l'interrompt et demande avec une détermination subite :

— Si nous passions un accord avec ce procureur ?

Le regard de l'avocat reflète la perplexité :

— Quelle sorte d'accord ?

— Je pourrais plaider coupable à condition que le ministère public ne retienne aucune charge contre Lia.

Le regard de Berstein se charge de suspicion :

— Vous m'avez bien dit que vous étiez innocent ?

Allen soupire :

— Je le suis. Mais cette machination… Lia n'a rien à voir avec tout ça et je refuse de la voir souffrir par ma faute. Alors autant m'accuser.

— C'est très chevaleresque de votre part, mais une culpabilité ne s'invente pas aussi aisément. Sous la pression des policiers, le procureur exigera l'identité de vos fournisseurs. Vous ne pourrez pas la lui fournir, et donc il refusera d'accorder l'immunité à votre amie.

Après la colère qui l'a brûlé tous les jours derniers, le découragement s'empare d'Allen. Il a conscience d'être dans une impasse : sans Nemo, il sera incapable de prouver son innocence. Sans liberté, il ne pourra pas se servir de Nemo. Sans argent, il doit renoncer à payer sa caution et donc à être libre. Le combat est perdu d'avance.

43 – Cour suprême de l'État de Virginie

Attendu qu'Allen Kaufman, né à Boston, le 8 février 1982, a été convaincu de recel et trafic de matières illicites

Attendu qu'il a refusé de coopérer avec les autorités et notamment de révéler le nom de ses complices

Attendu qu'il a subi deux condamnations antérieures pour fraude, parjure et trahison

La cour, après délibération, le condamne à purger une peine de huit années d'emprisonnement.

En raison des services qu'il a rendus à l'État, sa peine sera effectuée à la prison d'Aranka.

Deuxième partie

LE SECRET

1 – Plymouth

La femme marche sur la promenade du front de mer. Elle est lente et voûtée. À cause du vent, elle retient d'une main le chapeau de paille qui l'abrite du soleil et dissimule son visage. Sous cette apparence placide, on devine la jeunesse, l'impatience, la nervosité réprimée.

En chemin, elle s'arrête devant la vitrine d'une compagnie de voyages, attirée par les promotions de séjours au bout du monde : Ceylan, Bornéo, Hawaï. En réalité, elle observe le reflet de l'avenue pour déceler chez les passants une présence inopportune ou un excès de curiosité. Personne ne doit la remarquer ni savoir où elle habite.

Quelques mois auparavant, elle a trouvé refuge dans une ancienne maison de pêcheurs, à une soixantaine de kilomètres de Boston. Elle en sort peu, sauf pour admirer l'océan, aux heures où elle étouffe entre ses murs de bois, et pour gagner le *cyber center*, et questionner le Net inlassablement.

Cette vie de silence et de solitude est vouée à la vengeance. Ceux qui ont tué l'homme qu'elle aimait doivent mourir à leur tour. C'est désormais le but de sa vie. Jour après jour, elle les a traqués, démasqués, sans révéler son existence. Ils sont nombreux, puissants et sans pitié. La moindre imprudence l'exposerait, la moindre erreur la perdrait.

Face à elle, il y a une secte entière, forte de centaines de milliers de membres : la secte *Soul*. Cette organisation a beau effacer les preuves, décourager ou soudoyer les témoins, mobiliser ses protecteurs, elle a commis trop d'erreurs pour échapper à la justice. Bientôt, elle les tiendra à sa merci.

Bien qu'invisible, elle n'est pas seule pour mener ce combat. D'autres la soutiennent et l'informent sans savoir qui elle est réellement. Il existe un secret. Elle ne le connaît pas encore, mais elle l'entrevoit, elle s'en approche, c'est une question de mois, de semaines. Ensuite, elle devra décider de la procédure à suivre pour lui porter le coup de grâce. Allen Kaufman aurait été le justicier idéal. Mais il est en prison pour longtemps, victime des ennemis qu'elle affronte. Qui sera assez courageux pour se battre à sa place ? Un homme est mort, déjà…

Soudain un malaise trouble ses pensées. Elle se sent observée. C'est une sensation vague, née de sa méfiance, peut-être, car la promenade est paisible. Elle s'éloigne sans hâte, erre d'une rue à l'autre, traverse un square, monte dans un tramway, descend au premier arrêt. À vingt mètres de là, elle tourne dans Winslow Street et stationne devant l'étalage d'un magasin de jeux vidéo. C'est là qu'elle aperçoit son reflet. Sans l'avoir jamais vu, elle reconnaît l'homme à son regard, son attitude faussement indifférente, la satisfaction inconsciente qui émane de lui.

Ils l'ont retrouvée !

2 – Aranka

La lettre de Lia repose sur la table de métal. Sous la tristesse des pensées et des mots se lit la meurtrissure. L'emprisonnement de la jeune femme, même s'il n'a duré que dix jours, a provoqué chez elle un profond traumatisme. Depuis ce drame, elle n'est plus la même. « C'est moi qui l'ai précipitée par égoïsme dans le seul lieu qui la terrifiait : une prison de trois mètres sur deux, elle qui ne supportait pas l'enfermement ! » songe Allen.

La cellule qu'il occupe à présent n'est guère plus vaste, et il l'accepterait comme un juste châtiment sans le remords de savoir Lia désormais incapable de peindre, de penser, et peut-être de vivre. Cette lettre au style hésitant, égaré, on dirait que ce n'est pas elle qui l'a écrite. Et sa lecture est une véritable torture.

Lors de la première incarcération d'Allen à Aranka, Lia venait lui tenir compagnie chaque jour, ou presque. En faisant jouer ses relations, la jeune femme avait obtenu l'autorisation d'entrer dans sa cellule. Là, pendant des heures, elle plaisantait, elle le bousculait, le charmait. Elle l'avait même obligé à lui déclarer son amour. Grâce à elle, il avait supporté sa captivité et n'avait jamais perdu espoir. Maintenant, il est tout près de sombrer.

Quelques années auparavant, le mur de verre de sa cellule donnait sur l'océan. Là, orienté à l'ouest, il domine une vaste esplanade de béton et un plateau désertique. La lumière ne fait que souligner la nudité de sa prison : un mobilier de métal fixé au sol, trois murs blancs et l'inévitable paroi de verre. Un univers sans ombre et sans âme.

Pourtant, c'est moins ce dénuement qui démoralise Allen que son impuissance. Lia, affaiblie et accablée, s'enfonce dans la dépression, et pendant ce temps, au lieu de l'aider, il est tout juste bon à se lamenter sur son sort.

Parfois, il songe à s'évader. Courir vers elle, la serrer dans ses bras, la rassurer, lui prouver que son bonheur est la seule chose importante au monde, et que jamais, plus jamais, il ne laissera le malheur s'engouffrer dans sa vie !

Cependant, comment sortir d'ici ? Son génie est incapable d'imaginer un moyen. Ses ennemis ne l'ont pas seulement vaincu, ils ont réussi à stériliser son imagination. La mort serait préférable à cette impotence. Le matricule 1182 n'est plus qu'un homme brisé, un esprit usé. Les autres semblent avoir oublié son existence, même ceux qui prétendaient participer au même combat ont cessé de se manifester. Il est seul.

Sa vie ressemble au reflet du paysage extérieur : derrière le verre armé et filtré, le ciel bleu garde perpétuellement une couleur d'orage.

3 – New York

À l'examiner avec plus d'attention, le bureau est beau dans son dépouillement extrême. L'homme semble aussi immuable que le décor qui l'entoure. Il se tient toujours à la même place, dans la même position, sous le même éclairage. En dehors de cette tour, on ignore où il vit et ce qu'il fait. Lorsque Summer et Robertson ont essayé d'en savoir davantage, ils ont trouvé le vide absolu. L'homme ne semble pas exister en dehors des moments qu'ils partagent. Ce mystère les fascine autant que le pouvoir qu'il exerce sur eux.

S'ils sont devenus les chefs de cette Église, la première du monde, non par le nombre, mais par l'influence de ses fidèles, c'est grâce à lui, à ses conseils, à ses appuis, à sa fortune illimitée, à son autorité souveraine. Ils lui doivent tout, même s'ils ont réussi ensuite à consolider et développer l'organisation par la force de leur esprit. Partout, ils sont les maîtres incontestés. Ici, ils sont petits. Des enfants devant leur père. Malléables. Transparents : l'homme est informé du plus banal événement de leur vie. La voix le leur rappelle :

— Pourquoi faire disparaître cette pièce à conviction ?

Summer joue la surprise :

— Une pièce ?

— Les menaces proférées à l'égard d'Harry.

— Ça ? Mieux vaut éviter les questions indiscrètes.

— Vous êtes bien sûr que le film n'existe plus ? Que Nemo n'en conserve aucune trace ? Que d'autres preuves ne vont pas apparaître ?

« Que sait-il au juste ? » s'alarme Summer.

— Si c'est le cas, nous aurons besoin de votre protection, risque Robertson.

L'homme demeure impassible, mais ses paroles sont blessantes :

— Vous protéger, je ne fais que cela. On dirait que vous accumulez exprès les imprudences. Comment a-t-on réussi à vous filmer à votre insu, George ? Enregistrer vos conversations, John ?

Robertson affiche un air dédaigneux :

— Quelques appels téléphoniques sans importance !

— Je parle de propos d'autant plus dangereux que Snow est revenu.

— Revenu ?

— Ne devait-il pas faire son apparition, un jour ou l'autre ?

— Sans doute.

— Répondre aux questions ?

— Pourquoi pas ?

— Votre assurance me rassure, car si nous contrôlons Nemo, il n'en va pas de même des enquêteurs. Le sort de toute une Église ne doit pas dépendre de paroles maladroites.

La voix de l'homme prend des accents métalliques :

— Avez-vous commandé à Snow d'exécuter Dimitri Charkov ?

La brutalité de la question pétrifie Robertson.

— Pourquoi aurais-je fait une chose pareille ?

— Pour venger votre ami Harry, par exemple.

— Tout ceci fait partie d'un complot ! assure Robertson qui reprend son sang-froid.

— Quelqu'un cherche à nous détruire, renchérit Summer.

Ils attendent une réaction, mais l'homme reste silencieux, comme s'il se désintéressait de leur sort. Au bout d'un long moment, il leur tourne le dos et Summer comprend que leur sacrifice est déjà programmé.

4 – Black Forest

Le Seigneur de la guerre observe la jeune femme allongée à l'ombre des arbres. Chaque jour, elle est plus mince et plus diaphane, et son air lointain lui serre le cœur.

Pourtant, James Anderson n'est pas homme à s'attendrir aisément. Son immense richesse et sa profession de marchand d'armes l'ont immunisé contre la pitié. Mais depuis l'accident fatal de son fils et de sa belle-fille, Lia reste son unique parente. L'idée de la perdre à son tour le révolte.

Pour l'extraire de sa prison, il a engagé les meilleurs avocats, alerté ses relations dans les hautes sphères de la magistrature, payé sa caution. Mais c'est grâce à l'attitude d'Allen qu'il a pu obtenir un non-lieu. Allen a plaidé coupable pour la protéger.

Aux yeux du Seigneur de la guerre, ce comportement généreux ne mérite aucun éloge : c'est la juste réparation du danger auquel il a exposé Lia. Innocent ou coupable, il est naturel qu'il soit puni. Sa petite-fille est débarrassée de lui pour les huit ans à venir. Le temps de l'oublier.

Les premières semaines, le détachement de Lia lui a semblé salutaire. Il a pensé : « Elle a besoin de silence et de repos pour se remettre de son épreuve. » Le domaine de Black Forest, isolé du monde, est idéal pour rassurer les âmes inquiètes. La demeure élégante, remplie de merveilles artistiques, est gardée jour et nuit comme une forteresse.

En l'accueillant, les premières paroles de James ont été : « Ici, personne ne te fera du mal. » Lia a souri. James a pris cela pour de la reconnaissance. « Ici, a-t-il ajouté, tu pourras peindre en toute liberté. »

Quelques années auparavant, il a installé pour elle un atelier dans une aile de la maison. Lia a refusé d'y entrer. Black Forest était une prison et James un geôlier. Puis leurs rapports ont changé. Le Seigneur de la guerre s'est réconcilié avec elle, il a fait un effort pour la comprendre et éviter de la brimer.

Pourtant, il l'étouffe encore sans en avoir conscience. Pourquoi retenir les lettres d'Allen, sauf une ou deux ? De quel droit ? Dans quel but ? La protéger ? Il suffit de voir la jeune femme prostrée des journées entières pour admettre que l'isolement de Black Forest n'est guère propice à sa guérison.

Le médecin de James a recommandé de la distraire. Qu'elle rencontre du monde, aille au cinéma, qu'elle voyage. En Europe, oui, pourquoi pas ?

Lorsqu'il lui a proposé de l'emmener, Lia a refusé avec un tel effroi qu'il n'a pas insisté. Il y a presque un mois, maintenant, qu'elle erre de sa chambre à son fauteuil de toile installé sous les ormes. Elle ne lit pas, n'écoute pas de musique, ne s'intéresse à rien, et répond à peine quand on lui parle.

James l'a soupçonnée de se droguer. Le médecin l'a détrompé : sa drogue n'est pas chimique, mais mentale. Lia recherche l'oubli avec le risque de ne jamais revenir de cette fuite vers le détachement absolu.

Si on avait prédit à James Anderson qu'il souffrirait de la voir renoncer à la peinture, il aurait haussé les épaules. C'est pourtant ce qu'il ressent. Lia a du talent, ses amis le lui répètent. Bien qu'il soit incapable d'en juger, il est fier de l'admiration des autres. Il songe à Allen avec une rancune mêlée de jalousie : « Il a tout détruit en elle, même sa passion de peindre. La prison d'Aranka est trop douce. Il méritait un véritable pénitencier ! »

Le vieil homme s'approche de Lia et s'assied au bout du lit de toile. Elle lui adresse un pâle sourire. Il s'inquiète :

— Tu n'as pas froid ?

Elle secoue la tête. Son regard se perd sur la cime des arbres.

— Tu veux faire une promenade ?

Elle ne répond pas. Il la croit endormie. Au bout de quelques minutes, elle murmure, rêveuse :

— Elle a peut-être eu peur.

— Qui ça ?

— Diva.

James lui lance un regard interrogatif. Elle soupire :

— Ma petite chatte.

— Je ne savais pas…

— Il faut aller la chercher.

— Tout de suite !

— Il a dû s'occuper d'elle.

— Qui ça ?

— Thompson.

L'avocat ! Pourvu qu'il ait pris soin de l'animal !

James saisit son mobile et appelle sa secrétaire. Le ton est bref et cassant. Lia se désintéresse de la scène. « Elle n'a pas dit un mot d'Allen », se félicite le Seigneur de la guerre.

5 – Aranka

— Désolé de venir si tard.

Le sénateur Jack Garfield porte un costume gris trois-pièces. Son visage énergique arbore le hâle des sportifs. Allen sourit :

— L'un des agréments d'Aranka, c'est de me permettre de revoir les vieux amis : Will, Karl, David, toi maintenant.

Jack embrasse du regard la salle qui fait office de parloir. Ici, aucune séparation entre les prisonniers et les visiteurs. Des tables de bois, des sièges confortables. Des vitres blindées, perçant les murs, dominent l'océan du haut d'une falaise.

Jack se penche sur le prisonnier et adopte un ton confidentiel :

— Si j'ai tardé, c'est que je travaillais pour toi.

Le sourire d'Allen se charge d'ironie :

— Pour moi ?

— J'ai mobilisé tous nos amis, mon père en priorité. Nous avons rencontré l'attorney général. Je suis venu t'annoncer qu'il y a de fortes chances pour que tu bénéficies d'une grâce présidentielle.

Le sourire d'Allen s'efface :

— C'est hors de question, Jack !

— Ne me dis pas que tu veux passer ta vie à Aranka devant tes machines ! s'exclame Jack, incrédule.

— Mes machines, tu veux rire ? Aucun traitement de faveur, cette fois. Une cellule de moine et le désert pour horizon.

— Et c'est là que tu comptes passer toutes ces années, par orgueil ?

— Je suis innocent, Jack, dit Allen avec douceur.

— Je le sais bien, mais tes aveux, tu les oublies ?

— C'était le seul moyen de disculper Lia.

— Lia ! Si tu étais libre, tu pourrais veiller sur elle, et sans doute rechercher le vrai coupable.

Allen hausse les épaules :

— Sans Nemo ? La grâce n'est pas une réhabilitation. Je serais banni pour toujours du centre que j'ai créé. Suspect, désarmé, tu me vois affronter l'Église *Soul* ?

— C'est elle qui t'a piégé, tu en es bien sûr ?

— Qui d'autre ?

— Tu as des preuves ?

— J'en avais : des enregistrements de Robertson et de Summer, de quoi les incriminer. Mais ils ont dû disparaître. Je voudrais bien savoir…

Ils se taisent, le temps que s'éloigne l'un des gardes qui circulent autour de la salle.

— Summer et Robertson étaient incapables de pirater Nemo. Et pourquoi auraient-ils gaspillé quatre cent mille dollars à seule fin de m'éloigner ? Il y a là un mystère qui m'échappe.

— Je te promets d'enquêter.

— Tu es bien placé : ils financent ta campagne, non ?

Jack se raidit :

— Personne ne fera pression sur moi, jamais !

— L'injustice me rend amer.

— Il suffit d'un mot de toi pour y mettre fin.

— Pas au prix d'une grâce inspirée par la pitié plus que par la justice.

— Intransigeant ! Tu l'as toujours été, ce n'est pas Aranka qui va t'en guérir. Je vais demander à nos avocats de réexaminer ton dossier. En attendant, qu'est-ce que je peux faire pour t'aider ?

— Rien, merci. J'ai tout ce qu'il me faut, ou, sinon…

— Dis-moi !

La voix d'Allen s'altère :

— Va voir Lia, Jack. Elle ne répond pas à mes lettres. Je suis inquiet.

6 – New Haven

La maison coloniale que Rachel a louée appartient à un professeur de l'université de Yale retiré sur une île des Thimbles. Après une traversée mouvementée des Green Mountains, la jeune femme a réussi à échapper à ses poursuivants en atteignant le lac Champlain. De là, elle a gagné le Connecticut en car. L'endroit, isolé et paisible, doit lui assurer quelques semaines de répit, le temps de reprendre contact avec ses informateurs et de compléter son dossier.

En louant la maison, elle a racheté au propriétaire son matériel informatique : un ordinateur IBM dernier modèle et une imprimante à l'agonie. Internet est le cordon ombilical qui la relie à sa matrice : quatre dissidents de l'Église *Soul.* Elle a commis l'imprudence de confier à Dwight, le premier d'entre eux, le numéro du *cyber center* où les pisteurs de la secte ont retrouvé sa trace. Elle a rayé le délateur de sa liste. Restent Trinity, Clémence et John. La première a connu Van Buren, mais semble peu informée. Clémence se méfie encore. Le troisième est encore le mieux renseigné et le plus accessible. Aussi décide-t-elle de commencer par lui :

— John, je crois que *Soul* a donné l'ordre d'exécuter Harry Van Buren.

— Et comment !

La réponse, surgie sur l'écran, fleure l'ironie. Rachel a déjà correspondu à plusieurs reprises avec lui. Elle sait qu'il faut l'empêcher de s'égarer dans des digressions métaphysiques. Rester directe :

— Tu as des preuves ?

— Ça se pourrait.

— Pourquoi l'exécuter ?

— Il en savait trop.

— Et toi, John ?

— Moi aussi, mais j'évite autant que possible de siéger au Sénat.

— Que sais-tu ?

— Et toi ?

— C'est Dwight qui m'a indiqué ton adresse e-mail, et Dwight m'a piégée.

— Comment l'as-tu connu ?

— Par une annonce dans le *Portland Press Herald.*

— Mauvaise lecture !

— Tu ne veux pas m'aider ?

— Ça dépend.

— Dis-moi.

— S'ils te cherchent, c'est que tu détiens un secret, sans le savoir, peut-être.

— Quel secret ?

— À toi de me le dire.

— Aide-moi, John.

— Cherche dans *Le Livre de lumière*. Il est dit, par exemple, que le monde est mortel et l'âme immortelle. Mais, sans le monde, l'âme n'existerait pas. Ce paradoxe est l'essence de la foi, et l'hérésie consiste à nier l'importance du monde réel…

« Le voilà reparti dans son délire mystique », enrage Rachel. Elle sait qu'il est inutile d'insister. Il joue à l'illuminé. Pourtant, elle devine qu'il sait infiniment plus de choses qu'il ne veut l'admettre. Il est prudent, comment le lui reprocher ? Et s'il disait vrai ? Si elle connaissait le secret qui a causé la mort d'Harry ? Cela expliquerait qu'on ait voulu se débarrasser d'elle.

Elle fouille dans sa propre mémoire, puis cherche dans celle de son disque dur. Le comportement d'Harry l'a toujours intriguée : pourquoi critiquer l'organisation, puis refuser de témoigner ? Quelle révélation voulait-il lui faire le jour de sa mort ? Elle a beau torturer son imagination, elle ne trouve aucune réponse. Harry a emporté son secret avec lui. Surprenant de la part d'un homme aussi prévoyant.

Elle en est là de ses réflexions quand on frappe à sa porte. Elle éteint son ordinateur, récupère son disque dur, se penche à la fenêtre pour voir un policier piétiner le seuil. Sans bruit, elle gagne la porte de la cuisine. À travers les stores se découpe la silhouette d'un deuxième policier. Cette façon de procéder lui promet une arrestation ou un interrogatoire en règle. Or sa situation n'autorise ni l'une ni l'autre.

Revenue en douce dans la pièce de séjour, elle met son caban, s'enfonce un bonnet de laine jusqu'aux yeux, saisit ses dossiers et ouvre la porte en lançant quelques mots joyeux à une personne invisible. Le policier la dévisage avec suspicion :

— Joanna Parrish ?

C'est le faux nom qu'elle a donné au propriétaire et à la compagnie des téléphones.

— Non, désolée, Sara Gibson, dit-elle d'un air effronté.

Avec une grimace éloquente, elle indique l'étage, puis elle sort. Le policier pénètre dans la maison. Une voiture munie d'un gyrophare stationne à quelques mètres de là. Rachel presse le pas, tourne dans une rue voisine. Celle-ci conduit à un parc public. Une fois hors de vue, la jeune femme se met à courir en longues foulées, comme une adepte du jogging. Elle franchit les grilles, gravit une allée qui conduit à un belvédère dominant la ville et le port. Sur l'autre versant de la colline, une voiture l'attend à l'entrée d'Edgewood Avenue. Rachel l'atteint sans difficulté. Elle sort de la ville avec la peur d'être prise en chasse. Mais la police ne se manifeste pas.

Quelques kilomètres après, elle prend l'autoroute 91 en direction de Hartford, puis l'abandonne pour se diriger vers Watersbury. Avant d'atteindre la petite ville, elle cache son véhicule dans la forêt et continue à pied en suivant les chemins de randonnée.

Son premier arrêt est destiné à vérifier l'état de ses finances. Son trésor de guerre a fondu au gré de ses changements d'identité. Elle a encore mille dollars, une somme suffisante pour survivre, mais trop limitée pour lui permettre de continuer son enquête. Ses cartes de crédit sont inutilisables. Il lui reste un coffre dans une banque de Boston. Elle l'utilisera en dernier recours, car l'établissement doit être surveillé, comme les autres.

Au début, la guerre qu'elle a déclarée à la secte l'a galvanisée. Maintenant, la lassitude l'envahit. Sa dernière déconvenue lui laisse penser qu'elle ne sera nulle part à l'abri, désormais. Peut-être a-t-elle commis une erreur en refusant d'affronter la police. Mais, dans la situation qui est la sienne, l'indiscrétion la plus banale peut signifier un arrêt de mort.

7 – Aranka

Sa nouvelle cellule *Likelife* donne sur l'océan. Face aux falaises, aux îles et à l'immensité grise sillonnée de voiles blanches, Allen a la sensation de respirer plus librement. Pourtant il contemple peu le paysage. Jour et nuit, il se penche sur ses écrans.

Un magicien anonyme a équipé sa prison d'un matériel sophistiqué, semblable à celui de sa précédente captivité : ordinateurs HV, écrans digitaux, scanners, liaison Internet. Dans ce privilège, comment ne pas reconnaître la main de Jack ? Pourtant, les premiers jours, il a boudé le cadeau : il avait l'impression qu'avec ces jouets, on voulait le conduire à se résigner à son sort.

Très vite, sa passion a été la plus forte. Depuis longtemps, il voulait se consacrer à une recherche originale : la lecture des pensées à travers les regards des individus. La cybernétique doit permettre de passer de la méthode empirique à une approche scientifique.

Perdu dans la recherche de ses paramètres, il n'entend pas vibrer l'interphone. Après trois tentatives infructueuses, son gardien, prénommé Baptiste, ouvre la porte d'acier coulissante :

— Tu es sourd ?

— Garçon, deux bières ! commande Allen sans se retourner.

— Espèce de salopard ! grommelle le gardien en réprimant un sourire. Tu as une visite.

— Je n'y suis pour personne.

— C'est un mec du FBI.

— Surtout pas ! ricane Allen sans quitter ses écrans des yeux.

Il les voit venir avec leurs grands pieds, les recruteurs du Bureau fédéral. Ils ont besoin de lui, sans doute, et vont lui proposer la liberté conditionnelle en échange d'un léger service : quinze heures de travail quotidien sous haute surveillance. Une réclusion pire que celle d'Aranka. Non, merci !

— Alors, ces bières, ça vient ? plaisante Allen.

Tournant la tête, au lieu de Baptiste, il voit Leyman.

— Belle façon de recevoir un ami !

Le visage du prisonnier se ferme :

— Quel ami ?

Il en veut à l'agent de n'avoir rien tenté pour le disculper.

— Oui, merci, dit Leyman en s'asseyant sur le lit métallique.

— Merci de quoi ? lance Allen, agressif.

— De prendre de mes nouvelles. J'avais une sale mission à accomplir.

— Moi aussi.

Leyman examine le matériel du prisonnier avec une moue admirative :

— On dirait que vous ne vous débrouillez pas si mal ! Ça ne vous change pas de Nemo.

— Vous voulez prendre ma place ?

— Non, mais je suis venu vous proposer de reprendre la vôtre.

— Très drôle.

— Comme je vous l'expliquais, on m'a envoyé en mission à l'autre extrémité du pays, une immersion de deux mois à l'issue sanglante et aux résultats décevants. J'ai appris votre mésaventure à mon retour.

— Mésaventure ! grince Allen, incapable de cacher sa hargne.

— J'ai aussitôt cherché à découvrir d'où venait le coup. Votre innocence ne faisait aucun doute à mes yeux.

— Votre sollicitude me va droit au cœur !

— Ceux qui vous ont accusé ont disparu comme par enchantement, poursuit Leyman, imperturbable. Igloo et Marty, des indics notoires, ont été dénoncés et liquidés par le milieu. J'ai retrouvé la trace de Serpent et je me préparais à le bousculer lorsque j'ai découvert la preuve de votre innocence.

Allen se dresse de son tabouret :

— Une preuve ? Quelle preuve ?

— Quand je dis que je l'ai découverte, ce n'est pas tout à fait exact. J'ai amené l'auteur de ce coup de théâtre.

Il se lève et actionne l'interphone.

— Expliquez-moi, s'impatiente Allen.

L'agent fédéral se contente de réclamer au micro :

— Faites entrer le visiteur.

La porte s'ouvre et Allen, stupéfait, voit entrer Edmond Chomsky.

— Salut, boss !

Il examine les écrans et les scanners d'un air professionnel :

— Pas mal, le matos !

— Qu'est-ce que tu fais à Aranka ? s'exclame le prisonnier.

Edmond exhibe un DVD :

— Je vous ai apporté un polar pour vous changer les idées.

— Si vous me disiez ce qui se passe ? grogne Allen, exaspéré par cette mise en scène.

Leyman lui montre l'écran d'un ordinateur. Après avoir introduit le disque dans le lecteur, Edmond appuie sur *play*. Allen reconnaît immédiatement la maison : il s'agit de la sienne, filmée depuis la rue, à travers la grille de son jardin.

— Je passe le début, aucun intérêt ! dit Edmond en accélérant les images. Là, ça devient beaucoup plus intéressant.

Le film défile maintenant à vitesse normale. On aperçoit deux hommes porteurs de sacs franchir la grille et se dissimuler dans le jardin. L'un des deux gravit le perron et ouvre la porte d'entrée avant de récupérer les sacs planqués dans une haie. Puis les hommes pénètrent dans la maison. La porte se referme. Plusieurs minutes s'écoulent.

— Devinez ce qu'ils sont en train de vous livrer, vos copains ?

Il accélère le visionnage, puis ralentit à l'instant où les deux visiteurs réapparaissent. Ils referment la porte avec soin et s'éloignent.

— Plus légers, les sacs ! ricane Edmond.

— D'où ça sort ? Dites-moi ! les presse Allen.

— Du FBI, finit par dire Leyman. Votre domicile était sous surveillance à la demande de Tony Wayne. Je l'ignorais, évidemment.

— Il était évident que ces voyous transportaient la cocaïne. Pourquoi le Bureau fédéral n'a-t-il pas communiqué cette pièce à la police pour m'innocenter ?

— C'est une bonne question, dit Leyman. En réalité, les deux hommes travaillent pour le Bureau. Ce ne sont pas des agents, disons… des *freelance*. En la circonstance, ils œuvraient pour leur propre compte. J'ai recueilli leur déposition en échange de leur immunité.

Allen se met les mains sur la tête :

— Mais qui est derrière tout ça ?

— Un certain Enrique Lopez. Vous le connaissez ?

— Jamais entendu ce nom.

— Il existe, pourtant, du moins il a existé, car nous avons été incapables de mettre la main sur lui. Il fallait s'y attendre !

— Mais les trafiquants, les passeurs ? Vingt-six kilos de cocaïne, ça ne passe pas inaperçu !

— Il faut croire que oui. La piste s'arrête au domicile de ce Lopez. La chance a voulu que ce film tombe par le plus grand des hasards sous les yeux de votre assistant.

Edmond acquiesce avec un grand sourire :

— Mon job, aux archives, consiste à classer les enregistrements. Il y en a des tonnes. Tous sont repérés, datés et étiquetés avec soin. Celui-là ne l'était pas. Je l'ai donc visionné. C'est alors que j'ai reconnu votre maison et compris ce qui se passait.

Allen lui lance une bourrade :

— J'ai toujours apprécié ta conscience professionnelle !

— C'est pour ça que vous m'avez expédié au FBI, râle Edmond.

— Bref, dit Leyman. Nous avons aussitôt envoyé une copie du film ainsi que la confession des coupables au juge, au procureur, aux stups, à votre avocat et à la presse. Le processus de votre libération est en marche. Le jugement sera cassé ultérieurement.

Le seul obstacle provient de vos aveux, qui pourraient suggérer une complicité. Mais nous pourrons arguer de la pression policière. Les stups n'ont pas dû être tendres.

— Ce ne sont pas des câlins, confirme le prisonnier.

Edmond se frotte les mains :

— J'en connais qui vont pavoiser : le *Washington Herald* et *Mundial TV*. Ils n'ont pas cessé de clamer votre innocence.

Allen sourit :

— Cher Will !

Puis sa pensée se tourne vers Lia. Il va être libre, il va la revoir enfin, la réconforter. Alors qu'il s'accoutumait à sa captivité, soudain, il étouffe entre ces murs, et les heures à venir lui semblent interminables.

8 – Black Forest

Les clôtures du Seigneur de la guerre sont plus hermétiques que celles d'Aranka. Il a fallu à Allen quarante minutes pour remplir les formalités de levée d'écrou et sortir de prison. Là, il doit patienter deux heures entières avant de pouvoir franchir la frontière de Black Forest. Rageur, il accélère sur la route qui traverse les mille hectares de collines, de lacs, de forêts, de jardins, pour aboutir à la demeure patricienne d'Anderson.

Ce dernier a d'abord refusé de le recevoir. Innocence, réhabilitation, ces mots ne signifient rien pour le Seigneur de la guerre. Allen reste à ses yeux un individu dangereux, égoïste, irresponsable. Comme si un marchand d'armes avait des leçons de morale à donner !

Ces critiques ne sont qu'un prétexte : Anderson veut avant tout protéger sa petite-fille. Allen ne le lui reproche pas. Il exige seulement de parler à celle qu'il aime, de la serrer dans ses bras et de lui expliquer qu'il n'a pas voulu lui faire de mal. En quatre mois de séparation, il a reçu six lettres. Six ! Certaines pressantes, comme des appels au secours, d'autres indifférentes.

James Anderson a cédé. Il se contente de manifester sa réprobation en demeurant invisible. Un serviteur en livrée noire s'incline devant le visiteur. Un autre va parquer sa voiture. « Un hôtel de luxe ! » songe Allen. Un hôtel sans client ; l'endroit est désert.

Précédé du domestique, il traverse une enfilade de pièces silencieuses pour aboutir à un jardin d'hiver, où les plantes en pot ont la dimension d'arbres. Derrière les vitres, une pelouse ondule à l'infini. La lumière est douce ; l'atmosphère tiède et humide.

Lia sommeille sur une chaise longue. Sa main, glissant du siège, frôle une paire de lunettes noires abandonnée sur le sol. Diva, sa petite chatte grise, dort en boule à ses pieds. Allen s'approche et s'assied au bord du siège. La jeune femme s'éveille. Ses yeux s'écarquillent, puis se referment. Des larmes silencieuses perlent à ses paupières et coulent sur ses joues. Allen lui prend la main, l'embrasse avec douceur :

— Je me souviens d'une toile intitulée *La Jeune Fille Perdue*. On voyait une étendue pâle, et des gouttes ou des pétales d'un rouge sombre, pareil à du sang au milieu de cette blancheur. Je ne sais pas pourquoi je pense à ça, maintenant.

Il regarde autour de lui :

— On est bien, ici.

— *La Femme Éperdue*, murmure Lia.

Il fronce les sourcils :

— Éperdue ? Tu es sûre ? Je me demande où il est, ce tableau. Il y a longtemps que je ne l'ai pas vu. On l'a peut-être paumé au cours de notre déménagement.

Lia montre la maison.

— Ici ? C'est James qui l'a piqué ? Vieux pirate ! Ça ne m'étonne pas de sa part.

Ses plaisanteries ne récoltent pas le moindre sourire. Lia se désintéresse de la conversation. Ses yeux regardent ailleurs, l'herbe ou le ciel. Ses joues sont mouillées, mais elle a cessé de pleurer.

— Je t'ai écrit soixante et onze fois. Toi, six. Tu es en retard, ma vieille !

Le regard de Lia revient vers lui. Ses sourcils se froncent comme si elle faisait un effort pour comprendre ses paroles.

— Remarque, je n'avais pas le temps de lire, poursuit-il. Il m'avait fourré dans la cellule que tu connais, celle qui domine l'océan, avec tout le matos. J'ai inventé un jeu, *Orion*. Une balade à travers des milliards d'étoiles au cours de milliards d'années. Les soleils naissent, forment des constellations, puis s'éteignent. Il s'agit de les empêcher de mourir et de créer des symboles. Brillant, non ?

Il se frappe le front :

— Au fait, j'allais oublier…

Il tire de sa poche une bougie blanche et un briquet, puis une petite boîte. À l'intérieur de celle-ci, il y a un gâteau rond recouvert d'un glaçage blanc. Il plante la bougie au centre de la pâtisserie, allume la mèche et dépose le gâteau sur le siège de Lia en murmurant :

— *Happy Birthday.*

Elle regarde danser la flamme. Pour la première fois, elle esquisse un sourire. Dans son visage amaigri, ses yeux paraissent immenses. Allen se dit qu'elle n'a jamais été aussi belle. Diva s'étire, vient renifler le gâteau, puis retourne à sa place, dédaigneuse.

— Tu vois, je n'ai pas oublié, dit Allen. Il fallait que je sois là aujourd'hui, pour tes vingt-cinq ans. J'ai foncé sur la route comme un pilote de F1. Il y a six heures, j'étais encore en taule, tu te rends compte ?

Il se maudit de sa maladresse en voyant le visage de Lia se contracter. On y lit la souffrance et le désespoir. Il se mord les lèvres :

— Désolé.

Il penche la tête pour souffler la bougie, puis dépose le gâteau par terre.

— Je n'ai pas eu le temps de passer chez *Bloomingdale*, ajoute-t-il. C'est tout ce que j'ai trouvé entre nos deux prisons.

Il exhibe un nouveau paquet à la manière d'un prestidigitateur, défait le ruban et libère un petit mouton frisé, qu'il dépose à côté de la jeune femme sans déclencher la moindre réaction. Il hoche la tête :

— Voilà ! Je suppose que tu ne veux pas revenir chez nous ? Non, je comprends. La maison te rappellerait de mauvais souvenirs, et puis tu es beaucoup trop fatiguée pour supporter ce long voyage. Moi, je ne sais pas ce que je vais faire, Lia. Sans toi, je ne suis plus rien. Je pensais que la liberté allait me donner des ailes, mais c'est tout le contraire : je me sens plus malheureux ici que là-bas. Je n'ai même plus la force de me révolter. Tu m'as dit que je mettais les autres en danger, tu avais raison, Lia. Je l'ai compris trop tard…

Le regard de la jeune femme s'est encore éloigné. On dirait qu'elle n'entend pas ce qu'il lui dit.

— Tu t'en moques ? murmure-t-il. Tu as raison, c'est mieux ainsi. Certains jours, j'aimerais effacer le passé, moi aussi. Ma sacrée mémoire ne me lâche pas, et ces pensées… Autant de pensées que d'étoiles !

Il se tait en voyant Anderson planté à l'entrée du jardin d'hiver, aussi sombre et rigide que la statue du Commandeur.

Comme Lia semble avoir oublié sa présence, Allen se penche sur elle et l'embrasse sur la joue. En passant devant le vieil homme, il murmure :

— Je vous la confie.

Sur le perron, il doit faire un effort pour retenir ses larmes. « Je lui fais plus de mal que de bien, Anderson a raison. »

Le valet lui amène sa voiture au bas des marches. Il se met au volant et prend la route sans savoir où il va.

9 – Washington

Tony Wayne et Arthur Brent ont été renvoyés. C'est Walter Wright qui préside maintenant aux destinées de Nemo.

— Wright, Wayne, quelle différence hormis l'intelligence ? soupire Allen. Je ne vois pas pourquoi on me demande de reprendre une fonction qui aboutira fatalement à un conflit et une rupture.

Caleb Becker, conseiller du président Stuart, secoue la tête avec amusement :

— Vous m'avez mal compris, Allen. En cas de désaccord profond, c'est vous qui devrez trouver un remplaçant à Wright et non l'inverse. Mais je crois que vous arriverez à vous entendre. Je connais Walter, nous avons étudié ensemble à Harvard. C'est un homme loyal et conciliant malgré une propension au cynisme.

— Si vous le dites…

— Le président est clair sur ce point : Nemo n'a qu'un chef : vous. Il vous fait une confiance totale pour réorganiser un système dont son gouvernement a besoin dans les circonstances présentes.

— Malgré mon passé ?

Un sourire fugitif éclaire le visage austère de Becker :

— À cause de lui.

Allen fait quelques pas pour se donner le temps de réfléchir. L'ancien bureau de Wayne conserve l'odeur désagréable de ses cigares. Allen s'appuie à la baie vitrée et regarde les cascades de l'US Navy dans Market Square.

— Je ne sais pas, finit-il par murmurer. J'avais résolu de tout abandonner. Sans une liberté absolue, je ne suis bon à rien et je risque de mettre les institutions en danger. Je suis à l'image de l'outil que j'ai imaginé : bien utilisé, Nemo est un auxiliaire fidèle. Dévoyé, il peut se retourner contre ceux qui s'en servent. C'est ce qui s'est produit il y a quelques mois. Par maladresse plus que par calcul, Wayne a permis à des éléments hostiles de pénétrer dans le système. Normalement, celui-ci sécrète des anticorps, si vous me permettez cette comparaison biologique. Or, ce n'est pas ce qui s'est passé : Nemo, infecté par de fausses informations, a fonctionné à l'envers. L'intrusion n'a pu avoir lieu sans des complicités internes. Je dois les découvrir et les éliminer. Pour cela, j'ai besoin d'une autorité absolue, car mon enquête risque de mettre en cause des personnalités éminentes.

Becker acquiesce sans réserve :

— Vous avez carte blanche.

— Des personnalités du gouvernement, insiste Allen.

Cette fois, le conseiller marque une infime hésitation :

— Disons que si votre intervention doit impliquer certains de nos amis, le président aimerait en être informé en priorité.

— Vous savez à quoi je fais allusion ?

— Pas vraiment.

— Je n'aimerais pas me retrouver à Aranka.

— Un incident regrettable.

Si les mots expriment la sollicitude, le ton froid est dénué de compassion. Allen va préciser sa pensée quand on frappe deux coups brefs et la porte s'ouvre. Walter Wright entre dans la pièce, le sourire aux lèvres. Becker se lève, pressé d'en finir avec une conversation qui commence à l'embarrasser :

— Je vous laisse entre vous. J'imagine que vous avez beaucoup de choses à vous dire. Préparez la nouvelle organisation sans lésiner sur les moyens. En cas d'obstacle, appelez-moi.

Il frappe amicalement l'épaule de Wright :

— Walter, j'ai indiqué à Kaufman l'étendue de son autorité et les limites de la tienne. Je te laisse le soin de lui préciser ton propre rôle et ta mission. Bonne chance à tous les deux.

Restés seuls, les deux hommes s'observent un long moment en silence. Wright est le premier à s'exprimer :

— Je sais ce que vous éprouvez.

— J'en doute.

— Je suis l'ennemi.

— C'est vous qui le dites.

— Non, ce sont vos yeux.

— Ai-je des raisons de le penser ?

— Peut-être, dans la mesure où je ne vous ai pas soutenu comme je l'aurais dû.

— En quoi la situation est-elle différente, aujourd'hui ?

— C'est vous qui commandez.

— Dans ce cas, je ne conçois pas très bien votre rôle.

— Je suis là pour vous aider.

— M'aider ? Nemo fonctionnait à merveille avant votre arrivée.

— Les temps étaient différents. Vous aviez beaucoup moins d'adversaires au gouvernement, dans les milieux économiques et parmi les forces de sécurité. Bien des gens veulent vous abattre. Je suis là pour les neutraliser.

— Comment vous croire ? C'est vous qui avez livré Nemo à des gens sans scrupules. C'est vous qui avez refusé de témoigner en ma faveur. Et je devrais vous faire confiance ?

Wright lui adresse un sourire désarmant :

— Mettez-moi à l'épreuve.

— Pour me retrouver dans la même situation au bout de quelques mois ?

Il se met à arpenter la pièce avec nervosité. Puis il s'immobilise et jette à son interlocuteur un regard agressif :

— Admettons que j'accepte de reprendre mes fonctions. Je dis bien « admettons » : je n'ai encore rien décidé ! J'exige le retour d'Edmond et le départ immédiat de Luisa.

Les yeux de Wright expriment la surprise :

— Edmond, c'est évident, mais pourquoi écarter Luisa ? Elle est brillante et consciencieuse. Elle avait fait ses preuves avant d'arriver ici.

— J'ai besoin d'être entouré de gens fidèles. Ce n'est pas le cas de Luisa. Elle est douée, c'est sûr : en quelques mois, elle a réussi à se diriger dans le labyrinthe de Nemo. Elle en connaît les clés, les ressources et les masques. C'est la raison pour laquelle elle est dangereuse. Elle a renseigné Wayne et livré ainsi le système à des gens peu scrupuleux. Cette trahison aurait pu avoir des conséquences plus graves encore.

Walter Wright hésite quelques instants avant d'avouer :

— Une trahison a bien eu lieu, mais vous vous trompez de coupable.

— Que voulez-vous dire ?

— Interrogez Phil.

Allen sourit avec dédain :

— Vous insinuez que Phil…

— Sachez que Luisa ne nous a jamais livré la moindre information. Phil, lui, renseignait Tony. S'il vous mentait sur ce point, pourquoi ne pas vous tromper dans d'autres domaines ?

Allen le fait taire d'un geste péremptoire :

— Je ne vous crois pas !

Il connaît Phil depuis cinq ans. Le génie à la physionomie de bébé joufflu l'a soutenu dans tous ses combats. S'il existe un homme fidèle, c'est bien lui.

— Vous ne connaissez pas Phil. Il est loyal et généreux.

— La bonté n'est pas incompatible avec la trahison, insiste Wright. Dans la vie, on est parfois conduit à accomplir par générosité des actes contraires à l'honneur.

Ce paradoxe agace Allen. Il prépare une riposte mordante lorsque son mobile se met à vibrer. Il a du mal à reconnaître la voix bouleversée de James Anderson :

— Lia a disparu !

— Depuis quand ?

— Ce matin.

— Comment a-t-elle pu disparaître ? Votre domaine a beau être grand, il est mieux surveillé que le Pentagone !

— Elle a quitté Black Forest à neuf heures en voiture.

— Pour aller où ?

— Je l'ignore. Mes gens ont sillonné les routes sans résultat.

Allen laisse libre cours à sa rancune :

— Je croyais que vous deviez veiller sur elle !

— Black Forest n'est pas une prison.

— J'en doute ! Sinon, pourquoi vouloir s'en évader ?

— Je préviens la police.

— Surtout pas ! s'exclame Allen. À la vue des flics, elle risque de paniquer et de commettre une bêtise. Laissez-moi faire !

Il oublie Walter Wright et ses problèmes. Il n'a plus qu'une idée en tête : utiliser Nemo pour retrouver Lia. Il annonce :

— Je reprends mes fonctions. Vous êtes à l'essai !

Wright acquiesce sans se formaliser avec un mélange d'ironie et de sympathie. Au fond, il n'a jamais douté de sa décision. Mais avec les artistes, on ne sait jamais, et Allen est un artiste dans son genre, génial et déconcertant.

10 – New York

Les premiers temps, Robertson était mortifié de venir au rapport, comme un simple employé, lui l'un des chefs d'une Église vénérée par des centaines de milliers de fidèles. À présent, il a besoin de s'abreuver à cette source : la voix de l'homme, ses préceptes, ses certitudes, sa transcendance. Lorsqu'il sent son empire vaciller, lorsqu'il lui arrive de douter, il monte au sommet de cette tour, il écoute, il se laisse pénétrer par les paroles de l'homme, et c'est comme s'il priait. Il est soudain envahi par la Grâce.

L'homme le protège. Sa connaissance est prodigieuse. Il sait tout ce qui se passe dans les sphères politiques, économiques et religieuses. Il peut désarmer ceux qui le menacent, influencer les jugements, réparer ses erreurs, lui donner les moyens d'accomplir des actes hors du commun et d'atteindre des sommets inaccessibles.

Le pouvoir de l'homme ne dépend pas seulement de ses possessions temporelles : l'argent, les terres immenses, l'influence politique, l'autorité absolue sur les hommes d'autorité. Il est d'une autre nature, spirituelle, incoercible.

Dans l'atmosphère mystique qui baigne la pièce, la voix de Summer détonne, soulignant le contraste entre la hauteur de l'homme et l'insignifiance de ses visiteurs :

— Allen Kaufman est rentré en grâce.

— C'est bien, il nous servira, le moment venu. Dans l'immédiat, il a d'autres préoccupations.

— Il voudra se venger.

— De qui ? De quoi ?

— Il cherche déjà de notre côté.

— Il ne trouvera rien puisqu'il n'y a rien à trouver.

— Nos amis sont-ils prêts ?

— Prêts à quoi ?

— À tenir leurs places, à jouer leurs rôles ?

— Quand il s'agit de prendre le pouvoir, les ambitieux ne reculent jamais, dit Robertson.

La moue de Summer exprime le doute :

— Une fois en place, ils oublient souvent leurs engagements.

— Nous saurons les leur rappeler, réplique Robertson avec assurance.

— À condition d'avoir l'autorité pour le faire.

Summer se tourne vers l'homme pour le prendre à témoin. Mais celui-ci se désintéresse de leur différend. Aussi rigide qu'une statue, il fixe le mur blanc comme s'il pouvait voir à travers. Son silence persistant les met mal à l'aise. Summer se demande avec anxiété s'il n'a pas commis une faute en mettant en doute son influence sur les élus. Il se racle la gorge et annonce d'une voix étranglée :

— J'ai établi la liste des fidèles qu'il faut soutenir.

L'homme ne répond pas. Au bout de quelques minutes, il murmure :

— Il y a cette femme…

Summer et Robertson échangent un regard.

— Elle a disparu, dit Summer.

— Elle revient régulièrement. Je ne crois pas aux fantômes…

Robertson réprime un sourire :

— Moi non plus.

— Qui est-elle ?

— Nous l'ignorons. En revanche, elle semble nous connaître. Elle cherche inlassablement. Nos envoyés l'ont repérée. Elle a réussi à leur échapper ; elle a des complices.

— Elle redoute la police, ajoute Robertson.

Le visage de l'homme se tourne vers eux. On ne distingue pas ses yeux, mais il est évident que sa réflexion a capté son attention.

— Faites comme si elle n'existait pas.

Le fauteuil pivote. Une fois de plus, l'homme les désoriente. Il ignore délibérément leurs problèmes. Summer a l'impression d'être tombé à la mer et emporté par une vague immense sans pouvoir rejoindre son bateau qui s'éloigne. Cette incertitude fait partie d'un plan. Le temps venu, l'homme lui dira ce qu'il convient de faire, nager ou sombrer.

À la porte, l'une des jeunes femmes surgit, alertée par un signal mystérieux. Sa froideur les incite à presser le pas et à disparaître.

11 – Washington

Nemo a sondé les routes, les stations-service, les gares, les parkings, les hôpitaux, les hôtels, les restaurants. En une heure, il a visionné plus de dix mille caméras de surveillance, capté les messages des voitures de police, des ambulances et des véhicules de patrouille des gardes forestiers. Lia reste introuvable.

— Le satellite ? demande Allen.

Luisa secoue la tête :

— Tu es sûr de la description du véhicule ?

— Une Ford bleu marine, ça doit se trouver !

Phil a introduit dans le cerveau de recherche toutes les indications fournies par Allen : les adresses des amies de Lia, ses fournisseurs, ses relations professionnelles, les lieux qu'elle fréquente, ceux où elle a vécu.

À mesure que le temps passe, Allen imagine le pire : la dépression de Lia a été plus forte que son désir de vivre. Ou bien elle a été enlevée et prise en otage par ses ennemis.

— Pourquoi ne pas alerter la police ? propose Luisa.

Allen fait un signe de dénégation :

— Pour qu'on l'appréhende ? Non, merci.

— Si on demandait aux flics de repérer le véhicule sans intervenir ? suggère Phil. Nous, on se charge de le suivre.

Allen fait la grimace, puis il se décide :

— OK, mais avec précaution.

Phil lance aussitôt la requête prioritaire sur les réseaux routiers, urbains et fédéraux. Le bonhomme en salopette s'acharne depuis des heures, rivé à ses écrans. « Et on voudrait que je le soupçonne ! » songe Allen en caressant sa nuque blonde et ses joues roses d'un regard affectueux.

Le Seigneur de la guerre téléphone à intervalles réguliers. Sa voix est si froide qu'Allen en vient à le suspecter : il fut un temps où Anderson songeait à faire interner sa petite-fille « pour la protéger d'elle-même ». N'aurait-il pas inventé sa fuite pour cacher une hospitalisation forcée ? Dans le doute, Allen demande à Phil d'étendre sa recherche aux hôpitaux spécialisés dans les maladies mentales. Au même instant, Luisa pousse un cri de triomphe :

— Ça y est, on l'a trouvée !

La police signale la Ford de la fugitive à la périphérie de New York.

— Qu'est-ce qu'elle fait là-bas ? s'exclame Allen avec consternation.

Lia reste attachée à sa maison de Greenwich Village, de là à s'y réfugier... D'autant plus que le véhicule se dirige vers le nord du Bronx. Nemo le suit de rue en rue. Puis le système signale une erreur : la voiture n'est pas celle de Lia. La police s'est trompée !

Allen explose :

— Ils le font exprès !

Tout est à recommencer. Nemo repart de Black Forest, simule des centaines d'itinéraires en essayant de les faire cadrer avec les urgences psychologiques de la fugitive.

Allen essaie de se rassurer : la secte n'a pas eu le temps matériel de l'enlever. Elle ignorait son départ, à moins d'avoir des complicités à l'intérieur même du domaine.

La petite équipe travaille depuis seize heures sans interruption lorsqu'elle doit s'interrompre sous le coup de la fatigue. Luisa s'effondre la première.

— Va te reposer, conseille Allen.

Phil persévère. Deux heures plus tard, il doit déclarer forfait à son tour. Il a besoin de sommeil avant de poursuivre ses recherches. Allen reste seul, il s'acharne, explore de nouvelles voies. Il lui semble incroyable que Nemo, après avoir identifié et repéré les terroristes et les mafieux les plus insaisissables, ne puisse retrouver la femme qu'il aime.

En utilisant toutes les ressources de Nemo, Allen perd la trace de Lia. En revanche, il découvre le moyen utilisé par ses ennemis pour introduire des éléments pirates dans le système le plus sophistiqué et le mieux protégé du monde. Au lieu de le réjouir, cette révélation le démoralise.

Après trente heures de recherche, il rentre chez lui, épuisé. La maison est obscure et encore tout imprégnée d'une odeur de peinture, qui fait surgir le souvenir de Lia. Il songe d'abord à monter dans l'atelier, puis le courage lui manque. Il se débarrasse de son blouson et de ses baskets, prend le chemin de sa chambre. Sur le seuil, il s'immobilise : Lia est couchée dans le lit. Il aperçoit son visage délicat et son épaule nue. Sur l'oreiller voisin, elle a déposé son mouton. Diva est endormie au creux de ses jambes.

12 – Washington

La veille, elle a pris le temps de commencer une toile. On y voit un océan gris, et un ciel pétrifié, strié de rouge, qui fait penser à une veine de marbre. L'ensemble, à peine ébauché, est déjà saisissant. Jamais Lia n'a peint avec une telle force.

— Dis donc, tu te crois au musée ! proteste-t-elle en constatant qu'il a ôté le drap qui masquait son tableau.

— Une croûte pareille ? Ce n'est pas au musée qu'on la verrait !

— Merci de tes encouragements.

— Tu dormais si bien que je n'ai pas voulu te réveiller.

Elle remet le drap en place :

— La visite est terminée. Dehors !

Il l'emprisonne dans ses bras.

Surtout, ne pas dire un mot des mois écoulés et de la panique causée par sa disparition. Il rassurera James un peu plus tard.

Elle fait la moue :

— J'ai maigri. Un sac d'os ! Mes cheveux sont ternes, mes yeux cernés, mon front est couvert de boutons !

— Je te trouve adorablement répugnante, murmure-t-il, en pressant ses lèvres sur les siennes.

Elle s'abandonne, puis le repousse et le dévisage avec méfiance :

— Toi, tu as récupéré Nemo !

Elle en parle comme d'un animal.

— Comment tu le sais ?

— Il suffit de te regarder. Tu as cet air : un chasseur de fauves qui découvre un lapin.

Il renifle, dépité :

— J'ai utilisé Nemo pour te chercher, figure-toi.

Il surprend une lueur moqueuse dans ses yeux :

— Et c'est comme ça que tu m'as trouvée ?

— Non, c'est mon cœur qui m'a guidé.

— Des clous ! Tu t'es vautré sur le lit sans remarquer ma présence.

— Je t'ai embrassée.

— Menteur !

— Tu dormais.

— Tu t'es bien gardé de me réveiller, une emmerdeuse comme moi, qui fait la morte pendant des mois pour se rendre intéressante. J'ai compris que tu n'avais aucune intention de me ramener ici. Mais si tu te figures que tu peux te débarrasser de moi aussi facilement, mon vieux, tu te goures !

Une grande détresse perce sous ses railleries. Attendri, il la serre contre lui et chuchote, le visage dans ses cheveux :

— Ça n'arrivera plus, je te le promets. Nemo, les intrigues, les enquêtes, les menaces, tout ça, c'est terminé ! On va vivre tranquilles, toi et moi.

Elle se libère de son étreinte et le regarde, soupçonneuse :

— N'essaie pas de me raconter que tu démissionnes pour me faire plaisir. Dis plutôt que tu te dégonfles.

— Tu as raison, je me dégonfle !

La voix de Lia prend des accents véhéments :

— James me soupçonne de me droguer. Toi, tu me crois neurasthénique. Je suis une créature fragile, déséquilibrée, un peu fêlée, qu'il faut ménager, pas vrai ?

— Je n'ai jamais dit ça !

— Évidemment, il faut épargner la malade, la rassurer, la protéger.

— Excuse cet excès d'amour !

Lia s'éloigne d'un pas décidé. Elle arrache la toile, examine son tableau, puis prépare sa palette sans s'occuper d'Allen. Elle est si concentrée qu'elle ne semble pas le voir amorcer sa retraite. Il pose le pied sur la première marche lorsqu'il l'entend gronder pour elle-même :

— Je ne supporte pas l'idée que les pourris qui t'ont envoyé en prison s'en tirent comme ça. Ils vont triompher et on aura souffert pour rien !

Il la regarde étaler un vermillon lumineux à la limite du ciel et se demande jusqu'à quel point elle est sincère. Il la connaît : elle est capable de se sacrifier pour lui au risque de sombrer définitivement dans la mélancolie.

Elle lui lance un regard moqueur par-dessus son épaule :

— Qu'est-ce que tu en dis ?

— J'aime beaucoup.

— Crétin, je ne te parle pas du tableau !

— Pour le reste, je te promets d'y réfléchir.

— Ce n'est pas avec ta balade dans les étoiles que tu vas me séduire, tu sais.

— C'est vrai ? murmure-t-il, désappointé.

— Je t'aime pour ton génie.

— Justement, c'est un truc génial. Les galaxies forment des symboles, il y a des trous noirs et l'énergie sombre…

Le regard de Lia freine son argumentaire.

— Tu m'as reproché de mettre les autres en danger, soupire-t-il.

— Ce n'était pas un reproche.

— Tu avais raison.

— Je ne risque plus rien, Allen.

Sa voix est ferme, et sa main ne tremble pas tandis qu'elle ajoute un liseré gris sur l'océan. Cependant, comment oublier son état de prostration deux jours auparavant ? « Avertir Anderson et, avant tout, demander à Leyman de surveiller la maison », songe-t-il.

Comme il s'attarde, elle s'impatiente :

— Tu me laisses travailler, oui ?

— Je t'aime, Lia.

Elle jette sa palette et son pinceau, et se précipite brusquement dans ses bras.

— Tu as fini par le dire !

— Moi ? Je n'ai rien dit.

Les lèvres de Lia étouffent son rire.

Trois quarts d'heure plus tard, Allen franchit les trois postes de sécurité avant d'atteindre le centre opérationnel de Nemo. En chemin, il a téléphoné à Anderson et à Leyman. Le premier s'est montré acerbe ; le second amical. Dans la salle souterraine, Edmond plaisante avec Phil. À ce spectacle, le cœur d'Allen se serre. Il déteste ce qu'il doit accomplir, mais il n'a pas le choix.

— On dirait que vous n'êtes pas ravi de me revoir, plaisante Edmond.

Allen lui adresse un faible sourire :

— Au contraire, j'ai bien besoin d'assistants fidèles.

En prononçant ces derniers mots, il fixe Phil, qui pâlit.

— Viens, ordonne-t-il.

Edmond et Luisa, interloqués, les regardent s'isoler. Il n'est pas dans les habitudes d'Allen de les ignorer ainsi, quelles que soient les circonstances.

Le lieu de l'entretien est une cellule de verre, suspendue entre la voûte de béton et le sol synthétique. On y accède par un escalier de verre.

— Vous avez des nouvelles de Lia ? demande Phil en s'asseyant en face d'Allen.

Ce dernier hoche la tête :

— J'ai retrouvé Lia, mais perdu un ami.

Comme Phil baisse la tête sans chercher à nier, Allen demande :

— Pourquoi ?

— Ils l'ont exigé.

— Qui ça, ils ?

— Mes protecteurs.

— Ne me dis pas que tu fais partie, toi aussi, de cette secte pourrie ?

Phil pousse un long soupir :

— Ils m'ont permis d'être là où je suis.

— Et où es-tu exactement ?

— Avec vous.

— Avec, tu es sûr ? Depuis quand ça dure ?

— Six ans.

— Et pendant tout ce temps, tu as réussi à me tromper ! Tu as du génie, ça, c'est certain. Si j'en doutais, la façon dont tu as réussi à pirater Nemo m'en convaincrait. Tu as échangé mon amitié contre la protection de ces individus sans scrupule. Tu m'as dénoncé, trahi. Par ta faute, celle que j'aime a été emprisonnée.

— Je n'ai jamais voulu ça, gémit Phil.

— Des gens sont morts par ta faute.

— Mes compagnons sont étrangers à ces horreurs !

— Vraiment ? Ce n'est pas ce que révèle Nemo quand tu ne trafiques pas ses critères. De toute façon, je n'ai pas envie de discuter avec toi. Douglas Leyman s'en chargera. Ses hommes t'attendent au premier poste de sécurité. Tu t'expliqueras avec eux. Je ne veux plus de toi ici, plus jamais !

Phil hoche la tête et se lève. Il descend l'escalier et se dirige vers l'ascenseur comme un somnambule, sans songer à dire adieu à ses amis.

Allen est pris d'un frisson : si un garçon aussi sensible que Phil peut appartenir à cette secte d'illuminés, qui sera immunisé contre elle ?

— Que se passe-t-il ? s'exclame Edmond en voyant disparaître Phil.

Allen sourit avec amertume :

— Le fanatique qui t'a expédié au FBI et m'a envoyé en prison, c'était Phil !

Edmond blêmit :

— Vous plaisantez ?

— J'aimerais bien !

13 – Bethesda

Le mur se désagrège en plusieurs endroits avec des claquements insolites. Un éclat de pierre atteint Allen à la pommette droite. Il porte la main à son visage et jette un regard stupide sur le mur lorsqu'il se sent empoigné, soulevé et plaqué sur le sol au milieu de la poussière et des détritus. Un Noir gigantesque l'écrase de toute sa masse. Il suffoque, se débat. Celui qui le maintient grogne :

— Qu'est-ce que tu fous, mec ?

Quelques centimètres au-dessus de leurs têtes, le mur s'écaille encore en deux endroits.

— On te flingue, et pas avec des Smarties ! Go ! Tirons-nous !

Il rampe vers l'extrémité du mur en harponnant Allen par le col pour l'inciter à le suivre.

— Remue tes miches !

La scène a été si rapide qu'Allen commence tout juste à comprendre qu'il est la cible d'un tireur et que le Noir, qu'il a pris pour un agresseur, vient de lui sauver la vie. Au-delà du mur s'étend un terrain vague envahi par la nuit.

— La palissade ! chuchote l'homme. Derrière, c'est chez Douro. Tu seras en sécurité.

Aiguillonné par la peur, Allen fonce à l'aveuglette sur la terre creusée de trous et semée d'ordures. Le Noir ouvre une issue entre deux planches et propulse Allen dans une ruelle. Une enseigne rouge indique *Neo Market*.

Étrange boutique aux allures d'entrepôt, où les téléviseurs voisinent avec les uniformes de l'armée, et les armes automatiques avec les ananas hawaïens. Le grand Noir referme la porte et sourit :

— Tu ne risques plus rien, visage pâle.

L'atmosphère dément ces paroles rassurantes : une dizaine d'Afro-Américains en maillots de corps kaki examinent l'intrus avec hostilité. Leurs crânes sont rasés et leurs muscles impressionnants.

— Moi, c'est Ishtar, dit son protecteur. Voici Douro, mon cousin. Ici, tout lui appartient, même moi.

Allen serre la main d'un jeune Noir, dont la morphologie fluette contraste avec la carrure des autres.

— Tu es sûr que c'est sur moi qu'on tirait ? demande-t-il.

— Il est trop, le mec ! hennit Ishtar en découvrant des dents en or. On le canarde au silencieux, avec du quarante-quatre, pas moins, et il se demande pourquoi !

— Il n'y a aucune raison...

— C'est ta peau blanche, le trophée, pas la mienne !

Douro fait signe à deux de ses hommes qui décrochent deux AK44 et se glissent hors de la boutique. Puis il demande d'une voix douce :

— Qu'est-ce que tu fais à part amener des tueurs sur mon territoire ?

— Je suis informaticien.

Le jeune Noir examine avec perplexité son jean, son blouson et ses baskets couvertes de boue :

— Tu ne serais pas plutôt gardien d'usine ?

— Il ne faut pas se fier aux apparences.

— Il faut se fier à personne !

La remarque renferme une menace, aussi Allen croit bon de préciser :

— Je travaille pour les agences.

— Les voyages ?

— CIA, FBI, NSA.

Les regards des Noirs se font plus attentifs.

— Tu es un marrant, toi, constate Ishtar avec bonne humeur.

— Je dirige un service de renseignements, confirme Allen. Vous permettez ?

Il prend son mobile et compose un numéro.

— Où tu vas, là ? grogne Douro avec méfiance.

— J'appelle le FBI.

— Hé ! J'ai pas envie de voir rappliquer les fédéraux !

Tous les Noirs se rapprochent, menaçants. Ishtar leur fait signe de rester tranquilles tandis qu'Allen explique au téléphone :

— Leyman ? Quelqu'un m'a pris pour cible. Un tueur, oui. Je suis planqué… OK, je vous attends.

— Tu attends qui, au juste ? demande Douro, maussade.

— Les agents chargés de ma protection.

— Ce n'est pas Mickey, c'est James Bond ! glousse Ishtar.

Douro renifle avec mépris :

— Ils vont te trouver comment, gros malin ? Ils n'ont pas l'adresse. C'est la zone, ici !

— Ils ont déjà repéré ta boutique !

— Merde ! gronde le jeune Noir.

— Vous n'avez pas à vous en faire : vous m'avez sauvé la vie.

— Et tu ne sais pas pourquoi on cherche à te descendre ? grommelle l'un des Noirs, soupçonneux.

Douro secoue la tête :

— J'en voudrais pas, moi, de ce boulot, même en échange du salaire de Bill !

— Pas Kill Bill, Bill Gates ! ricane Ishtar.

Allen approuve en souriant. Pendant quelques instants, il a soupçonné la bande d'avoir organisé cette mise en scène pour l'effrayer et le rançonner, mais l'attitude de ses membres le rassure. Il cherche un moyen de témoigner sa reconnaissance à celui qui l'a sauvé et finit par détacher sa Rolex :

— Garde-la en souvenir.

Ishtar renifle avec mépris :

— Des souvenirs comme ça, il y en a plein la boutique. T'as pas plutôt du blé ?

Allen inspecte son portefeuille :

— Trente dollars.

— C'est tout ?

— Une peau blanche, ça ne vaut pas plus, ricane l'un des Noirs.

Allen remet son portefeuille dans sa poche et offre son mobile.

— De mieux en mieux ! grogne le Noir.

— Celui-ci est particulier, dit Allen. C'est moi qui l'ai conçu. Indique-moi un numéro, n'importe lequel, même sur liste rouge.

— Celui de ma copine ?

Autour d'eux, les Noirs s'esclaffent. Ishtar précise le numéro ; Allen le compose.

Trente secondes plus tard, quelqu'un répond. Aussitôt, l'écran s'éclaire et affiche un plan et une adresse.

— Putain de merde ! s'exclame Ishtar.

— Qu'est-ce que tu as dit ? demande une voix féminine.

— Tu es chez ta mère, 1241, Belmont Road, c'est bien ça ?

— Oui, pourquoi ?

— C'est miraculeux !

— Je ne vois pas où est le miracle ! dit la femme, excédée.

— Je t'expliquerai plus tard, bébé, dit Ishtar en coupant la communication.

Les Noirs forment un cercle curieux autour d'Allen.

— Il fonctionne partout ?

— Partout. C'est comme ça que les fédéraux ont localisé la boutique. Tu promets de ne pas l'utiliser illégalement ?

Ishtar plisse les yeux :

— C'est pas vrai, tu me le files ?

— Promets d'abord !

Le grand Noir lève la main :

— Que je grille en enfer.

Allen lui tend l'appareil. Ishtar le saisit avec le regard extasié d'un enfant devant un sapin de Noël. Aussitôt, il veut composer un numéro, mais Douro l'arrête aussitôt :

— Ce n'est pas un jouet. Si Morse et sa mafia savent que tu es en possession d'un engin pareil, sûr qu'ils vont te trouer la peau pour s'en emparer.

Allen adresse un sourire approbateur au jeune Noir, le plus futé de la bande :

— Tous les appels seront enregistrés, précise-t-il.

Ishtar tord la bouche :

— À quoi ça sert que j'aie un truc génial, si je ne peux pas m'en servir ?

— Ce truc fonctionne dans les deux sens, explique Allen. Si tu ne veux pas être repéré, appuie sur A, comme anonyme. Au contraire, si tu veux qu'on te localise, appuie sur F, comme fonction.

L'un des Noirs déclenche l'hilarité générale en résumant :

— C'est comme un collier pour un chien. On ne risque plus de te perdre.

Au même instant, les deux guetteurs armés entrent dans la boutique. Une voiture stationne à l'entrée de la ruelle.

— Le FBI, dit Allen.

Il frappe la paume d'Ishtar :

— Si jamais tu as besoin d'aide, compose le 1C, c'est ma ligne sécurisée. Personne ne nous entendra. Si tu étais flic, on dirait que tu es un héros. Moi, je préfère dire un ami.

Il pousse un grognement de protestation, la main broyée par la poigne du Noir :

— Eh ! C'est mon outil de travail que tu massacres !

14 – Washington

Allen tripote un crayon d'un air pensif :

— Je ne comprends pas pourquoi ils ne me suppriment pas une fois pour toutes.

— Je perçois comme un regret dans votre voix, plaisante Leyman. Après avoir exploré les lieux et analysé les douilles, il est évident que, placé où il était, le plus médiocre des tireurs aurait pu vous faire exploser le crâne. Il vous a manqué exprès. On a voulu vous impressionner, vous donner un avertissement.

— Un avertissement ! maugrée Allen. J'en ai eu trois, déjà ! S'ils n'ont pas compris que c'était inutile… Pour une raison que j'ignore, ces gens-là tiennent à me garder en vie. Mais, dans ce cas, à quoi riment ces intimidations ?

— La secte ne doit pas apprécier les pièces à conviction qui ont ressurgi grâce à vous.

Allen acquiesce :

— Elles compromettent Summer, Robertson et une dizaine de personnalités haut placées.

— De quoi s'inquiéter !

— Le renvoi de Phil, leur espion, n'a pas dû arranger les choses.

Leyman traverse la salle sécurisée située dans le sous-sol du FBI et se plante devant un tableau lumineux. Avec son stylo électronique, il trace un schéma :

— Première hypothèse : au sein de la secte, un rival des grands maîtres les dénonce pour les éliminer et prendre leur place. Trois suspects possibles : Hendricks, Forsyth et Tremble.

Allen manifeste son scepticisme :

— Quel intérêt de parvenir à la dignité suprême si la secte perd sa puissance et sa crédibilité ?

— Certains, et j'en connais, préfèrent régner en enfer que servir au paradis. Du reste, rien ne prouve que l'inculpation de ses chefs porte un coup fatal à l'Église.

— Le scandale peut refroidir les célébrités qui la soutiennent.

— Admettons. Deuxième hypothèse : un étranger, challenger ou justicier, essaie de détruire l'organisation. Robertson et Summer ne seraient que des pions sur l'échiquier, et nous pourrions nous attendre à d'autres révélations.

Allen hausse les épaules :

— Pourquoi passer par Nemo, avec les risques que cela suppose, alors qu'il suffit de vous adresser directement les pièces à conviction ?

— Pour laisser croire que les indices en question ne sont pas dus à des fuites, mais à notre intuition. Aucun contact. Le délateur reste anonyme.

— Vous oubliez que c'est Phil qui a introduit ces preuves, et il appartient à la secte.

— C'est lui qui les a effacées, rectifie Leyman. Il nie toujours les avoir insérées. Pourquoi mentir sur ce point après avoir confessé tout le reste ?

— Si ce n'est pas lui, qui d'autre ?

— À vous de répondre. C'est vous, le génie ?

— Je finis par me le demander !

— Troisième hypothèse, poursuit Leyman en traçant un nouveau schéma : on nous aiguille volontairement sur de fausses pistes dans le but de masquer un détail beaucoup plus compromettant.

— À quoi pensez-vous ?

— À rien de précis. Mais les indices dont nous disposons sont insuffisants pour inquiéter réellement les responsables de l'organisation. Des conversations, des disputes, des bruits de complot. Les avocats de *Soul* vont balayer tout ça en quelques minutes. Cependant, j'ai le pressentiment que vous n'êtes pas très éloigné de la vérité.

Allen pousse un soupir de commisération :

— Moi ? Content de l'apprendre.

— Si vous n'étiez pas dangereux, on n'aurait pas pris la peine de vous faire condamner, puis de vous prendre pour cible. Vous êtes gênant et précieux à la fois.

— Et si on cherchait à m'utiliser, pour rejoindre votre première hypothèse ? On dirait que, chaque fois que je fais fausse route, un esprit bienveillant me remet sur le droit chemin. Mais, j'y pense, il y a une démarche que je n'ai pas tentée : interroger Nemo sur la concordance entre ma recherche et les attaques dont j'ai été l'objet.

— Intéressant, concède Leyman. De mon côté, je vais vérifier les alibis des trois outsiders, Hendriks, Forsyth et Tremble.

Soudain, le mobile d'Allen se met à vibrer. Le nom de Lia s'affiche sur l'écran.

— Viens vite, Allen !

— Que se passe-t-il ?

— Je ne peux pas t'expliquer. Viens tout de suite, tout de suite, je t'en prie !

Le ton de la jeune femme trahit l'affolement. Allen met aussitôt fin à la réunion.

— Il est arrivé quelque chose ? s'inquiète Leyman.

— C'est Lia.

— Je vous accompagne.

Ils gagnent le parking. L'agent fédéral conduit vite. Cependant, les quelques minutes qui les séparent de Georgetown semblent une éternité à Allen.

— Mes hommes sont bien en place, fait remarquer Leyman.

Il va les questionner tandis qu'Allen se précipite vers la maison. À travers les rideaux du salon, la lumière brille. Tout est tranquille. Le cœur battant, il ouvre la porte. Assise sur un canapé, Lia feuillette un journal.

— Lia ? Qu'est-il arrivé ?

Au même instant, Leyman surgit, revolver au poing.

La jeune femme se lève, sourire aux lèvres :

— Rien, mon amour. J'avais seulement une envie folle de te revoir !

Elle se précipite contre lui, les bras noués autour de son cou.

— Tu m'as fait une de ces peurs !

Il murmure ces mots avec une tendresse bourrue. Leyman remet son arme dans son holster et sourit, beau joueur :

— Il ne me reste plus qu'à vous souhaiter une bonne nuit.

Le sourire malicieux de la jeune femme désarme définitivement sa contrariété de s'être déplacé pour un simple caprice.

— Tu vas m'expliquer ce qui t'a pris ? grogne Allen, qui se sent ridicule.

Lia met un doigt sur ses lèvres. Elle attend que Leyman ait refermé la porte, puis elle prend Allen par la main et le conduit dans la pièce voisine. Une femme, dissimulée dans la pénombre, observe la rue. Lia allume une lampe. La femme se retourne, et Allen se pétrifie :

— Rachel ?

15 – Georgetown

Passé le moment de stupeur, une foule de questions se presse aux lèvres d'Allen.

— Je vais tout t'expliquer, dit Rachel en s'effondrant dans un fauteuil avec un soupir de lassitude.

Lia, qui a déjà entendu le récit de ses aventures, se hâte de fermer la porte à clé et de tirer les rideaux.

— Ça fait un sacré choc ! grogne Allen.

Rachel grimace un sourire :

— Pour moi aussi, crois-moi. Je me demande parfois si je suis bien vivante. Avec la police qui vous surveille et les exécuteurs qui me traquent, j'ai eu un mal fou à arriver jusqu'ici. Depuis six mois, j'erre d'une ville à l'autre : Philadelphie, Plymouth, New Haven. Au début, c'était facile, car j'étais censée avoir péri en mer. Puis ils m'ont repérée. Je les menaçais. Ils ne savaient pas très bien qui j'étais. À présent, ils ont compris que j'avais survécu. C'est devenu une course contre la montre, contre la mort.

— Si ce n'est pas toi, qui a-t-on incinéré à ta place ?

— Patience ! supplie Rachel. Ne me bouscule pas : je suis épuisée. Tu sauras tout, je suis là pour ça, pour te le dire au cas où il m'arriverait quelque chose.

Lia se blottit contre Allen, sa main crispée sur la sienne.

— Si j'ai adhéré à la secte *Soul*, ce n'était pas par conviction, vous vous en doutez, commence Rachel. J'aimais follement un homme, Harry Van Buren. Comme il était marié, nous étions discrets. Personne ne connaissait notre liaison, à part quelques amis. C'est Harry qui m'a demandé d'adhérer à la secte. Il avait besoin d'une alliée pour démasquer les chefs de l'organisation compromis dans un complot effrayant. En suivant ses conseils, j'ai rejoint l'Église, je l'ai financée généreusement. Je lui ai permis de recruter de nouveaux adeptes, en particulier mon cousin, le gouverneur du Nevada. On m'a intégrée, puis on m'a confié rapidement des responsabilités. Harry, lui, était suspect. Après avoir dirigé l'organisation, il avait dénoncé ses méthodes, puis il s'était réconcilié avec les grands maîtres, Summer et Robertson. Il avait compris que la secte n'était qu'un instrument au service d'une puissance supérieure. J'étais là pour l'aider à démasquer ce pouvoir mystérieux. Je progressais. Harry, lui, a découvert la vérité quand on l'a assassiné.

Sa voix s'éteint. Elle prend une grande inspiration.

— C'est quoi, cette puissance ? s'impatiente Allen.

— Je n'ai encore aucune certitude. Le jour de sa mort, j'avais rendez-vous avec Harry. Il devait me remettre un dossier destiné à plusieurs personnes. Tu étais l'une d'entre elles. Il savait que tu irais jusqu'au bout. Il n'a pas eu le temps de me confier ces documents. J'ignore ce qu'ils sont devenus. Susan est morte. Elle n'était pas informée de notre liaison. En revanche, ceux qui me harcèlent l'avaient appris. Ils m'ont surveillée. J'ai essayé de les rassurer en leur amenant de nouvelles recrues. J'ai repris contact avec Ugo. Je pensais qu'il pourrait m'aider. Pauvre Ugo ! Je n'aurais jamais dû le pousser dans cette voie. Faible comme il est, il offre une proie facile à la secte.

Elle serre les bras autour de sa poitrine :

— J'approchais du but lorsque le Tout-puissant – c'est ainsi que je l'ai surnommé, faute de mieux – m'a envoyé un exécuteur, une tueuse, plus exactement. Une jeune fille mignonne, un ange descendu du paradis. J'ai failli me laisser surprendre…

Elle se frotte les mains avec nervosité avant de poursuivre :

— C'était une expérience horrible : j'ai échappé à la mort par miracle. Pour faire croire que j'avais succombé, j'ai dû la défigurer. La mer a fait le reste. On l'a réduite en cendres à ma place. Par un juste retour des choses, c'est elle qui m'a permis de survivre aussi longtemps. Car ces gens-là ont des pouvoirs que vous ne soupçonnez pas.

À l'instant précis où elle prononce ces paroles, on frappe à la porte. Elle sursaute. Allen se précipite à la fenêtre pendant que Lia pousse Rachel derrière un paravent.

— FBI, articule Allen en silence.

Il saisit Lia par la taille et va ouvrir. L'un des agents chargés de la surveillance de la maison s'informe :

— Tout va bien ?

— Très bien, dit Lia en souriant d'un air malicieux. Vous voulez vérifier ?

L'homme refuse d'un geste.

— N'hésitez pas à nous appeler à la moindre alerte.

— Demain, sept heures, pour le café ? propose Lia.

— Vous le servirez à ceux qui viennent prendre la relève.

— À quelle heure vous remplace-t-on ? demande Allen.

— Cinq heures.

Allen hoche la tête d'un air compatissant :

— Merci de veiller sur nous.

Le grognement de l'agent peut exprimer bien des humeurs : sympathie, désagrément, indifférence. Après avoir refermé la porte à clé, Lia et Allen s'empressent de rejoindre Rachel, revenue à sa place.

— Désolée de ne pas vous avoir prévenus. Tout le monde devait me croire morte, même vous.

— Comment ont-ils fait pour te retrouver ? questionne Allen.

Rachel secoue la tête :

— Ma soif de vengeance m'a fait oublier toute prudence. Harry m'avait laissé des contacts. J'en ai découvert d'autres sur Internet. Anciens membres de la secte, ils avaient tous des motifs de lui en vouloir. Difficile de faire le tri entre les gens sincères et les espions. En voulant brusquer les choses, j'ai pris des risques. C'est ainsi qu'ils m'ont démasquée et qu'ils se sont lancés à ma recherche. J'ai songé à faire appel à toi. Malheureusement, tu étais en prison. Avant-hier, j'ai appris qu'on t'avait réintégré, je suis venue aussitôt.

— Tu as bien fait, dit Allen avec chaleur.

— Je n'ai plus que toi. Ugo s'est jeté dans leurs bras.

— C'est moi qui l'ai convaincu. Il avait des doutes sur ton « suicide ». Je lui ai conseillé de s'introduire dans la secte pour me renseigner : j'enquêtais sur le meurtre de Van Buren.

— Quand j'ai appris qu'il avait obtenu le premier rôle dans le film de Wizard, j'ai compris qu'il était perdu. C'est la technique de *Soul* : réaliser tes rêves pour financer les siens. Moi, ils m'ont offert le commandement du *Delphica* qui allait faire le tour des océans, et j'avais accepté. Le plus beau voilier du monde, vous imaginez ?

— Cinq cent mille dollars la place ! ironise Allen.

— L'argent…

Le visage de Rachel s'assombrit :

— Voici comment tu peux m'aider : mes contacts peuvent s'avérer périlleux. Il faut que je sache où je mets les pieds. Certains détiennent l'information que je recherche : l'identité et l'adresse du Tout-puissant ! John ? Trinity ? Clémence ? Des pseudos, bien sûr. Ils se protègent ou ils font semblant, les uns ont peur, les autres servent d'appât. Grâce à Nemo, tu dois pouvoir les identifier. Une fois que tu les auras localisés, je me chargerai du reste.

— Tu peux rester ici, si tu veux, propose Lia.

— J'aimerais bien, soupire Rachel.

— Où habites-tu ?

Rachel lui caresse la joue :

— Il vaut mieux que tu l'ignores, ma belle. Je suis une femme dangereuse.

— Une femme courageuse.

Allen frappe dans ses mains :

— Je vais t'aider et tu vas m'aider. Je n'ai pas abandonné mes investigations. Je travaille en équipe avec le département « Enquêtes spéciales », du FBI, des gens sûrs. J'avais besoin de quelqu'un sur le terrain. Tu tombes à pic !

— Je te contacterai par Internet.

— Surtout pas ! s'écrie Allen. J'ai une ligne sécurisée qui te permettra de me joindre à tout moment sans risque d'interférences. En cas de danger, tu appelleras Leyman, Douglas Leyman.

Il lui confie un mobile en précisant :

— La touche bleue pour moi, la rouge pour Leyman. Nous saurons instantanément où te trouver.

Rachel prend l'appareil et lui remet en échange les adresses Internet de ses contacts : John, Trinity et Clémence, en assurant :

— L'un des trois détient l'information que je recherche. Je parie sur John.

— Sois prudente, conseille Allen. N'oublie pas ce qui s'est passé à Seadog.

— Je ne risque pas d'oublier : sacrifier mon *Albatross* !

Malgré le tragique de la situation, Allen ne peut s'empêcher de sourire en voyant ressurgir le cynisme de son amie d'enfance. Elle a toujours été coriace, mais elle l'est plus encore. Et elle sourit en montrant ses dents :

— Alors, c'est le bon temps de DARK qui recommence ?

Allen hoche la tête :

— Will, Jack et Karl m'ont aidé, c'est déjà ça. Et Lia, bien entendu.

— Moi, j'ai fait appel à Ugo, soupire Rachel avec une moue comique. Ça lui aura au moins permis de décrocher un rôle !

Elle saisit la main de Lia :

— Et toi, ma douce, pas trop pénible, ton séjour en taule ?

— Délicieux, plaisante la jeune femme.

En voyant ses lèvres trembler, Allen détourne la conversation :

— Il faudra t'éclipser pendant la relève pour ne pas te faire remarquer. En attendant, nous allons manger. J'ai une faim de loup !

— Vous vous souvenez du repas de Madras Bay ? pouffe Rachel.

— Le concours de coquillages ? s'exclame Lia. Tu parles si je me le rappelle. J'ai été malade à en mourir.

— On a tous été malades, grogne Allen.

Rachel agite la main :

— Pas Karl. Il en a avalé plus d'une centaine, et il aurait continué si les bourriches n'avaient pas été vides !

Ils évoquent leur adolescence à Golden Creek, et, comme chaque fois, ils oublient le danger, les chagrins, les déceptions. Ils bavardent pendant des heures, ils s'enflamment, se querellent pour se réconcilier aussitôt, puis ils s'endorment dans leurs fauteuils.

C'est Lia qui s'éveille la première, un peu avant cinq heures.

— Pas d'imprudence, recommande encore Allen en aidant Rachel à escalader la grille du jardin. Je te contacterai dès que j'aurai du nouveau.

Rachel lui plante un baiser sur la joue avant de se fondre dans la nuit. Lia attend quelques minutes, puis elle se serre contre Allen et se laisse emporter à l'intérieur de la maison.

— Elle est fantastique, tu ne trouves pas ? dit-elle d'une voix ensommeillée.

Allen approuve d'un air soucieux :

— Il faut toujours qu'elle se mesure à une tempête. Cette fois, elle n'a pas conscience de ce qu'elle affronte.

— Tu y crois, toi, à son histoire de Tout-puissant ? demande-t-elle en bâillant.

— Ça expliquerait bien des choses.

Lia remet les coussins en place, éteint les lumières, et annonce :

— Je vais me coucher.

— Pas moi, soupire Allen. Le jour va se lever.

Au même instant, son mobile se met à vibrer.

— Ugo ?

— Je te réveille ?

— Ce n'est pas grave.

— J'ai du nouveau.

— Déjà ?

Insensible à l'ironie, Ugo prend un accent de conspirateur :

— C'est important !

— Je t'écoute.

— Il faut qu'on se rencontre.

— Je croyais que ça risquait de te compromettre.

— Plus maintenant. Tu sais que je tourne un film ?

— Tu sais que je sors de taule ?

— Je lis les journaux.

— Moi, je regarde la télévision.

Il y a un silence, puis Ugo reprend sans se formaliser :

— Mon tournage se termine la semaine prochaine. Je compte venir à Washington. Il faut qu'on ait une conversation.

— Quand tu voudras.

Allen coupe aussitôt la communication. Lia s'étonne de son air anxieux :

— Plutôt glacial !

— Il sait que Rachel n'est pas morte !

16 – San Jose

Rachel s'attendait à trouver l'une de ces cités espagnoles qui font le charme de la Californie. À la place, elle découvre une ville ingrate, envahie de gratte-ciel, de bâtiments industriels et d'avenues trépidantes.

John, alias Alfred Steele, habite loin de l'agglomération, sur la route de Salinas, au voisinage de coteaux viticoles et de champs de laitues. C'est Allen qui a découvert la retraite du mystérieux correspondant de Rachel. Après une carrière de chercheur en informatique, Steele s'est retiré dans une petite maison au toit rouge, environnée d'un jardin exotique qui l'isole d'une route au trafic intense.

Rachel a erré pendant des heures avant de trouver le domicile de John dans une zone que bouleverse l'invasion des terres agricoles par la Silicon Valley, pôle mondial de l'informatique. Un marchand de vins, fournisseur de John, a fini par lui indiquer l'itinéraire.

La maison, sans prétention, n'est pas dénuée de charme. Une pergola supporte une vigne, dont les grappes généreuses pendent à hauteur du visage. Des rosiers grimpants s'accrochent à ses vrilles.

Rachel frappe à la porte dépourvue de sonnette. N'obtenant pas de réponse, elle fait le tour de la maison. Le jardin, bien entretenu, sent l'herbe coupée, la résine et la menthe sauvage. Des abeilles bourdonnent sur des massifs aux fleurs inconnues. Le soleil tiédit les dalles d'une terrasse encombrée d'énormes fauteuils de teck. Sur une table basse, les reliefs d'un repas voisinent avec une collection de revues scientifiques. Le vent agite les pages d'un livre et disperse des cendres de cigare.

— Monsieur Steele ?

Une porte-fenêtre donne sur un salon meublé d'un piano à queue. La maison est étrangement silencieuse. Pas d'étage. Les pièces s'ordonnent autour d'un patio central. À droite : un bureau aux persiennes closes. Sur des tables métalliques s'aligne un matériel professionnel : ordinateurs, écrans panoramiques, imprimantes, graveurs haute définition, scanners, décodeurs universels. « C'est là qu'il correspond », songe Rachel.

— Monsieur Steele ? John ?

Toujours rien ! Est-ce la coutume de s'absenter en laissant une maison grande ouverte ? Elle sort son mobile et appuie sur la touche bleue :

— Allen ? Je suis dans la place, mais pas de John, attends…

Dans un grand fauteuil Vertebra, un homme est endormi.

— C'est l'heure de la sieste visiblement !

Elle touche l'épaule du dormeur :

— Monsieur Steele ?

La tête glisse, puis le corps entier bascule et s'étale sur la moquette. La voix d'Allen s'impatiente :

— Que se passe-t-il ?

— Il est mort, je crois, dit Rachel d'une voix blanche.

17 – Boston

C'est une rue paisible entre Roxbury et Jackson Square. Rachel repère d'un seul coup d'œil le 61. La maison de Trinity est plus imposante que celle de John. Le décor rassurant : deux enfants blonds jouent sur une pelouse qui monte en pente douce vers la demeure patricienne.

Selon l'autopsie pratiquée par la police, John aurait succombé à une crise cardiaque une heure avant l'arrivée de Rachel. Coïncidence surprenante. Rachel est sceptique, Allen plus encore. Aussi a-t-elle eu de la peine à le persuader de lui communiquer l'adresse de Trinity. Il a fini par céder à condition qu'elle reste sous la surveillance constante du FBI.

Le contenu des ordinateurs de Steele a révélé une centaine d'adresses liées à la secte. Rachel les a transmises à Allen. Nemo n'y a relevé aucune trace du

Tout-puissant. Dessaisissant la police de San Jose, le FBI a saisi le matériel du défunt, et l'a transféré à Washington.

En attendant un examen plus approfondi, Rachel gravit l'allée qui conduit au domicile de Trinity, alias Martha Lœwe, sous l'œil curieux des enfants et le regard inquisiteur de la nurse qui veille sur eux.

— Vous êtes Emily ? Je vous attendais, entrez.

Martha est avenante. La trentaine, brune, mince, distinguée, très bostonienne. Elle invite sa visiteuse à s'asseoir dans un salon de cuir blanc immaculé.

— Ainsi, vous songez à vous rendre à Tahiti à la voile ? demande-t-elle.

— C'est mon rêve, l'un de mes rêves.

— Vous avez déjà navigué aussi loin ?

— J'ai franchi le cap Horn.

Nemo a révélé que Martha Lœwe était une navigatrice expérimentée. Cette passion partagée a fourni à Rachel un prétexte pour la rencontrer. Aussitôt dans la place, elle abat ses cartes :

— Ce n'est pas pour cela que je suis venue, mais pour Trinity.

— L'île d'Océanie ? dit la femme d'un air ingénu.

— Pour vous, Martha.

Trinity secoue la tête sans cesser de sourire :

— Comment avez-vous découvert mon adresse ? Je suis sur site protégé.

— Un heureux hasard.

— Le hasard ?

Le sourire de Martha se teinte d'une ironie imperceptible.

— Je suis Eurydice, précise Rachel.

— Et Emily Redding est votre nom ?

— C'est exact.

— Comment puis-je en être certaine ?

Rachel fouille dans son sac et lui tend les faux documents que lui a fournis le FBI.

— Voici mon passeport et mon permis de conduire.

Martha les refuse d'un geste. Toujours souriante, elle demande :

— Pourquoi souhaiter me rencontrer, Emily ? Vous permettez que je vous appelle Emily ?

— Je vous en prie. Nous avions commencé à correspondre au sujet de l'Église *Soul*. Vous vous en souvenez ?

— Comment l'oublier ?

Le sourire de la femme s'efface et son expression se durcit :

— Mon jeune frère y a laissé la vie.

À cet instant, des cris d'enfants retentissent dans le jardin. Martha se précipite, laissant son portable sur la table du salon. Rachel s'en empare vivement, l'ouvre et place un minuscule mouchard comme Leyman le lui a enseigné. Lorsque son hôtesse revient, quelques minutes plus tard, elle adresse à la visiteuse une grimace d'excuse :

— J'aime mes enfants, un peu trop au gré de mon mari.

— J'en ai rarement vu d'aussi beaux.

— Merci pour eux, dit la femme en riant. Pour en revenir à notre sujet, que puis-je vous apprendre de plus que ce que je vous ai déjà communiqué ?

— D'après ce qu'on m'a dit, la secte serait sous l'emprise d'un pouvoir mystérieux, murmure Rachel d'un ton confidentiel. Summer, Robertson, Van Buren, Hendricks, Forsyth ne sont plus maîtres de l'organisation, ce qui la rend plus redoutable. Auriez-vous des informations à ce sujet ?

Martha éclate de rire :

— Ma chère, vous en savez beaucoup plus que moi. Tous ces gens-là me sont inconnus. Après la mort de Richard, j'ai engagé un détective privé pour savoir ce qui s'était réellement passé. Il m'a remis un rapport de trente pages. Ses conclusions étaient les suivantes : mon frère était sain d'esprit. Les dons généreux qu'il avait effectués ne comportaient aucune illégalité. Quant à son suicide, il résultait d'une dépression dont l'Église *Soul* n'était nullement responsable. Je n'étais pas de cet avis. Mais que pouvais-je faire ? Du vivant de Richard, je ne m'étais pas préoccupée de ses problèmes. Après sa mort, pour me racheter, j'ai créé un site destiné à aider ceux qui veulent rompre avec cette organisation dangereuse. Est-ce votre cas ?

Rachel hoche la tête :

— J'ai eu effectivement ce problème, mais je l'ai résolu. Je veux me venger de ce que j'ai subi : la perte de ma fortune et la mort de l'homme que j'aimais.

— Vous avez perdu, vous aussi un être cher ? s'exclame Martha, compatissante.

— Dans son cas, il s'agissait d'un meurtre, dit Rachel d'un ton brutal.

— Un meurtre ! Vous êtes sérieuse ?

Les yeux de la femme expriment l'incrédulité.

— J'aimerais vous aider, ajoute-t-elle. Hélas ! tout cela me dépasse. Je vais tout de même vous indiquer un numéro qui vous sera utile, celui d'un homme bien informé. Appelez-le de ma part. Je vais aussi noter votre numéro. On ne sait jamais !

Rachel s'exécute, puis elle demande une dernière fois :

— Vous n'avez donc aucune idée du cerveau qui est à la tête de cette organisation ?

Martha hausse les épaules avec mépris :

— Quelque gourou fanatique ! Désolée d'être si désarmée. J'espère sincèrement que vous réussirez à en savoir davantage.

« Sincèrement n'est pas l'adverbe qui te convient », songe Rachel en regagnant sa voiture.

18 – Washington

Elle est venue, comme prévu. Non, je n'ai pas pu la retenir plus longtemps. Sa voiture est immatriculée dans le Maine : 16541. Son numéro de portable est le 109102980. Elle porte un tailleur bleu marine. Oui, elle se dirige vers le centre. À vous de jouer !

— Cette chère Martha n'a pas perdu de temps, constate Allen après avoir écouté l'appel téléphonique.

— Heureusement, nous avions prévu un deuxième véhicule, dit Leyman. Rachel a joué son rôle à la perfection. A-t-on identifié le correspondant de Martha ?

— Nemo est à l'œuvre. Le voici : Jack Carrington, 60, Bay Street, à Boston.

— C'est parti !

Tandis que Leyman désigne la cible à ses hommes, Allen suit le parcours de Rachel à l'aide d'un faisceau satellite. Puis il confie le travail à Edmond.

Tous les écrans de la salle souterraine sont centrés sur Boston. Muscles tendus, regard acéré, Leyman a une allure de prédateur.

— Belle organisation ! gronde-t-il. Ils quadrillent le pays d'informateurs et repèrent les dissidents pour les neutraliser.

— Ou les éliminer, dit Allen.

— Ils ont beau faire, on finira par les coincer. Cette fille n'a pas froid aux yeux !

— Rachel ? Elle est inconsciente ! Ce qui lui est arrivé à Seadog ne lui a pas servi de leçon : elle les provoque. Si jamais ils mettent la main sur elle, ils n'auront pas de pitié !

— Aucun risque : six hommes veillent sur elle.

— Parlons-en de vos hommes ! raille Allen. Le mois dernier, Rachel m'a rendu visite. Les agents qui surveillaient la maison n'y ont vu que du feu.

— Ça prouve qu'elle est très forte.

Allen ne peut s'empêcher d'éclater de rire : impossible d'avoir le dernier mot avec Leyman !

— Attention ! s'écrie Edmond.

Il indique Rachel au milieu de la foule.

— Ce mec la suit !

— Identification ! ordonne Allen.

Les trois hommes s'activent aussitôt : Edmond programme Nemo, Leyman donne ses instructions à ses hommes, et Allen alerte Rachel. La jeune femme entre dans un grand magasin et se glisse vers les toilettes. À l'abri des regards, elle cache ses cheveux noirs sous une perruque blonde et change de couleurs de vêtements, grâce à un manteau réversible. Trois minutes plus tard, elle sort du magasin, métamorphosée. L'homme qui la suit, désorienté, ne prend pas garde aux caméras de surveillance ni aux agents qui foncent sur lui.

— Merde ! C'est un flic ! s'exclame Edmond.

— Un faux ?

— Lieutenant Paul Marveen, de la police de Boston, matricule 621.

— Questionnez-le ! commande Leyman à ses hommes.

Quelques instants plus tard, il apparaît que le lieutenant Marveen surveillait une voleuse récidiviste du nom de Rachel Kent. Son signalement avait été communiqué au poste du deuxième district une heure auparavant.

— Nemo peut vérifier ? demande Leyman.

Il suffit de quelques minutes à Edmond pour confirmer la version du policier.

— On le laisse partir, mais on le surveille de près, décide Leyman d'un ton rogue. Ce flic n'est pas clair. Primo, en filature un homme n'est jamais seul. Secundo, le signalement de Rachel est suspect : l'ordinateur fait la différence entre une femme morte et une femme vivante. Or Rachel Kent est officiellement décédée. Je veux connaître l'origine du signalement.

— Je l'ai ! triomphe Edmond, puis il se tait.

— On peut savoir ? s'impatiente Leyman.

— FBI, dit Allen.

L'agent fédéral crispe les poings :

— Vous vous foutez de moi ?

— Ce sont eux qui se paient votre tête !

— Appréhendez Martha Lœwe et Jack Carrington ! ordonne Leyman.

Quelques instants plus tard, l'homme envoyé au domicile de Carrington annonce :

— Inconnu à cette adresse !

— Ben voyons ! gronde Leyman. Je me demande à quoi sert Nemo !

— Il sert à ça ! ricane Edmond. Carrington est un leurre : l'appel de Martha a transité huit fois avant d'aboutir chez un certain Tom Heller, Summer Street. Vous l'avez, votre homme. S'il n'est pas en cavale.

— Beau travail ! reconnaît l'agent fédéral.

À Boston, ses hommes s'activent. Deux d'entre eux se présentent à Martha. Deux autres procèdent à l'arrestation de Heller. Le cinquième file Marveen. Le dernier conduit Rachel à l'aéroport Logan International.

Allen affiche une expression soucieuse :

— Je n'aurais jamais imaginé une telle organisation ! Il y a quarante-huit heures, nous ignorions encore que Rachel se rendrait à Boston. Comment l'ont-ils su ?

Leyman secoue la tête :

— Je voudrais bien savoir ce que le FBI vient faire dans cette histoire.

— À mon avis, c'est lui qui a tout manigancé, dit Edmond de manière à être entendu des autres.

— Lui qui ? demande Luisa.

— Leyman, pardi !

Le regard meurtrier de l'agent fédéral refroidit son humour. Il se dépêche d'ajouter :

— J'aurai bientôt la réponse.

— Je te le conseille ! gronde Leyman.

19 – Washington

— Entre, dit Lia, Allen ne va pas tarder. Tu es de plus en plus beau, une vraie star !

Ugo l'enlace et l'embrasse sur les deux joues :

— Toi, tu es ravissante. C'est quoi, ce parfum ?

— Nina Ricci, *L'Air du Temps.*

— Délicat, féminin, pas féministe pour un sou, il est fait pour toi.

Il jette un coup d'œil par la fenêtre :

— Dis donc, c'est plus difficile d'entrer ici qu'à la Maison Blanche. J'ai dû présenter mes papiers d'identité. L'un de vos gorilles a même utilisé son mobile pour transmettre mon portrait à je ne sais qui !

Lia sourit, malicieuse :

— Il ne doit pas avoir la télé : on n'y voit que toi.

Il montre la rue :

— C'est à cause de vos ennuis ?

— Tu connais Allen ! soupire Lia, les yeux au ciel. Tiens, quand on parle du loup !

Allen entre dans la pièce en coup de vent :

— Désolé pour le retard !

— J'arrive tout juste.

— De Californie ?

— De Los Angeles, oui. Tu dois m'en vouloir.

— T'en vouloir ? Pourquoi ?

— Je ne t'ai plus donné signe de vie. Depuis huit mois, je ne touche plus terre. D'abord le film de Wizard, puis *Le Prince* de John Singer. J'enchaîne dès le mois prochain.

— J'ai lu ça ! s'exclame Lia. Deux grands rôles, c'est magnifique !

Ugo fait la moue :

— Un coup de chance !

— Vraiment ? s'étonne Allen d'un air ingénu. Je pensais que la secte…

— L'Église, rectifie Ugo. Elle m'a mis le pied à l'étrier, c'est exact, mais la réussite appartient à ceux qui croient en leur destin. *Soul* m'a aidé à prendre confiance en moi à une période où je désespérais.

— En tout cas, c'est une belle reconversion, chapeau ! dit Lia avec conviction.

— Tu es sympa. J'ai toujours rêvé de devenir comédien.

— Tu nous as assez gonflés avec ça ! grommelle Allen. À présent, tu as vraiment l'air d'une star.

— Pas trop, j'espère, dit Ugo d'un air mitigé.

Lia lui passe la main dans les cheveux :

— Tu es plus blond qu'autrefois. Eau oxygénée ?

— Le sel, l'océan.

— Et ce magnifique bronzage : *Louxor* de Guerlain ?

— Le soleil, vipère !

— Je croyais que tu passais tes journées dans un studio !

— Huit heures par jour, mais on tourne aussi en décor naturel.

— C'est gentil de rendre visite à tes vieux amis. La célébrité ne t'a pas trop gâté, dit Lia pour se faire pardonner.

— J'aurais dû venir à Aranka.

— Pour partager ma cellule ? ironise Allen.

— Te soutenir, tout simplement.

— J'avoue que j'espérais un appel téléphonique. Tu devais m'aider, mais on dirait que tu as oublié notre dernière conversation.

Le visage d'Ugo se contracte :

— Pas tout : elle est vivante, c'est vrai ? Rachel, elle est vivante ?

— Qui t'a raconté ça ? murmure Allen en évitant le regard de reproche de Lia.

— J'ai reçu un appel en plein tournage, il y a quelques jours. Quel choc !

— Qui ? insiste Allen.

— C'était sa voix.

— Oui, elle est vivante, dit Lia, n'y tenant plus.

Ugo ferme les yeux. Le son rauque de sa voix trahit l'émotion :

— Je n'arrivais pas à le croire ! Où est-elle ? Elle va bien ? Il faut que je la revoie !

Allen le regarde avec gravité :

— C'est trop dangereux, Ugo. On a tenté de la tuer, et son existence est toujours menacée. Personne ne doit savoir où elle est.

— Même moi ? s'écrie Ugo. J'aurais donné ma vie pour elle. Quand elle a disparu, j'ai cru devenir fou. Je croyais l'apercevoir partout. Je n'ai jamais cru à un suicide, souviens-toi ! Quelque chose, au fond de moi, me répétait qu'elle n'était pas morte. Sans le cinéma, qui sait ce que je serais devenu ? *Soul* m'a permis de remonter la pente.

— Ce sont tes amis qui ont essayé de la supprimer, dit Allen, impitoyable.

— Mes amis ! Quels amis ? Je n'ai que vous deux, balbutie le comédien avec désespoir.

— Je sais, murmure Lia en pressant sa joue contre la sienne.

Allen précise de mauvaise grâce :

— Même si je le voulais, je ne pourrais pas te renseigner. Pour des raisons de sécurité, nous ignorons où se trouve Rachel.

— Elle doit bien te téléphoner ?

— Quelquefois.

— Dis-lui seulement que je l'aime, qu'elle me manque et que j'aimerais lui parler. Elle décidera.

— Je te le promets.

Pour dissiper le malaise produit par les réticences d'Allen, Lia s'écrie joyeusement :

— Tu vas rester quelque temps à Washington ?

— Trois ou quatre jours, soupire Ugo. Le tournage du *Prince* commence le mois prochain, mais il y a les répétitions, les repérages, les costumes. L'action du film se déroule au XVIIIe siècle, je ne sais pas si je vous l'ai dit.

Lia affiche un air apitoyé :

— Les essayages, le maquillage, la manucure, les répétitions avec Keira Knightley, c'est l'enfer, pauvre chéri !

Ugo la menace du doigt en riant :

— Tu ne changes pas ! Toi non plus, Allen. Ça fait du bien de vous retrouver comme autrefois. Il faudrait réunir tous les anciens de Golden Creek.

Allen hoche la tête :

— Quand tout sera fini, peut-être.

— Si tu as besoin de moi…

— Tu me l'as déjà proposé, rappelle Allen avec une fausse douceur.

Ugo prend un air coupable :

— Je ne sais rien de l'Église *Soul*, sinon qu'elle m'a propulsé à Hollywood en quelques semaines sans rien exiger en échange. Du reste, j'ai pris mes distances.

— Tu as bien fait.

Un silence embarrassé s'installe. Lia en profite pour aller chercher des bouteilles et des verres.

— Pas d'alcool pour moi, dit Ugo.

Allen et Lia échangent un regard. Le comédien a perdu son comportement, tantôt excité tantôt embrumé, dû à l'abus des drogues de toutes sortes. Il a l'air épanoui.

— Tu peux loger ici, propose Lia.

Ugo fait un signe de dénégation :

— Je suis bruyant, encombrant, je téléphone toute la journée…

— Tu m'aideras à encadrer mes tableaux.

— Dans ce cas…, dit Ugo en riant. Mais vous devriez questionner Virginia. J'ai squatté son appartement de Los Angeles pendant un mois. À la fin, elle n'en pouvait plus. Elle m'a aidé. J'étais paumé : il y avait des années que je n'avais pas vu de caméras. Virginia s'est montrée aux petits soins. Je l'ai recommandée pour *Le Prince*, un rôle de métisse écrit pour elle.

Il s'interrompt au milieu de son récit, soudain au bord des larmes :

— Vous êtes heureux ensemble. Vous devez comprendre à quel point Rachel me manque.

Son accent pathétique bouleverse Lia et laisse Allen de marbre.

20 – Providence

La maison est aussi grise que la rue. Rachel, rendue circonspecte par l'expérience de Trinity, l'examine un long moment avant de s'approcher. La Bostonienne et ses complices, interrogés depuis quatre jours par le FBI, nient toute appartenance à la secte et rien ne dément leur témoignage. Pourtant, ils connaissaient le véritable nom de Rachel. Ils savaient qu'elle allait venir. Tout était prévu pour la piéger. Elle a conscience d'affronter une organisation diabolique. Cependant, pas question de renoncer.

Pour obtenir l'adresse de Clémence, elle a dû promettre de ne rien tenter avant la mise en place du dispositif de Leyman. Cette fois, huit fédéraux surveillent le quartier de Providence, où réside son troisième contact.

La petite ville du Rhode Island, au nord de New York, est le genre de cité industrielle, austère et ennuyeuse, qu'elle fuit comme la peste. Mais Clémence, alias Mary Crawford, est sa dernière chance. Et, à y regarder de plus près, il émane de sa maison un charme étrange dans cette rue sans âme.

Un premier battant grillagé précède une porte blanche ornée d'une couronne dorée. Celle-ci met du temps à s'ouvrir. Après plusieurs tentatives, Rachel décide de téléphoner à Clémence lorsque paraît une femme aux cheveux blancs, et aux yeux d'un bleu très pur qui examinent la visiteuse avec une curiosité bienveillante.

— Mary ? murmure Rachel, étonnée.

La femme acquiesce.

— Nous avons correspondu. Clémence et Joanna, vous vous souvenez ?

Les yeux bleus reflètent un étonnement dénué de méfiance.

— Internet !

— Je vois, dit la vieille dame avec un petit rire. C'est Mary Crawford que vous voulez voir. Il pleut, venez.

Elle l'attire dans un hall aux murs ornés d'armes anciennes.

— Des souvenirs de mon époux, confie-t-elle.

Levant la tête vers un escalier de bois, elle crie :

— Mary, une visite !

Puis elle chuchote :

— Vous connaissez ma locataire ?

— Par Internet.

— Donc vous ne la connaissez pas, conclut la vieille dame. C'est un amour.

À l'étage, une porte s'ouvre. Des pas légers descendent l'escalier jusqu'à mi-hauteur. Rachel aperçoit deux jambes fines gainées de bas blancs. Puis une voix dit :

— Vous venez chercher le manuscrit ? C'est un peu tôt, j'ai besoin d'un délai.

— Pardonnez-moi de vous déranger, dit Rachel en montant les marches.

Avant d'atteindre le palier, elle se retourne et remercie les yeux bleus d'un sourire. Mary Crawford recule de quelques pas. Sa robe courte met en valeur un corps parfait. Fascinée, Rachel admire les traits délicats, les boucles soyeuses qui tombent jusqu'au creux des reins, les formes menues et voluptueuses, en se disant qu'elle n'a jamais rencontré de fille aussi belle.

— Clémence ?

— Vous ne venez pas…

— Pour le manuscrit, non, dit Rachel.

Notant chez la jeune fille une expression de panique, elle murmure :

— Ne craignez rien, c'est moi qu'on menace. Ne restons pas ici, je vous en prie. J'ai des questions à vous poser.

— Je sais.

L'air résigné de Mary lui donne un air enfantin. Elle précède Rachel dans une pièce occupée par une bibliothèque, une table de travail et quelques sièges de toile. Un bouquet de roses sème ses pétales sur un guéridon.

— Pardon pour le désordre, je suis correctrice.

Autour d'elle, tout respire la fraîcheur, comme si la merveilleuse jeune fille la communiquait aux objets. Elles s'asseyent l'une en face de l'autre. Le vent agite légèrement des rideaux blancs. Mary frotte ses doigts tachés d'encre avec nervosité :

— Que voulez-vous savoir ?

Sa voix est si frêle que Rachel perçoit à peine ses paroles.

— La vérité.

— La vérité…, gémit Mary.

— Vous ne risquez rien : vous êtes déjà sous la protection du FBI.

La voix douce se fait soudain véhémente :

— Vous ne le connaissez pas, il me punira !

Elle porte les doigts à ses lèvres.

— Qui va vous punir, Mary ?

— Lui.

La jeune fille se mord les lèvres, regrettant d'en avoir trop dit. Rachel lui prend la main :

— Parlez-moi de lui.

Mary secoue ses longs cheveux d'un air farouche.

Prise d'une intuition, Rachel demande :

— David Soul ?

À présent, elle lit la peur dans les yeux de Mary.

— Il n'est pas mort, n'est-ce pas ?

La jeune fille se tord les mains. Elle regarde la porte comme pour chercher à fuir, puis elle s'effondre, la tête entre les mains, elle avoue d'une voix méconnaissable :

— Il est partout, il sait tout. J'ai réussi à lui échapper, mais il me retrouvera puisque vous m'avez trouvée. J'ai renoncé à tout. Voyez comment je vis. Je ne sors plus, j'ai rompu avec ma famille, je n'ai plus personne, sauf ma chère Mary qui me protège…

— Vous correspondez tout de même sur Internet, fait remarquer Rachel.

La jeune fille ne semble pas avoir entendu. Elle poursuit d'une voix de plus en plus haletante :

— J'étais mannequin. David m'a enlevée, séquestrée, ses yeux vous brûlent, ses mots sont du poison, je les ai goûtés un jour, depuis c'est comme si j'étais morte.

« Cette fille est folle, pense Rachel. Folle de terreur. Mais si elle disait vrai ? Si David Soul était toujours vivant, s'il était le Tout-puissant ? »

— Comment David aurait-il pu survivre ? Il a été enterré, tous les médias en ont parlé. La secte vénère son souvenir !

Mary Crawford secoue ses boucles :

— Seuls les élus sont initiés.

— Seuls les élus connaissent son existence ?

Le silence de Mary est un aveu. Rachel demande encore :

— C'est lui qui dirige la secte ?

— La secte n'est rien. Tous lui obéissent. Je vous en supplie, ne prononcez pas mon nom en dehors d'ici, il l'entendrait !

— Je vous le promets, murmure Rachel d'un ton rêveur.

Elle est presque certaine, à présent, que cette fille ne délire pas. David Soul est bien vivant. Il règne dans l'ombre pour une raison qu'elle ignore. Le secret d'Harry était celui-là. Il a voulu le révéler, et il en est mort.

— Il faut l'empêcher..., balbutie Mary.

Rachel sourit d'un air féroce :

— Vous n'avez plus à vous inquiéter. Désormais ce monstre ne vous fera plus aucun mal. Il vous suffit de me dire où il se trouve.

Mary se détourne, en proie à la terreur.

— Il faut le capturer, l'enfermer, l'empêcher de nuire, insiste Rachel.

— C'est impossible !

— Où est-il, Mary ?

Comprenant qu'elle n'obtiendra rien en la brusquant, Rachel se radoucit :

— Où exerciez-vous le métier de mannequin ?

— À New York, à Londres, à Paris.

— C'est là que vous avez rencontré David ?

— À New York, oui.

— Combien de temps êtes-vous restée sa prisonnière ?

— Un an.

Des larmes s'échappent des yeux de Mary. Elle va chercher un mouchoir, elle se mouche en silence, elle se calme. Pendant ce temps, Rachel fouille dans son sac et sort son portable.

— Pas ça, non ! supplie Mary.

— Il faut bien qu'on assure votre protection.

— Seul le silence me protège. Ne dites rien, jurez-le-moi !

— C'est juré. Mais si on ne fait rien contre lui, il nous tuera toutes les deux.

Mary prend une grande inspiration coupée de sanglots :

— C'est une tour, au vingt-cinquième étage. Vingt-cinq est le nombre magique. David meurt et renaît tous les vingt-cinq ans.

Rachel sourit avec indulgence :

— C'est lui qui vous raconte ces sornettes ?

— Il fallait que je parle, vous me comprenez, n'est-ce pas ? dit la jeune fille d'une voix précipitée. Tant pis si j'en meurs. Je n'arrive plus à dormir, il est dans mon esprit, il me tourmente. C'est un cauchemar perpétuel. Il m'appelle. Faites-le taire !

— Comptez sur moi.

Mary ferme les yeux :

— Vous ne le connaissez pas.

— Non, mais lui va apprendre à me connaître. Dites-moi seulement la ville.

— Je ne peux pas, pas tout de suite. Je vous le dirai, mais avant, laissez-moi un jour, le temps de disparaître.

— Ne faites pas ça, gronde Rachel. Le FBI sera bientôt là pour assurer votre sécurité.

La jeune fille secoue la tête avec désespoir :

— Pas la police, non ! Il le saura, et ensuite il découvrira cette maison.

Rachel se lève et caresse ses beaux cheveux d'un geste apaisant :

— Calmez-vous, les agents ne se montreront pas, ils resteront à l'écart. Moi, je ne prononcerai jamais votre nom. Ça vous convient ?

La jeune fille soupire tristement :

— Vous n'auriez pas dû venir.

— Je reviendrai lorsque tout sera fini.

— Il sera trop tard. Maintenant, laissez-moi. Demain, je vous dirai ce que vous voulez savoir. Je vous téléphonerai.

Rachel inscrit son numéro sur un papier minuscule, et le tend à Mary :

— Ayez confiance.

— Soyez prudente, recommande la jeune fille en lui pressant la main.

Rachel sourit avec amertume :

— Moi, je ne risque rien, je suis déjà morte.

21 – Fisherbay

Vingt-six heures déjà. Mary Crawford n'a pas encore donné signe de vie, mais elle ne va pas tarder à téléphoner. Peut-être a-t-elle laissé un message sur sa messagerie, ou bien un texto. La route, sinueuse, ne se prête pas aux acrobaties du téléphone. Dans dix minutes, Rachel sera chez elle, à Fisherbay, au sommet d'une falaise blanche qui rappelle Seadog. Elle vit là depuis deux mois, à l'écart de ceux qui veulent sa mort.

« Dès qu'on aura mis la main sur ce pourri, je serai libre », songe-t-elle. Une partie des hommes de Leyman surveille Mary ; l'autre est prête à appréhender David Soul.

Allen, convaincu de l'existence d'une puissance occulte au sein de la secte *Soul*, n'a pas été surpris par la révélation de la survie de son fondateur. Leyman, lui, est sceptique. « Dans quelques minutes, il changera d'avis », espère Rachel. Elle a confiance en Mary, mais elle se dit que la jeune fille aurait déjà dû lui téléphoner. « Pourvu qu'il ne lui soit rien arrivé ! »

La route suit les caprices de la falaise. Ce sont des chaos de roches, des tunnels étroits puis des plateformes vertigineuses ouvertes sur le grand large. Rachel aperçoit déjà la pointe de Fisherbay, où s'élève sa maison. Le soleil énorme projette une lumière sanglante sur le paysage. Éblouie, Rachel lève le pied. Face à elle, un camion effectue une manœuvre incompréhensible. S'écartant du bord de la corniche, il frôle la paroi de la montagne et barre la route. Pour l'éviter, Rachel donne un coup de volant à gauche. Le conducteur du camion fait de même en sens inverse. Son aile percute la voiture, qui fait une embardée. Rachel freine, dérape. Sa roue avant gauche heurte le parapet. La jeune femme voit avec horreur le vide s'ouvrir devant elle. Son véhicule bascule et tombe du haut de la falaise. Il rebondit à mi-pente avant de s'écraser sur un lit de rochers, au niveau de l'océan.

Les chocs successifs ont brisé la conductrice, qui perd connaissance avant le choc final. Quand elle revient à elle, des heures plus tard, la nuit est tombée. Le métal lui enserre le milieu du corps comme une gigantesque tenaille. L'insensibilité de ses jambes lui donne l'affreuse impression d'avoir été coupée en deux. Sa tête la fait atrocement souffrir. L'eau envahit la voiture et elle comprend que la marée va bientôt la recouvrir. Impossible de s'extirper de cette carcasse qui l'emprisonne.

Appeler à l'aide ! Oui, mais comment atteindre son portable ? Qui la trouvera dans l'obscurité ? Comment parvenir jusqu'à elle ? Découragée, elle ferme les yeux et s'abandonne. Pourvu qu'elle meure vite pour que cessent cette douleur à la tête et cette autre douleur qui la brûle maintenant au creux de la poitrine !

Le froid de l'eau qui monte la ramène à la réalité. Elle vit toujours. Son bras droit est paralysé ; le gauche peut remuer. Elle essaie d'attraper son sac, coincé entre le siège du passager et le plafond défoncé. Chaque geste est un supplice. Centimètre par centimètre, elle progresse. De temps en temps, elle s'immobilise, respire par petits coups, calme son angoisse, endort sa souffrance, qui se réveille aussitôt, plus insupportable.

Le sac ! Elle le frôle, le perd, le retrouve. Elle arrive à saisir sa lanière et l'attire à elle. L'effort l'épuise. Elle s'arrête un long moment, puis recommence la manœuvre. Serrer le sac sur son visage, oui, l'entrouvrir est un acte héroïque. Le mobile est là, elle le sent. Le saisir d'une main. Éviter de le laisser tomber. L'eau est si haute, si glaciale.

Le cadran s'éclaire. Le bouton bleu est celui du bas. Contact. « Réponds, Allen, par pitié ! » La voix. Elle réprime un sanglot.

— Rachel ?

— Allen, je vais mourir.

— Qu'est-ce qui se passe ?

— Tombée d'une falaise, Fisherbay.

— Je t'envoie des secours, tu m'entends ?

— La mer monte.

Elle atteint sa poitrine. Le froid endort la douleur, ou alors…

— Allen !

— Je t'ai repérée. Laisse ton portable allumé. Quelqu'un va venir, le plus proche. Ta batterie est chargée ?

— Je crois.

— Je transfère l'appel. Ça y est. Il faut tenir, Rachel. Parle-moi. Tu souffres beaucoup ?

— Je ne sais pas.

Ce goût dans sa bouche, c'est du sang. Et ce bruit lointain, c'est celui des vagues qui la recouvrent ou bien les battements de son cœur.

— Rachel !

Impossible d'articuler. L'océan est partout, dans ses yeux, à l'intérieur de son corps.

— Rachel, réponds-moi ! On vient, reste avec moi. Tu m'entends ? Rachel !

22 – Greenreef

Un hurlement de métal déchiré la réveille. Le soleil blanc l'aveugle. Les ombres qui s'agitent autour d'elle semblent sorties de la mer. La douleur de sa nuque, qui revient par vagues, lui arrache des larmes. L'eau s'est arrêtée au-dessus de sa taille. Les cris des ombres percent parfois le bruit de la scie. Toutes ces sensations diffuses lui prouvent qu'elle est encore vivante.

Dix silhouettes noires sont descendues avec des cordes le long de la falaise. Deux autres, restées au sommet, ont fait glisser avec précaution le matériel. Celui qui dirige les opérations se nomme Douro. Les autres, Ishtar, Bamou, Paï, Ali, Coke, Amo, Saha, Leo et Tarik. Ils ont un projecteur, un compresseur, des tenailles, et une scie avec laquelle ils découpent l'épave.

— Continue, dit Douro. Pas si profond, attention à son visage, plus à droite. C'est tout, le générateur est HS. Le chalumeau, maintenant.

— On risque de la cramer !

— Laisse-moi faire !

— Qu'est-ce qu'ils branlent ? grogne Ishtar.

— Qui ça ?

— Les secours !

— Les secours, c'est nous, dit Douro.

— Comment on va la remonter ? Elle est en miettes.

— D'abord, il faut ouvrir cette boîte de harengs. On verra ensuite. Coriace, la Ford !

Il leur faut encore un quart d'heure pour finir de découper la carrosserie. Le toit cède. Ils s'attaquent aux ceintures et aux sièges.

— Approche le projo, ordonne Douro. Examinez ses jambes.

— Elles sont sous la flotte, grogne Bamou.

Ali, le plus petit de la bande, se glisse dans l'ouverture, plonge la tête et la ressort en criant :

— C'est gelé !

— Si on la sortait avec le siège ? suggère Ishtar.

Douro hausse les épaules :

— Il est soudé au plancher. On va essayer de la soulever, en douceur. Qu'est-ce qu'elle dit ?

— Elle gémit, dit Paï.

En s'y mettant à plusieurs, ils essaient de la dégager.

— Arrêtez ! crie Ishtar, elle est bloquée. Il faut démonter le tableau de bord.

— Je suis pas mécanicien, moi ! râle Saha.

Ishtar le repousse en arrière :

— Dégage, laisse faire les pros !

Ils se mettent aussitôt à l'œuvre, gênés par le mouvement des vagues. Pièce par pièce, ils enlèvent le tableau et une partie du moteur. Ils commencent à libérer la passagère lorsqu'un faisceau balaie la falaise.

— La vedette ! gronde Ishtar. Mieux vaut tard que jamais !

Douro oriente aussitôt son propre projecteur vers le bateau. Celui-ci se rapproche à quelques encablures de la côte. Les hommes mettent un Zodiac à la mer. Trois hommes en combinaison de plongée sont à bord.

— On ne vous attendait plus ! grogne Tarik.

L'un des plongeurs saute sur les rochers et s'étonne :

— Comment elle a atterri sur les Greenreef ?

— Elle est venue par la mer, ricane Ishtar.

— Qui êtes-vous ? demande un deuxième plongeur avec sévérité.

— Les sauveteurs. Et vous ? réplique Ishtar.

— Et ce matériel ?

— Le meilleur, dit Douro, il nous sert pour la contrebande.

— Vous l'emmenez, oui ou non ? s'impatiente Ishtar. Elle souffre, je vous signale !

Les trois marins transportent Rachel à bord du Zodiac.

— Où vous la conduisez ? demande Ishtar.

— À l'hôpital.

Le colosse se hisse à bord :

— Je viens aussi.

— Impossible, proteste le chef des plongeurs.

— Alors, vous ne l'emmenez pas. Je ne dois pas la quitter, ordre du FBI.

Le marin examine avec perplexité l'inquiétant personnage qui se recommande du Bureau fédéral. Puis il décide que l'heure n'est pas à la controverse, et il l'admet à bord.

Sur la vedette, une équipe médicale s'empresse auprès de Rachel. Injection de morphine, pose des électrodes, puis couverture chauffante. Une infirmière transmet par radio le premier bilan aux urgences de l'hôpital : hypothermie, hémorragie interne, fractures multiples, traumatisme cervical.

Ishtar refuse de s'éloigner, même lorsque le commandant du navire vient le questionner :

— Vous avez évoqué le FBI. Qui vous a alerté ?

— Enquêtes spéciales, répond le Noir, laconique, sans quitter Rachel des yeux.

— Mais encore ?

Ishtar presse le bouton rouge de son mobile. Douglas Leyman répond aussitôt. Le colosse lui résume la situation, puis il tend son appareil d'un geste désinvolte :

— Pour vous, commandant.

L'officier discute quelques instants avec l'agent fédéral avant de rendre le mobile à son propriétaire. Son air renfrogné démontre qu'il n'a guère apprécié la conversation :

— Aucun rapport de police ! Il en a de bonnes, votre patron !

— Alertez les flics, et vous signez son arrêt de mort.

— Un témoin capital ? Pour quelle affaire ?

— Je ne suis pas autorisé à en dire plus, affirme Ishtar, qui n'en sait pas davantage.

Allen a spécifié : « Aller à son secours, l'accompagner à l'hôpital, veiller sur elle en attendant l'arrivée de Leyman. » Ishtar a refusé pour la forme : « Le larbin d'un flic, non merci ! » Mais il est descendu le premier de la falaise et il s'est jeté à l'eau pour secourir la fille. Maintenant, il veille sur elle. Le jeu l'amuse, surtout la gueule des autres lorsqu'il fait référence au FBI. Il se prend pour Jack Bauer.

L'aventure lui plaît. Hélas ! elle est de courte durée. Pendant que la vedette fonce vers Annapolis, le cœur de Rachel faiblit, puis s'arrête. Ni l'adrénaline ni les secousses du défibrillateur n'arrivent à le ranimer. Le corps s'arque et s'affaisse sous l'œil blasé du colosse. À Rockstone, il a vu bien des gens mourir. Cette femme-là était très belle. Dommage…

Il presse le bouton bleu :

— Désolé, mon frère, on est arrivés trop tard.

23 – New York

La joie, qui illumine la pièce, enveloppe Summer et Robertson. Ils ont l'impression que l'homme sourit. Pourtant, on ne distingue pas plus son visage, ce jour-là, que les jours qui l'ont précédé. Et sa voix est toujours la même, grave, profonde, étrangement musicale :

— Je ne vous ai pas choisis au hasard. Vous étiez appelés l'un et l'autre à une haute destinée. Le temps est venu maintenant de confirmer ce que j'attends de vous afin que notre grand dessein aboutisse.

— Quand devrons-nous intervenir ? demande Robertson avec empressement.

— Bientôt, demain peut-être. Il ne s'agit pas d'intervenir, mais de laisser les choses s'accomplir d'elles-mêmes. Votre honneur est d'avoir la certitude que je n'existerais pas sans vous.

— Ni nous sans vous, ajoute Summer d'un ton exalté.

— Nous ne faisons plus qu'un, désormais. Vous verrez notre œuvre s'accomplir comme si chaque étape, chaque épanouissement, dépendait exclusivement de vous.

Summer et Robertson échangent un regard chaleureux. Leur amitié, un moment ébranlée, n'a jamais été aussi étroite. Une sorte de fusion charnelle et spirituelle les unit l'un à l'autre, et les relie à l'homme qui connaît leur cœur et pénètre leur pensée sans effort.

— Rien n'est plus noble et invincible que le pouvoir de l'esprit.

— Rien, répètent ensemble Summer et Robertson.

— Vous êtes, comme moi, des soldats sans violence.

— Sans violence, dit Robertson en écho.

Summer se tait, torturé par le souvenir d'Harry et de Susan.

— Seuls sont appelés à disparaître ceux qui conspirent à la destruction de notre Église, ajoute l'homme, devinant ses remords.

Summer examine la pièce où il est venu tant de fois chercher la lumière. Il ne la verra plus. Et, alors qu'il frémissait d'appréhension, à l'instant de lui dire adieu, il éprouve un regret poignant. L'esprit de l'homme y rayonne avec une telle intensité que les volontés fondent à son contact comme des métaux précieux dans un creuset.

— Votre temps est accompli, et tout commence, ajoute l'homme.

Cette fois, il ne se tourne pas vers le ciel. Il les regarde s'éloigner et sa force les accompagne.

24 – Annapolis

Malgré sa tension, Ugo Gregori ne peut s'empêcher de céder au rire. Toutes les infirmières de l'hôpital Saint-John se sont donné le mot : la petite blonde qui vient de lui réclamer un autographe est la huitième. Il se souvient de son nom : Emily. Il ne résiste pas au plaisir de la taquiner :

— Tu étais moins empressée du temps où j'exerçais au bloc.

— Vous ne vous intéressiez qu'aux patients, réplique Emily. Ça continue, du reste : votre amie est à la chambre 40.

Elle le précède dans les couloirs, ouvre la porte et s'éclipse en le frôlant volontairement. La chambre est claire et spacieuse. Rachel est couchée dans une coque blanche, qui l'immobilise de la tête aux pieds.

— Ugo ! murmure-t-elle, stupéfaite d'une voix embrumée par les antalgiques. Comment tu as su ?

Il effleure son front de ses lèvres :

— L'équipe de chirurgie demandait des renforts.

Il tapote la gangue :

— J'ai consulté ton dossier : sacré chantier ! Dix-sept fractures, hémorragie interne, arrêt cardiaque. On peut dire que tu reviens de loin ! Comment tu as fait pour rater un virage, toi qui conduis si bien ? C'est la deuxième fois que tu frôles la mort, et je ne parle pas de celles où tu as risqué le naufrage.

Il jette un coup d'œil au gigantesque Noir, immobile comme une statue au fond de la pièce, puis interroge Rachel du regard.

— C'est Ishtar, mon garde du corps, souffle-t-elle faiblement. Il m'a sauvé la vie quand le camion m'a projetée au bas de la falaise. Il continue à me protéger.

Le visage d'Ugo se décompose :

— Tu veux dire…

— Ce n'était pas un accident, non.

Rachel a fermé les yeux. Son sommeil n'est qu'apparent : si elle a du mal à s'exprimer, son esprit reste lucide.

— Ainsi, tu as fini par rejoindre la secte ? murmure-t-elle.

— L'Église.

Un pâle sourire éclaire le visage de la jeune femme.

— Ils m'ont aidé, explique Ugo.

— Méfie-toi. Voilà ce qui arrive quand on approche leurs secrets d'un peu trop près.

— Je ne fais pas partie de leur machin, grogne Ugo. Souviens-toi : quand tu insistais pour que je vous rejoigne, j'ai refusé. Puis tu es morte, j'étais désespéré. Je ne croyais pas à l'accident. J'ai cherché à savoir la vérité.

— Qu'as-tu découvert ?

— Rien. Je n'ai guère eu le temps : au bout de quelques semaines, ils m'ont expédié à Hollywood.

— Il t'a acheté.

— Il ?

De nouveau, Rachel ferme les yeux et s'enferme dans le silence.

— Tu fais allusion à qui ? insiste Ugo. Pardonne-moi de te harceler, tu es épuisée.

— Ça oui.

Il met sa tristesse sur le compte de la lassitude.

— Tu ne peux pas imaginer combien j'ai été soulagé lorsque j'ai appris que tu étais vivante.

— Si peu ! souffle-t-elle.

— Tu vas t'en tirer ! Il faut plus que les quarantièmes rugissants pour t'abattre. Je vais rester quelques jours et veiller sur toi.

Elle fait un effort pour sourire :

— Lia va venir, et les hommes du FBI ne tarderont pas à arriver. Ils doivent me garder jour et nuit et libérer Ishtar. Tu n'as aucun souci à te faire.

Ugo se tourne vers le colosse :

— Vous ne faites pas partie des forces de l'ordre ?

Ishtar exhibe une dentition éblouissante :

— Moi ? Ce serait plutôt le désordre. Ils n'avaient que moi sous la main, moi et mes neuf cousins.

Une idée jaillit dans le cerveau de Rachel : Mary ! Où est-elle ? Et son message ?

— Ça fait combien de temps ? balbutie-t-elle.

— Qu'est-ce que tu veux dire ?

— Que je suis ici. Ça fait combien de temps ?

— Deux jours, précise Ugo.

— Mon téléphone !

— Quel téléphone ?

— Si c'est votre mobile qui vous inquiète, je l'ai récupéré, dit Ishtar. Il a pris la flotte, mais je crois qu'il fonctionne encore.

Il extirpe l'appareil de la poche de son blouson et le dépose sur la table de nuit.

— Tu veux appeler quelqu'un ? s'empresse Ugo. Je peux le faire.

— Personne.

Le visage de Rachel s'est fermé subitement.

— Quelqu'un doit t'appeler ? Te laisser un message ?

Comme la jeune femme reste inerte, Ugo pose la main sur son front, puis il prend son pouls, et demande à Ishtar :

— Vous voulez bien aller chercher ma trousse ? Je l'ai oubliée dans la salle d'attente.

Le Noir propulse sa masse imposante vers la porte :

— Pas de problème, docteur.

Ishtar disparu, Ugo saisit le mobile, et cherche dans la messagerie.

— Laisse ce téléphone, murmure Rachel.

Ugo sourit :

— Tu n'as pas envie de savoir ? Tu n'es pas curieuse. Moi, si.

Il appuie sur les touches. On entend la voix de Mary : « C'est Clémence. Je suis loin de Providence. Vous voyez, je tiens mes promesses, n'oubliez pas la vôtre. David est au vingt-cinquième étage de la Tour Wilson, à New York. Dépêchez-vous, il va deviner ce qui s'est passé, nous traquer et nous châtier ! »

— Quelle mauvaise littérature ! ricane Ugo. Pas d'autre message, alors, on efface !

— Ne fais pas ça ! s'insurge Rachel.

— Et voilà ! dit Ugo. Les contrariétés, c'est mauvais dans ton état. Finies, les conspirations !

Rachel lui lance un regard soupçonneux :

— Tu l'as rencontré, n'est-ce pas ?

— Ce cher David, bien sûr. Il est doué de facultés surhumaines. Regarde ce qu'il a fait de moi. Il aurait pu aussi te transfigurer.

— Il n'a même pas essayé. Il savait qu'il n'avait pas une chance.

— C'est toi qui n'as pas de chance, ma pauvre Rachel, dit Ugo avec regret.

— Tu crois ça ? Tu oublies que j'ai entendu le message. Tour Wilson, vingt-cinquième étage. Le règne de David Soul s'achève, c'est une question d'heures.

— Une question de secondes, dit Ugo.

Il prend une seringue dans sa poche.

— Tu ne vas pas…, frissonne Rachel.

— Ce n'est pas de gaieté de cœur, mais j'y suis forcé. Je suis lié à David.

— Tu étais lié à moi.

— Dans une existence antérieure.

Il débranche le tuyau de la perfusion et introduit l'aiguille dans le cathéter.

— Tu espères t'en tirer comme ça ? dit Rachel avec mépris. On saura à l'autopsie que tu m'as empoisonnée.

Ugo sourit avec commisération :

— Ce n'est pas du poison, ma chérie. Une simple bulle d'air pour provoquer un arrêt cardiaque. Tu ne sentiras rien. Après toutes les épreuves que tu as subies, ton pauvre petit cœur n'aura pas survécu à un deuxième infarctus.

25 – Annapolis

Allen est si impatient de pénétrer dans l'hôpital qu'il heurte la porte de verre. Les hommes du FBI fondent sur lui. Il doit montrer son badge.

— Vous saignez, dit l'un des agents.

Allen se tamponne le front quand Wise, l'adjoint de Douglas Leyman, survient, le reconnaît et questionne :

— Des problèmes ?

— Plutôt, oui.

Wise approuve, compréhensif. Puis il escorte Allen jusqu'à la chambre de Rachel. Sur leur passage, le personnel de Saint John affiche des mines consternées. Wise ouvre la porte et le précède dans la pièce occupée par une foule d'agents, d'où émergent le crâne et les énormes épaules d'Ishtar. Ugo est assis dans un coin, les poignets menottés, le front orné d'un hématome. Rachel, figée dans sa coque comme dans un sarcophage, a le visage hiératique d'une reine de l'ancienne Égypte.

— Je le surveillais, ce minet, raconte Ishtar. Avec ses airs mielleux, il n'était pas *clean*. Quand il m'a expédié, j'ai fait semblant d'obéir et je suis resté derrière la porte. Je l'ai entendu. Il s'en est fallu d'une seconde !

— Je voulais la soulager, soupire Ugo.

— Ça, oui, la soulager ! ricane Ishtar. Il est trop, ce mec ! La soulager définitivement !

Allen s'approche d'Ugo et le dévisage d'un air incrédule :

— Dis-moi que c'est un malentendu.

Ugo secoue le métal de ses poignets :

— Je me tue à le leur répéter.

— Je sais où se trouve David Soul, murmure Rachel, c'est pour ça qu'il voulait m'empêcher de parler.

Le silence s'installe dans la chambre. Toutes les têtes se tournent vers la malade. Allen réagit le premier :

— Alors c'est bien vrai… Espèce d'ordure !

Leyman l'empêche de se jeter sur Ugo, puis il se penche vers la jeune femme :

— Tour Wilson, à New York, vingt-cinquième étage, dépêchez-vous, murmure-t-elle d'un ton suppliant.

Ugo hausse les épaules :

— Elle divague !

Ishtar saisit le comédien par le col de sa veste et le soulève :

— Laissez-le-moi cinq minutes, ce pourri !

Leyman s'interpose une fois de plus :

— Tu l'as assez marqué comme ça, tu ne crois pas ?

Le Noir laisse retomber le prisonnier si violemment qu'il renverse la chaise et s'affaisse sur le sol. Leyman lance des ordres dans son mobile. Puis il annonce :

— Une section investira la Tour Wilson dans un quart d'heure. J'ai ordonné aussi d'appréhender tous les responsables de la secte. Quand ce petit monde sera réuni, on y verra plus clair.

Allen s'assied au bord du lit et sourit à Rachel :

— J'espère que tu vas te rétablir très vite, et oublier.

— Oublier ?

Elle ferme ses paupières. Elle ne pleure pas. Ses amis ne l'ont jamais vue verser une larme.

— Soyez prudents ! soupire-t-elle. Ils sont très dangereux. Veillez aussi sur Mary Crawford.

— Encore faudrait-il savoir où elle est, dit Wise.

Rachel lance à Ugo un regard de pitié :

— Voyez ce qu'ils sont capables de faire à un homme comme lui.

— Ça, un homme ? gronde Ishtar en crachant par terre.

— Ils s'en tireront toujours, dit Rachel.

Leyman secoue la tête :

— Pas cette fois, vous pouvez me faire confiance. Emmenez-le !

Ses hommes poussent le prisonnier hors de la chambre. Le regard d'Ugo cherche celui d'Allen, qui se détourne avec dégoût.

Douglas Leyman tend la main à Ishtar :

— Tu as assuré, sur ce coup-là. À bien des égards, tu es un homme précieux. Je pourrais faire appel à toi en certaines occasions, si ça t'intéresse.

Le Noir refuse en riant :

— Non, merci, mec. Déjà, quand on va savoir que j'ai aidé le FBI, ma réputation va partir en couille.

— Ishtar, approche ! murmure Rachel.

Le colosse s'exécute.

— Plus près.

Au moment où il penche la tête, croyant recueillir une confidence, les lèvres de la jeune femme effleurent les siennes.

— Ça, je préfère ! glousse-t-il. *Ciao !* À la prochaine falaise !

Les fédéraux ne peuvent pas s'empêcher d'éclater de rire. Après avoir repris son sérieux, Leyman donne des ordres : quatre hommes resteront en faction jusqu'à l'incarcération des coupables. D'ici là, aucun appel, aucune visite.

— Sauf celle du procureur, précise-t-il à Rachel d'un ton d'excuse. Vous devrez témoigner.

Rachel acquiesce d'un battement de paupières.

Demeuré le dernier, Allen dévisage son amie avec un air soucieux :

— Je m'en veux, tu sais. Jamais je n'aurais dû te laisser mener cette enquête toute seule !

Elle hoche la tête avec mélancolie :

— Je me sens très vieille !

« Moi aussi, je me sens vieux », songe Allen. Jusqu'à présent, la fidélité des onze amis de Golden Creek les rattachait à leur enfance et à l'espoir d'un monde plus généreux. Et, soudain, la trahison de l'un d'eux brisait leur rêve. Il avait fallu un poison violent pour inciter Ugo à détruire celle qu'il aimait.

— Il est devenu dingue, soupire Allen.

Sur le visage de cire de Rachel, seules les lèvres s'animent :

— Il l'a toujours été, c'est ce que j'aimais en lui. Il était capable de sacrifier sa vie pour les autres et aussi de commettre un crime pour réaliser son rêve. La drogue était en lui, même quand il n'en prenait pas.

Elle ferme les yeux et semble se replier sur elle-même. Allen cherche des mots de consolation. Il lui dit qu'elle rachètera un *Albatross*, traversera les océans. Grâce à Nemo, il a réussi à récupérer l'argent détourné par la secte. Il fera de même avec sa fortune. Elle sera libre, rencontrera un autre homme. Elle oubliera.

Il la questionne ; elle ne répond pas. Cette fois, elle dort vraiment. Il quitte la chambre sans bruit. Devant la porte, deux agents montent la garde.

« Il faut écraser ce nid de serpents, songe-t-il. Sinon, Rachel sera toujours en danger. »

26 – New York

Il a fallu moins de cinq minutes aux hommes du FBI et aux quarante-six commandos de la section d'assaut pour investir les quarante-six étages de la Tour Wilson. Ascenseurs verrouillés, escaliers interdits, parkings bouclés, communications interrompues.

— Go ! ordonne Anton Sherk, le chef des opérations.

Huit agents fédéraux débouchent au vingt-cinquième étage pour découvrir un décor de bureaux abandonnés. Les baies extérieures diffusent une lumière tamisée par la poussière accumulée. Les murs, jadis blancs, se sont ternis au fil des années. Les moquettes diffusent une odeur de moisissure. Les pièces vides résonnent.

La perquisition est rapide : il est évident que l'étage n'a jamais été occupé. Sur le sol, les policiers ne trouvent pas la moindre empreinte de mobilier. Sherk contacte Leyman :

— Vous êtes sûr de l'adresse ?

— Je confirme : Tour Wilson, vingt-cinquième étage.

— On va effectuer les vérifications habituelles, mais je peux déjà vous communiquer le résultat : il n'y a jamais eu le moindre foutu occupant à ce niveau. De la poussière et des fantômes.

— Je veux qu'on passe la tour au peigne fin.

— C'est ce qu'on est en train de faire.

— L'homme ne doit pas nous échapper.

— À mon avis, il est loin, votre homme ! grommelle Sherk.

Il ne faut pas loin de huit heures pour interroger les six cents employés répartis sur trente étages. Tous confirment que cette partie de la tour a toujours été inoccupée. L'étage appartient à une entreprise en faillite, la NVRT, dont les responsables restent introuvables.

— Un travail pour Nemo, dit Leyman.

Sherk étouffe un grognement : il déteste mobiliser une armée pour se battre avec des ombres. Il se défoule sur deux hommes dont les papiers ne sont pas en règle.

— La prochaine fois, téléphonez-moi, plaisante le plus jeune. Inutile de déplacer vos véhicules blindés.

— J'ai une meilleure idée, grince l'agent fédéral : je vais te mettre en cellule, ça t'évitera de te déplacer.

27 – Richmond, Virginie

Dans les bureaux somptueux du cabinet *Waren, Grant & Compton*, tout exaspère Douglas Leyman : l'épaisseur des moquettes, le luxe du mobilier et la douceur écœurante du fond musical.

— Pourquoi perdre notre temps avec ces gens-là ? explose-t-il.

Paul Lexy, le procureur, l'apaise d'un geste :

— Summer et Robertson ont obtenu leur liberté sous caution…

— Grâce au juge Brooks, dit l'agent fédéral avec rancune. Cinquante millions de dollars, une broutille pour une secte qui possède des milliards rien qu'aux États-Unis !

— Brooks est intègre, réplique Lexy sèchement. Quant à moi, je n'ai pas l'intention de faire de cadeaux à ces deux individus, aussi influents soient-ils. Vous

vous demandez ce qu'on fait ici ? Je vais vous le dire : ils n'ont pas besoin de nous accorder un rendez-vous. S'ils le font, c'est qu'ils ont quelque chose d'important à nous dire.

Cette explication calme provisoirement le chef des enquêtes spéciales. En apprenant que Lexy avait été désigné pour s'occuper de l'affaire, il s'est félicité, car le procureur passe pour le membre le plus impitoyable du Ministère public de Virginie. Mais la lenteur de la procédure et les protections dont bénéficient les suspects le font enrager. Au bout de quelques minutes, il ne peut pas s'empêcher de revenir à la charge :

— Pourquoi envisager un accord ? Leurs avocats vont nous manœuvrer, ils le font toujours, et la Cour risque de se laisser influencer pour économiser le coût de l'instruction.

Lexy secoue la tête avec impatience :

— Je n'envisage aucun accord, aucun ! Waren, le patron du cabinet, me connaît : il ne m'a pas dérangé pour rien. Mais vous devez comprendre une chose : cette affaire est plus difficile que vous ne le pensez et son issue est incertaine. On peut la résumer en une phrase : une forêt d'indices et un désert de preuves.

— Que faites-vous des témoignages ?

— Je m'appuie sur eux : nous avons Bruce Snow, Rachel Kent, quelques autres. Mais le seul moyen d'incriminer la secte tout entière est d'obtenir la condamnation de Summer et de Robertson. Or elle est loin d'être acquise.

— Summer, Robertson et David Soul, ajoute Leyman.

Lexy lui jette un regard fugitif :

— Où en êtes-vous avec lui ?

Avant que l'agent ait pu répondre, il est enveloppé du parfum d'une secrétaire aux cheveux d'or fin et au sourire de velours :

— George Waren vous prie de l'excuser pour ce retard. Si vous voulez bien me suivre, ces messieurs vous attendent.

— Que fait cet ange dans cet enfer ? chuchote Leyman à l'oreille du procureur, tout en admirant les jambes élancées de la jeune femme.

— Au cas où vous ne le sauriez pas, dans ce monde-ci, le seul paradis, c'est le fric, réplique Lexy sur le même ton.

George Waren, robuste quinquagénaire aux cheveux d'argent curieusement bleutés, broie la main de Leyman avant de faire les présentations : Russel Rogers, Andrew Page, John Adrian Roosevelt, Lance Shepard et Helena Dorsey. Six avocats, pas moins. Robertson et Summer, impassibles et élégants, se tiennent en retrait. La table de réunion est une merveille d'ébénisterie. Les sièges de cuir épousent les corps.

— Désirez-vous du café ? demande l'ange.

Lexy refuse d'un geste et attaque :

— Vous vouliez me soumettre une proposition ?

— Une proposition, pas tout à fait, dit Waren... Une déclaration. Je ne vous cache pas que c'est inaccoutumé, et que nous ne sommes guère enclins à ce genre de procédés.

— Alors, pourquoi les utiliser ? réplique le procureur d'un ton froid.

— C'est la volonté de nos clients.

Lexy le coupe avec impatience :

— Venons-en au fait !

— Voici : M. Robertson et M. Summer consentent à assumer la responsabilité de tous les actes délictueux évoqués dans l'acte d'accusation.

Le visage du procureur se contracte sous l'effet de la méfiance :

— Qu'entendez-vous par « consentent » ?

— Vous voulez dire qu'ils reconnaissent les meurtres de Harry Van Buren, Susan Ray, Dimitri Charkov, et les tentatives d'assassinat sur les personnes de Rachel Kent et Allen Kaufman ? intervient Leyman.

— C'est exact, dit Summer avec dignité.

Robertson acquiesce d'un geste théâtral :

— Tous ces actes ont été accomplis sur notre ordre.

— Vous avez ici les aveux détaillés et signés de ces messieurs, ajoute Waren en poussant un épais document vers le procureur.

— Pourquoi n'avoir pas déclaré cela lors de votre comparution devant William Brooks au lieu de plaider non coupables ? dit Leyman d'un ton rogue.

Summer soupire avec affectation :

— Nous avons eu le temps d'interroger notre conscience.

Lexy montre le document auquel il n'a pas touché :

— Qu'espérez-vous en échange de cette confession ?

— Rien, répond Robertson.

— Vous voulez dire que vous nous avez fait venir jusqu'ici pour rien ?

— Je sais combien cette manière de procéder est inhabituelle et contraire à nos usages, dit Waren. Mais j'ai pensé que puisque nos clients renonçaient à tous les privilèges de la défense, l'instruction en serait facilitée.

— Savent-ils que ces aveux peuvent passer pour du cynisme aux yeux de la Cour et du jury ?

— Ils ne s'attendent à aucune indulgence, mais il ne s'agit nullement de cynisme, intervient Helena Dorsey, la jeune avocate assise à droite de Waren. Ces hommes font preuve de stoïcisme en revendiquant l'entière responsabilité de leurs erreurs. Car l'étude de ce dossier ne révèle pas une ombre de culpabilité, et vous n'avez aucune preuve en dehors de ces aveux.

Le procureur laisse échapper un grognement de mauvaise humeur :

— Vous n'attendez tout de même pas que je leur délivre un brevet de courage ? J'aurais aimé que leurs scrupules fussent plus précoces. Harry Van Buren serait toujours en vie. C'est à lui que va mon estime.

— Quel est le mobile réel de ces meurtres ? demande Leyman.

Waren étend la main vers ses clients :

— Vous n'êtes pas tenus de répondre à cette question.

Summer le rassure d'un regard :

— Harry voulait nuire à notre Église. C'est pour la protéger que nous avons dû le réduire au silence.

— Soyez assurés que nous le regrettons, ajoute Robertson. Harry était notre ami. Mais l'intérêt de l'Église passe avant nos sentiments personnels.

— Fanatisme ! gronde Lexy.

— Les fanatiques n'ont pas de remords, réplique Helena Dorsey.

Summer acquiesce :

— Nous souffrons pour ceux qui ont disparu. C'est pourquoi nous acceptons avec humilité la sentence à venir. Nous sommes coupables. Notre Église ne l'est pas. Elle survivra glorieusement aux fautes de ceux qui étaient indignes d'elle.

Le procureur secoue la tête avec mépris :

— Pour ma part, j'espère qu'elles dissuaderont les gens crédules attirés par sa parodie de vertu.

— L'âme transcende les apparences, énonce Summer sentencieusement.

Leyman tapote le dossier :

— Bien que tardive, cette confession est acceptable. Cependant, il y manque un détail essentiel.

Waren hausse les sourcils :

— Un détail, dites-vous ? Ces aveux correspondent point par point aux charges évoquées par le tribunal.

— Quelle est la responsabilité réelle de David Soul ?

— David ?

Tous les yeux de l'assemblée se tournent avec incrédulité vers l'agent fédéral.

— David Soul est mort, voyons, gronde Waren. Laissons-le reposer en paix !

— Et si le fondateur de la secte n'était pas mort, précisément ?

Summer acquiesce avec chaleur :

— Sa pensée est encore très vivante !

Leyman repousse son fauteuil et se lève :

— Je ne vous parle pas de sa foutue pensée, mais de son corps. Plusieurs de vos adeptes sont prêts à témoigner que David est encore de ce monde.

Waren lève les yeux au ciel :

— Mille personnes ont assisté à son enterrement. J'étais moi-même présent !

— Notre pouvoir est grand, mais il ne va pas jusqu'à ressusciter les morts, contrairement à d'autres religions, ironise Summer.

Leyman s'approche du chef de la secte et lui annonce en confidence :

— Pour en avoir le cœur net, je vais tout de même réclamer l'exhumation du corps.

— Ce serait un sacrilège ! s'indigne Robertson.

Leyman lui lance un sourire féroce :

— J'en assume la responsabilité !

— Rendez-vous au tribunal, conclut le procureur en saisissant les aveux.

28 – Oak Hill

Les officiels déploient une rosace de parapluies noirs sous la pluie fine qui noie le cimetière de Washington. Il est facile de reconnaître, parmi eux, ceux que le spectacle rebute et ceux qu'il fascine. Le procureur Lexy fait partie des premiers.

— J'espère que vous savez où vous nous entraînez, murmure-t-il. Un échec nous couvrirait de ridicule.

Douglas Leyman hausse les épaules :

— Si je craignais le ridicule, il y a longtemps que je n'exercerais plus ce métier !

Le juge Brooks et l'attorney général se sont fait tirer l'oreille pour délivrer l'autorisation d'exhumer le corps de David Soul. Il a fallu trois semaines pour obtenir l'injonction officielle.

Le conservateur d'Oak Hill a fait dresser une tente devant la chapelle gothique des Spencer, voisine de la tombe du grand prêtre de la secte *Soul.* Pour écarter les curieux, les grilles du cimetière ont été fermées le temps de l'examen. Comme David Soul n'avait aucun parent, trois membres de l'Église qu'il a fondée, les plus haut placés en l'absence de Summer et Robertson, incarcérés, représentent sa famille. Il y a aussi, outre William Brooks et le représentant du ministère de la Justice, le procureur, Leyman, l'adjoint au maire de Washington, plusieurs agents du FBI et trois scientifiques chargés des études d'ADN et des recherches moléculaires.

Avec leurs combinaisons noires, les deux employés du cimetière ressemblent à des plongeurs. Après avoir descellé le tombeau monumental du grand maître et retiré la pierre recouverte de symboles, ils sortent un cercueil d'ébène. Conscients de leur importance, ils procèdent avec une lenteur cérémonieuse.

D'autres employés se joignent à eux pour transporter la bière sous l'abri de toile. Là, ils la hissent tous ensemble sur des tréteaux alignés devant le monument gothique. Puis ils vont chercher leurs instruments pour dévisser le couvercle noir.

Les officiels s'approchent. Ils ferment leurs parapluies et s'abritent sous la tente. Ils entourent le cercueil. Les employés ne reviennent pas, et Leyman enrage : « Maudits croque-morts ! »

À présent, les autres spectateurs s'impatientent comme lui. Rappelé à l'ordre, le conservateur s'empresse d'interpeller ses gens. Ceux-ci dévissent le couvercle du cercueil. Le cercle des personnalités se resserre, les têtes se penchent. Le cercueil livre enfin son secret : il est vide ! Seul subsiste un linceul pâle, ridé comme une peau morte.

Un mouvement de stupeur agite les officiels. Leyman triomphe :

— Une mise en scène, j'en étais sûr !

Il n'a pas attendu la sinistre cérémonie pour lancer un mandat d'arrêt international contre le grand maître. Maintenant, il observe ses voisins : les membres de la secte affichent des mines consternées. Waren, adossé au monument gothique, s'éponge le front d'un air égaré. L'adjoint au maire s'entretient à voix basse avec William Brooks.

— Il nous a bien mystifiés ! grince le procureur.

— C'est ce qu'il croit ! dit Leyman.

Le vent détache un angle de la tente, dont la toile fouette la flèche de la chapelle. Les employés se dépêchent de rattacher la corde rompue. Les spectateurs s'écartent et reprennent leurs parapluies tandis que les spécialistes du FBI font transporter le cercueil dans un véhicule sanitaire. Avant leur départ pour le laboratoire, le chef des enquêtes spéciales les rejoint et demande :

— Quand aurez-vous le résultat des tests ?

L'un des biologistes hausse les épaules :

— Deux ou trois jours, ça dépend.

— Deux, dit Leyman d'un ton sans réplique.

29 – Georgetown

— Étrange affaire tout de même, dit Douglas Leyman d'un air pensif.

Lia s'arrête de verser un mélange de fruits pressés et de rhum dans des verres ballons pour dévisager l'agent fédéral devenu leur ami :

— Les coupables sont sous les verrous, vous devez être satisfait, non ?

Leyman admire le corps gracieux de la jeune femme, revêtu d'un simple collant noir, réplique du *Sabrina* de Billy Wilder, avant de répondre :

— Summer et Robertson ne sont pas innocents, mais je persiste à les croire incapables d'avoir conçu et exécuté ce plan machiavélique. Le cerveau existe bel et bien. Qui est-il, ça, c'est une autre histoire.

— David Soul, dit Allen, obstiné.

Douglas Leyman hoche la tête :

— Improbable !

— Cependant, le cercueil était vide ! s'exclame Lia en tendant son cocktail à l'agent fédéral.

Leyman la remercie d'un sourire, puis il se lève et fait le tour de l'atelier, le verre à la main. Il murmure entre ses dents :

— Vide, pas tout à fait.

S'il est venu rendre visite à Allen et Lia, ce n'est pas pour évoquer l'affaire, mais au contraire pour penser à autre chose. Il examine avec curiosité le vaste grenier inondé de soleil. Sous la verrière, il règne une chaleur de plein été alors qu'on est en novembre.

— Vous êtes bien, ici, pour peindre, constate-t-il. Avec cette lumière magnifique.

Allen éclate de rire :

— Lia est une nocturne. Elle travaille le soir, à la lueur des lampes électriques.

Leyman observe les toiles, éclaboussées de couleurs, suspendues aux murs de l'atelier :

— Pas mal pour un papillon de nuit !

— Le cercueil, insiste Lia. Vous aviez dit…

Leyman revient malgré lui au mystère qui les obsède :

— Il n'y avait pas de corps, c'est vrai. Cependant…

— Cependant ? souffle la jeune femme, dévorée de curiosité.

— David Soul y avait séjourné. Le linceul a enveloppé son corps. Nos chercheurs sont formels : les traces de sang, les cheveux et les squames sont ceux du maître fondateur de la secte. Conclusion : ses fidèles ont déplacé le corps avant l'exhumation pour éviter sa profanation. C'est le mot qu'ils utilisent. Par ailleurs, l'examen des lieux a démontré que la tombe avait été visitée et le cercueil ouvert peu avant notre intervention.

— Un cadavre, ça ne disparaît pas aussi facilement ! Il a fallu des maçons, un véhicule ! s'exclame Lia, sceptique.

— Bien d'autres choses disparaissent, qu'on ne retrouve jamais.

— Dans un cimetière surveillé nuit et jour ?

— L'interrogatoire du directeur, des employés et des gardiens n'a rien donné.

— Ils sont sans doute complices, suggère Allen.

— Nous avons vérifié leur emploi du temps, leurs fréquentations, leurs antécédents, sans résultat.

— Il n'en reste pas moins qu'il y a un cerveau à la tête de cette organisation. Si ce n'est pas David Soul, qui peut-il être ? s'interroge Allen.

Leyman hoche la tête :

— Un individu qui a intérêt à prendre son identité, peut-être.

— Doté d'une autorité assez grande pour inciter Summer et Robertson à se sacrifier !

Leyman sourit avec dédain :

— Vous lui prêtez des pouvoirs excessifs. À supposer qu'un tel homme existe, il lui reste peu de marge de manœuvre : à la suite du scandale et de la condamnation des grands maîtres, la secte est exsangue. Des milliers de fidèles ont abandonné le navire. Les autres ont explosé en une multitude de clans que nous avons infiltrés. Tous les comptes bancaires ont été bloqués. Si ce fameux cerveau veut reconquérir son empire, je lui souhaite bien du plaisir. Pour y parvenir, il devra prendre des risques. C'est là que nous l'attendons. Croyez-moi, il est à notre merci. Sa fin est proche.

— Quand on songe à tous ceux qu'il a poussés au crime ! soupire Lia. Un merveilleux garçon comme Ugo.

— Et Phil ! ajoute Allen tristement.

Douglas Leyman les regarde avec sympathie :

— L'influence des sectes comme *Soul* est un venin mortel, mais on peut extraire les crochets des cobras les plus dangereux. Je suis expert en la matière. Ces dernières années, j'ai démantelé bien des organisations terroristes ainsi que deux cartels de la drogue. L'affaire *Soul* est bien terminée, vous pouvez respirer.

Lia serre la main d'Allen d'un geste tendre :

— Nous allons respirer à Cogolin.

— En Floride ?

— Vous êtes vraiment nul en géographie ! dit Lia avec un petit rire. Cogolin est un petit village de Provence, près de Saint-Tropez.

L'agent fédéral prend un air désolé :

— J'espère que ce n'est pas un projet immédiat. Vous ne pouvez pas quitter les États-Unis pour le moment. Nous avons besoin de vos témoignages.

— Non ! gémit Lia. Nous avons tout organisé. La maison est louée pour un mois.

— Je plaisantais !

C'est au tour de Douglas d'éclater de rire devant la mine offusquée de Lia.

— Que d'humour chez les durs du FBI !

Épilogues

New York

— Alors, qu'est-ce qu'on ressent après être devenu le héros du jour ? demande William Horner.

Alan Stiwal commente avec ironie les gros titres de la presse : « Graham : le dernier mot ! » « Stiwal, Leyman, Kaufman : les Incorruptibles ! »

— Rien que ça !

« Alan Stiwal, le prix du courage. »

— Ben voyons !

Il secoue la tête en riant :

— J'ai regardé l'émission de *Mundial TV*. Tu n'as pas lésiné sur les superlatifs. Ce n'est plus une enquête, c'est une épopée !

William agite la main pour interrompre son ami qu'il juge trop modeste :

— Je n'ai fait qu'énoncer les faits. Tes derniers articles sur la chute de la Maison *Soul* étaient remarquables. Ils sont affichés dans mon bureau. Ce n'est pas le Prix de l'Information que je t'aurais décerné, moi, mais le Pulitzer !

— Rien n'est perdu, ironise Stiwal. En attendant, je vais prendre des vacances et aller à la pêche.

— Aux frais de la maison, j'espère. Il est fort probable que Graham récupère les indemnités qu'il a été condamné à verser à la secte, il y a quelques années.

— C'est sérieux ? Tu penses qu'elle acceptera de rembourser ?

— Nos avocats étudient un compromis avec le cabinet Waren.

— Un compromis ? Avec quels interlocuteurs ? s'exclame Stiwal. Tous les responsables de l'organisation sont sous les verrous. Leurs fortunes personnelles saisies, les comptes de la secte gelés, leurs écoles et leurs centres fermés. La secte a techniquement cessé d'exister, or elle fait face à ses obligations, elle confesse publiquement ses torts, règle ses comptes. Il y a un mystère qui m'échappe.

— On parle encore de David Soul.

Stiwal lève les yeux au ciel :

— Les gens croient n'importe quoi !

— Les médias les encouragent.

— C'est toi qui dis ça ?

— Le groupe Graham excepté, dit Will en riant.

— Évidemment. Au fait, tu sais que je l'ai rencontré ?

— Qui ça ?

— David Soul.

— Ces jours-ci ? plaisante Will.

— De son vivant, il y a cinq ou six ans, avant de faire la connaissance de Van Buren. Le grand maître fondateur était incarcéré à la prison d'Aranka pour une histoire de corruption. Peu après, il a bénéficié d'un non-lieu et a été libéré.

— Quel homme était-il ?

— Pas un assassin, en tout cas, mais un personnage étrange, austère, taciturne, une pierre. Pourtant, il émanait de lui une force prodigieuse.

— Il t'a impressionné, visiblement.

Stiwal secoue la tête, le regard perdu dans le vague :

— Pas au sens d'inquiéter. On décelait en lui un sentiment… généreux. Oui, c'est cela, généreux. On aurait dit qu'il était là pour comprendre les autres, les rassurer, les aider.

Will hausse les épaules :

— Heureusement que tu n'as pas raconté ça dans tes articles. Cette secte est tout sauf généreuse, et sa disparition est une bénédiction !

— J'ai évoqué le mystère sans l'expliquer. David Soul est bien mort. Mais qui a pris sa place et continue d'exercer un empire absolu sur des hommes aux caractères aussi trempés que Summer, Robertson ou Wallace ? Je n'ai pas de réponse.

— Qu'en est-il du complot contre la sûreté de l'État ? Tu n'as pas abordé non plus ce sujet.

— À mon avis, il était plus mystique que politique. Ce qui n'exclut pas le danger. Dès qu'on sort du monde rationnel, on ne maîtrise plus rien. Harry Van Buren a subi, lui aussi, l'influence de cet homme au point de renoncer à son idéal.

— Il s'est racheté ensuite.

— Au péril de sa vie.

Will tape amicalement sur l'épaule de son confrère :

— Un sujet en or pour un grand reporter !

Stiwal lui renvoie un sourire crispé.

— Si ça t'inspire… En ce qui me concerne, c'est terminé. Cette enquête m'a épuisé, et le secret qui demeure me met mal à l'aise. Je n'aimerais pas devoir écrire un nouvel épilogue.

San Francisco

Sur la maison, précédée de colonnes, une plaque de cuivre indique *Karl Burns Editor.* Le petit homme en redingote verte, coiffé d'un bonnet de laine, un vieux cartable coincé sous le bras, gravit l'escalier aux rampes ornées de losanges bleus. Il hésite quelques minutes avant d'appuyer sur la sonnette de cuivre à tête de lion. Puis le charme et les dimensions de la demeure le rassurent. Il presse le bouton et annonce son nom dans l'interphone. La porte s'ouvre aussitôt sur un hall dont les vastes proportions contrastent avec la discrétion de la façade. En plein développement, la société d'édition s'est agrandie en achetant et en réunissant, sans les défigurer, plusieurs *painted ladies*, ces demeures victoriennes édifiées sur les hauteurs de San Francisco au temps de la ruée vers l'or.

— Monsieur Fred Adams ?

Le petit homme acquiesce timidement. Il ne se sent pas à sa place dans ce décor somptueux, et il a l'impression que tous les employés ont cessé de travailler pour le regarder.

— M. Burns vous attend.

La jeune hôtesse s'efface au seuil d'un bureau. Le parquet est en bois rouge ; le mobilier signé Ashley M. Les fenêtres sont garnies de vitraux.

Karl Burns, rond, chaleureux, rassurant, lui tend la main :

— Je vous rencontre enfin ! C'est un plaisir.

— Je devais rester anonyme, vous savez pourquoi, soupire Adams en acceptant le fauteuil que l'éditeur lui présente.

Burns sourit :

— Si j'ai bien compris, Fred Adams n'est pas votre véritable nom. C'est fréquent, les pseudos, dans notre profession. Mais maintenant le secret ne s'impose plus. Nous pouvons publier votre manuscrit dans son intégralité sans risque de poursuites.

— Je l'espère.

Un nuage passe dans le regard de l'éditeur :

— Vous n'en êtes pas sûr ?

— Tout ce que je raconte est vrai.

— Dans ce cas…

— Je ne vous ai pas adressé la conclusion de l'histoire.

Karl Burns opine :

— C'est vrai. Mais les médias se sont chargés de l'écrire, cette fin.

— Partiellement.

Le visage de l'éditeur manifeste un intérêt gourmand :

— Vous avez d'autres révélations ?

Adams extrait de son cartable une cinquantaine de feuillets retenus par un trombone et les dépose sur le bureau :

— J'espère justifier l'avance que je vous réclame.

Karl Burns fait la grimace :

— C'est beaucoup d'argent.

— C'est beaucoup d'informations. Certains médias paieraient une fortune.

— Je pense que nous pouvons négocier. Disons 50 % maintenant et 50 % à la parution.

Adams pince les lèvres :

— Je crains que ce ne soit impossible. Voyez-vous, monsieur Burns, j'ai besoin de cet argent pour disparaître.

L'éditeur fronce les sourcils :

— Disparaître ? Je ne comprends pas. Que redoutez-vous ? Le scandale ? Il a déjà éclaté. La vengeance de vos anciens amis ? Ils sont tous en prison. Un procès ? Nous publions la vérité, toute la vérité, rien que la vérité. Ce qui m'intéresse dans votre récit, c'est la peinture des mœurs, la mentalité des adeptes, les techniques d'asservissement, la vie quotidienne de ces dix années que vous avez passées à l'ombre de ces gourous qui se prenaient pour les maîtres du monde.

— Douze, rectifie Adams d'une voix douce. Et ils ne se prenaient pas pour les maîtres, ils l'étaient.

L'éditeur sourit avec indulgence :

— Sans doute, cher ami. Mais cette puissance, que vous évoquez avec talent, appartient maintenant au passé, et la secte aura du mal à survivre. Savez-vous que j'ai contribué modestement à sa défaite ? Je fais partie d'un groupe d'amis courageux et influents, la bande de Golden Creek, baptisée ainsi en souvenir du lieu où nous nous réunissions jadis, sur les côtes de la Nouvelle-Angleterre. Quatre d'entre eux ont joué un rôle plus ou moins honorable dans cette histoire : Allen Kaufman, William Horner, Rachel Kent et Ugo Gregori. Moi, je suis le chroniqueur de leurs exploits. J'avais publié DARK en son temps, vous vous en souvenez, peut-être ? Je vais maintenant éditer vos *Venins*.

— Lisez d'abord ceci, conseille Adams, la main posée sur la dernière partie de son manuscrit. Je vais rester à San Francisco jusqu'à demain soir. J'aimerais signer mon contrat et encaisser mon chèque avant dix-huit heures. Ensuite, vous ne me verrez plus.

Karls Burns laisse échapper un mouvement de contrariété :

— Tout cela est bien précipité !

Le petit homme esquisse un sourire, mais ses yeux conservent leur anxiété.

— La fin de l'histoire ne vous décevra pas. J'explique le rôle exact de chacun, et il n'est jamais celui qu'on soupçonne.

Le visage de l'éditeur exprime l'incrédulité :

— Vous voulez dire que d'autres ont été manipulés en dehors de ceux que nous connaissons ?

— Nous sommes tous des marionnettes, soupire Adams. Coupez les fils, il ne subsiste qu'un tas de chiffons.

— Et c'est pour échapper à ces fils que vous voulez disparaître ?

Le petit homme sourit faiblement :

— Disons pour changer de théâtre.

Georgetown

— Tu peins de mieux en mieux, dit Allen en admirant *Les Anneaux de Médée*. Je ne sais où sont exactement ces anneaux, ni ce que vient faire ici la sinistre nièce de la magicienne Circé, mais ce tableau est fascinant.

— C'est le plus beau compliment qu'on m'ait adressé depuis l'article d'Edward dans la *Revue contemporaine*.

— Ce cher Lipton, il y avait longtemps ! s'exclame Allen avec aigreur.

— Un homme précieux pour ma réputation.

Le regard moqueur de Lia dément la remarque lancée d'un ton snob.

Allen hausse les épaules :

— Ta réputation sera compromise si tu continues à t'afficher avec lui tous les samedis soir au lieu de rester avec moi. Du reste, Edward est borné, comme tous les critiques.

— Pourquoi tu dis ça ?

— En portant tes tableaux aux nues, c'est lui qu'il encense, son style, sa culture, ses goûts raffinés. Tout cela sonne creux.

— Tu es jaloux !

— Il n'a même pas remarqué la révolution qui s'est opérée en toi depuis un an.

— Une révolution ?

— Ton séjour en taule t'a fait le plus grand bien.

Il se baisse pour esquiver le coussin que la jeune femme lui jette au visage.

— Tu es vraiment…

Elle ne peut retenir un éclat de rire à la vue de la mine inquiète et des cheveux en bataille qui émergent du fauteuil où Allen a cherché refuge.

Rassuré, il se redresse et aborde un sujet plus sérieux :

— Tu crois qu'il va venir ?

— Il me l'a promis.

— Il peut changer d'avis. Tu l'as bien fait pour son anniversaire.

— Ce jour-là, il y a des centaines d'invités, on se croirait à la Maison-Blanche. Et puis Black Forest en hiver…

Elle fait une moue dégoûtée.

— Tu lui as dit que j'étais là ? demande Allen.

— Bien sûr.

— Il ne m'a pas pardonné de t'avoir donné ce qu'il voulait t'offrir : l'apaisement.

— L'amour.

— Il t'aime, lui aussi !

— À sa façon, oui. Il aime une petite-fille qu'il a inventée : stricte, bien-pensante, conformiste, mondaine, tout ce que je ne suis pas. Il ne supporte pas de me voir telle que je suis : bohème, insouciante, marginale, sauvage. Lorsque je vivais à Black Forest, il me surveillait tout le temps, persuadé que je me droguais ! Tout ça parce que j'ai fumé quelques joints lorsque j'étais au collège.

— Ma condamnation pour trafic de stupéfiants n'a pas arrangé les choses.

— C'est vrai… Attends !

Elle court dans la cuisine et revient, quelques instants plus tard, avec une poudre blanche qu'elle verse en lignes parallèles sur la table basse du salon.

— Qu'est-ce que tu fais ? s'exclame Allen.

Puis il comprend et éclate de rire :

— Il ne va pas apprécier.

— J'espère bien !

Au même instant, on sonne à l'entrée.

— Pile à l'heure ! dit Lia avec une mimique rouée.

Elle court à la porte et s'arrête, étonnée, devant Douglas Leyman :

— C'est pour une arrestation ?

— Une déclaration, dit l'agent fédéral en la prenant dans ses bras.

Elle se libère lestement :

— Trop tard, comme toujours. Je suis prise !

— Ça fait bien un an ! s'exclame Allen.

— Que j'ai disparu ? Dix mois. J'ai changé de département. J'enquête maintenant sur les *serial killers*.

— Comme dans les feuilletons télé, ironise Lia.

— Exactement.

— Ça ne vous change pas beaucoup.

— Vous pensez à Jude Arnold ? Je vous avais dit que je le trouverais.

— Vous êtes sûr que c'est lui, le Tout-puissant ?

— Tout-puissant, je n'irais pas jusqu'à l'appeler ainsi, dit Leyman en riant, mais c'est lui, il n'y a aucun doute. Jude Arnold ! Le génie de l'Église *Soul*, un étrange personnage. Vous savez qu'il a été enfermé à Aranka, comme vous, Allen ?

— Et comme David Soul, jadis.

— Je n'ai pas réussi à lui tirer un mot. Un vrai mur. Heureusement, les autres ont coopéré, grâce à Waren. Son attitude a valu à Arnold l'hostilité du jury. Condamné à la prison à vie.

— Aranka, c'est trop doux pour un monstre pareil ! s'indigne Lia.

— La découverte de son quartier général m'a étonné, dit Allen.

— Moi aussi, avoue Leyman. Il s'agissait bien de la Tour Wilson, mais du trente-cinquième étage au lieu du vingt-cinquième. Une société honorable, la *Banque du Commerce Mondial*, et un président universellement estimé, père de famille, héros de guerre, d'une parfaite rigueur morale. Aucun lien avec la secte. Nous l'avions interrogé, et jamais nous ne l'aurions suspecté sans le témoignage de Mary Crawford, alias Clémence, puis la confession de Summer, et enfin les documents indiscutables…

— Authentifiés par Nemo, confirme Allen.

Douglas Leyman s'immobilise devant la table basse, pose un doigt sur la poudre et la porte à ses lèvres :

— Du sucre ?

— Une fantaisie de Lia, explique Allen. Vous la connaissez : une vraie gamine !

La jeune femme fait la moue :

— J'attends la visite de mon grand-père.

— Le Seigneur de la guerre ? Vous m'impressionnez !

— Il sait être charmant, mais il faut qu'il mette son nez dans mes affaires, qu'il contrôle tout. Il juge, il condamne.

— Puisqu'on parle d'inquisition, dit Leyman, j'ai besoin des services de Nemo, je suis venu pour vous en parler.

Allen sourit d'un air navré :

— Adressez-vous à mon successeur, Walter Wright.

— Ça ne va pas recommencer ?

— Cette fois, c'est moi qui démissionne.

— Pour quel motif ?

— Sentimental, dit Allen en enlaçant Lia. Nous retournons dans notre petite maison de Greenwich

Village. Lia a la nostalgie de New York et je veux me consacrer à la recherche, l'étude des physionomies, des voix et des regards, une lecture de l'esprit des individus.

— C'est génial ! s'enthousiasme l'agent fédéral. Vous pensez qu'on pourra l'appliquer à mes criminels en série ?

— Il faudra être patient, dit Lia avec un rire léger. Nous avons décidé de nous consacrer l'un à l'autre. Ça prend du temps, vous savez !

— Je vous envie ! soupire Leyman. Comment s'est passé votre voyage en Provence ?

— Il est loin, déjà, mais nous envisageons d'y retourner et même de vivre là-bas une partie de l'année. Nous avons découvert une merveilleuse petite maison enfouie sous les glycines et les mimosas. Je peindrai pendant que mon génial inventeur percera les secrets de la pensée féminine.

— Et des criminels en série, ajoute Leyman.

Allen acquiesce :

— Ce sera moins tortueux !

Lia prépare une réplique cinglante quand la sonnette retentit.

— Cette fois, c'est lui !

Elle se précipite, ouvre la porte et embrasse son grand-père dans le même élan.

— Tu me sembles bien euphorique ! constate James Anderson.

— C'est le plaisir de te revoir.

Le Seigneur de la guerre a une moue dubitative :

— Ce plaisir, tu n'en as guère abusé depuis un an !

— Toi non plus.

— Je ne voulais pas déranger tes méditations artistiques.

Lia ne relève pas l'ironie. Elle se contente de présenter Douglas Leyman.

— Les enquêtes spéciales, dit Anderson d'un air entendu. Vous êtes pressenti pour le service secret.

Leyman acquiesce avec le sourire :

— Vous êtes bien informé !

— C'est mon métier.

— Son arme ! plaisante Lia. Tu veux du café, grand-père ?

— Oui, mais…

— Pur arabica de Colombie, enchaîne la jeune femme qui connaît les goûts et les manies du Seigneur de la guerre.

Tandis qu'elle gagne la cuisine, Anderson s'installe dans un fauteuil et bavarde avec Allen. Soudain, remarquant les lignes blanches étalées sur la table, il s'interrompt au milieu d'une phrase. Son regard acéré se porte tantôt sur Allen, tantôt sur Leyman et tantôt sur l'objet du délit. Préoccupé, il a du mal à articuler ses réponses, jusqu'au retour de Lia. Celle-ci dispose une cafetière et quatre tasses sur la table en prenant garde de ne pas déranger la poudre.

James Anderson ne peut retenir un léger sursaut lorsque Leyman récupère l'une des lignes de « coke » pour la verser dans son café.

L'agent fédéral propose aimablement :

— Vous en prenez, vous aussi ?

Comprenant sa méprise, le Seigneur de la guerre bougonne :

— Je suppose que je l'ai mérité ?

Lia réprime un sourire :

— Un peu, James.

Il hoche la tête :

— J'essaierai de me faire pardonner. Je suis heureux à la pensée que vous allez revenir à New York. C'est plus près de Black Forest.

Lia lance un regard à Allen et annonce timidement :

— Nous irons peut-être vivre en Provence, une partie de l'année pour commencer.

— C'est un beau pays, reconnaît Anderson sans sourciller. Comment s'appelait déjà cette maison dont tu m'as parlé ? Ah oui, *Estelle* ! C'est bien ça, n'est-ce pas ? Son nom signifie étoile. Elle est près de la mer, à Ramatuelle.

— Quelle mémoire fantastique ! s'extasie Lia.

— C'est mon arme la plus meurtrière, paraît-il, ironise le Seigneur de la guerre.

Il sort une liasse de documents et la jette sur la table.

— Qu'est-ce que c'est ? demande Lia avec curiosité.

— La maison, je l'ai achetée. Elle est à ton nom.

Laissant la jeune femme bouche bée, il se tourne vers Leyman :

— Maintenant, je prendrais volontiers de cette substance blanche dans mon Colombie !

Redstone

Ugo Gregori sourit à Helena Dorsey. Le cabinet Waren est décidément le meilleur ! Non seulement il a plaidé avec succès le crime passionnel et obtenu sa liberté anticipée onze mois seulement après sa condamnation, mais il lui délègue sa plus belle avocate pour l'accueillir à sa sortie de prison. On ne saurait être plus attentionné !

Son séjour dans l'établissement modèle ne l'a guère éprouvé. Entre les visites, les contacts quotidiens avec son agent, la lecture des scénarios et celle de milliers de lettres d'admirateurs, il n'a pas vu le temps passer. Rien ne vaut un drame pour faire d'un acteur une star et le doter d'une réputation romantique.

— Surtout, pas un mot à la presse, lui recommande Helena. Vous devez vous réserver pour *CNN* et *Graham*.

— La presse ?

Il comprend ce qu'elle veut dire en voyant la porte du pénitencier s'ouvrir devant une foule de journalistes, de curieux et de jeunes admiratrices prises de frénésie.

— Ugo ! Ugo ! Ugo !

Piloté par Helena, il gagne la limousine du cabinet Waren sous les flashes et les applaudissements.

— J'ai l'impression de tourner le remake de *L'Évadé d'Alcatraz*, ironise-t-il, une fois assis à l'arrière du véhicule.

Helena secoue ses boucles blondes :

— Le prochain tournage sera beaucoup plus tendre. Keira Knightley et Laura Valery, *Le Prince*, tout un programme !

Ugo s'abandonne sur l'appuie-tête avec un soupir d'aise :

— C'est plutôt sympa, de la part de Singer, d'avoir retardé le tournage.

— Sympa ? Pas tant que ça ! dit Helena. Votre séjour à Redstone a fait davantage pour le film que cent millions de dollars de pub. Pas un jour sans qu'on parle d'Ugo Gregori à la télévision !

— Pour m'éreinter !

— Pas vraiment. On vous a désigné comme l'acteur le plus sexy d'Hollywood, devant Tom Cruise et Brad Pitt. Grâce à vos démêlés avec la justice, le film de Wizard est troisième au box-office. Bref, c'est la gloire.

Mais, à présent, il s'agit d'assurer. Voici votre emploi du temps.

Elle dépose une feuille sur ses genoux. Il lit :

« 16 novembre : vol 112 Richmond-Los Angeles

17 novembre : 12 h conférence de presse *Regent Beverly* Wilshire.

16 h cocktail *Universal*

21 h Première *Stardust* Pantages.

18 novembre… »

— Après la prison, le bagne…, grommelle-t-il.

Helena réprime un sourire :

— Tu n'as pas honte ?

Le tutoiement amusé le ramène à la réalité. Derrière l'air malicieux de la jeune femme, il y a la secte qui veille sur lui et à qui il doit tout.

— Tu m'accompagnes ? demande-t-il.

— Bien sûr.

— Cool !

— Jusqu'à l'aéroport, ajoute-t-elle, ironique.

Il songe aux grands maîtres incarcérés et traités avec beaucoup moins d'indulgence que lui par la Cour.

— Ils ont demandé de mes nouvelles ?

— Ils ? Ce sont surtout elles qui s'inquiètent pour toi ! plaisante la jeune avocate.

Elle a fort bien compris la question et refuse d'y répondre. Inutile d'insister !

— Tu m'as pris une place de première classe ?

— Je ne t'ai rien pris du tout. Mon job se résume à te tirer d'affaire lorsque tu te débarrasses des filles qui t'encombrent. Mais toutes les stars voyagent en première. Tu n'as pas à t'en faire.

Le ton sarcastique le refroidit. Aux yeux d'Helena, il n'est qu'un play-boy capricieux, projeté au firmament d'Hollywood par le même homme qui a fait d'elle une grande vedette du barreau.

— Au fait, merci d'avoir si bien plaidé ma cause, murmure-t-il plus gentiment.

Elle fait la moue :

— Mon mérite est mince. Le juge a été très compréhensif et le procureur très médiocre : il a récusé les jurés qui me posaient des problèmes. Un jury de jeunes femmes pour décider du sort d'un beau garçon comme toi, que pouvais-je rêver de mieux ? Je dois admettre que tu as joué à merveille ton rôle d'amant éploré.

La limousine s'arrête devant l'aéroport. Tandis que le chauffeur s'empare de ses bagages, Ugo regarde Helena au fond des yeux et murmure :

— Ce n'était pas de la comédie.

— Alors on se reverra pour ton prochain crime passionnel, soupire-t-elle en lui plantant un baiser sur la joue.

Seadog

L'*Albatross*, troisième du nom, sorti des chantiers de Newport, est un sacré voilier, rapide, franc, équilibré. Il a bien mérité une nuit de repos.

Au pied de la falaise, on entend rugir l'océan qui a malmené le bateau pendant douze heures sans le déstabiliser.

— Belle bataille ! jubile Rachel, adossée à la roche.

Rob fait rouler ses épaules de lutteur :

— Trop de toile !

— Jamais trop ! réplique Rachel, provocante.

Dix mois de rééducation, de traitement intensif et de musculation harmonique ont consolidé son corps brisé. Mais elle n'a pas encore retrouvé sa souplesse et sa résistance. Aussi est-elle satisfaite d'avoir pour frère de tempête ce marin capable de parer à la manœuvre sans se soucier de la couleur du ciel et de la force du vent.

Elle montre la maison au sommet de la falaise :

— Tu restes ?

Rob secoue la tête :

— Des plans à terminer.

Le géant, bâti pour lutter avec l'océan, est architecte.

— Pas étonnant que tes maisons ressemblent à des bateaux ! raille Rachel.

Il ôte ses bottes et son ciré, les lui tend, puis se ravise :

— Pourquoi tu ne viens pas chez moi ?

— Demain, je fonce jusqu'à Grey Island.

Plutôt crever qu'avouer que son corps n'est qu'une douleur, qu'elle va se bourrer de calmants et s'affaler sur son lit comme une misaine gorgée d'eau.

— À la prochaine, matelot !

Ils s'embrassent du bout des lèvres.

Une fois dans la maison, elle entend le puissant moteur de la Chevrolet s'éloigner. Il n'y a plus que le gémissement du vent dans les bardeaux et la vibration grave des vagues, sa musique favorite.

Toujours cette torture des cervicales, qui atteint son paroxysme une fois couchée ! La souffrance lui donne la nausée. Incapable de manger, elle avale trois cachets et attend le naufrage de chaque nuit.

Deux hommes l'attendent aussi. Ils sont venus dans la journée, pendant que Rob et Rachel étaient en mer.

Ils ont visité la maison et accompli d'invisibles travaux. Après avoir foré un trou dans la paroi de la chambre, à hauteur du lit, ils ont introduit dans l'orifice un tube minuscule. Vers minuit, Rachel dort profondément. Ils reviennent, noirs et silencieux, chargés d'un cylindre de métal. Ils fixent un embout de caoutchouc sur le tube. Le gaz, incolore et inodore, est celui qu'on utilise pour exécuter les condamnés. C'est d'une exécution qu'il s'agit. En quelques minutes, le gaz se répand dans la pièce. Rachel passe du sommeil à la mort sans reprendre connaissance.

Soul

David Soul tourne le dos à l'immense baie vitrée étrangement opaque. Dans la pénombre de la pièce, les trois jeunes hommes ne distinguent pas ses yeux, mais ils sentent son regard sur leur visage comme la chaleur du soleil.

— Le temps est venu de réaliser ce qui a coûté si cher à nombre d'entre nous : George, John, Jude, Harry. Entre notre rêve et la réalité, il n'y a désormais plus le moindre obstacle. Ce que votre œuvre exigera, vous l'aurez sans limites : argent, influence médiatique, soutien politique, appui technique. Tout est en place. Des centaines de milliers d'hommes et de femmes sont prêts à se sacrifier pour vous.

Il pose les mains sur la table Song qui lui sert de bureau. Ses doigts d'artiste, longs et nerveux, contrastent avec la robustesse de son corps.

Après un très long silence, il reprend :

— Ne vous occupez ni des hommes ni des moyens, c'est mon rôle. Vous, Tom, vos compétences scientifiques seront consacrées à la découverte de cerveaux dans tous les domaines. Vous devrez ensuite les convaincre par tous les moyens de nous rejoindre.

Il s'adresse au deuxième homme :

— Vous Charles, vous contrôlerez l'information. Nous possédons déjà la moitié des médias les plus influents dans une soixantaine de pays. Ce n'est qu'un début. Nos prises de participation dans de nouveaux groupes vont s'intensifier dans les années à venir.

Il se tourne vers le dernier :

— Vous Jack, vous allez devenir président, comme votre père. Cette fonction vous est destinée depuis toujours. Vous avez l'imagination, l'intuition, l'autorité et la vision d'avenir propres aux grands chefs d'État.

Ses mains se crispent, puis se détendent :

— Je regrette de n'avoir pas mieux réussi dans le domaine de l'informatique appelé à jouer un rôle déterminant dans les années à venir.

— Nous avons avec nous des milliers de chercheurs et d'authentiques génies ! proteste Tom.

David Soul lève la main pour lui imposer silence.

— Vous pensez à Allen Kaufman, dit Jack. Il viendra à nous, le moment venu.

— J'aimerais partager votre optimisme, réplique David Soul. Mais il n'adhère pas aux valeurs de notre Église. Sa lucidité est aussi aiguisée que sa méfiance.

— De quoi se méfierait-il ? dit Jack en souriant : d'un homme qui n'existe pas ? D'une Église dénuée désormais de toute réalité ?

— Je vous reconnais là, Jack Garfield, murmure le grand maître avec une intonation presque chaleureuse. Je connais votre amitié réciproque. Faites pour le mieux.

Son fauteuil pivote. La lumière de la pièce augmente sensiblement d'intensité, comme si l'homme l'avait absorbée jusqu'à cet instant. Jack montre la porte à ses compagnons. Soudain, le monde lui paraît trop petit pour contenir la dose de rêve et de grandeur que vient de leur injecter David Soul.

« Pour l'éditeur, le principe est d'utiliser des papiers composés de fibres naturelles, renouvelables, recyclables et fabriquées à partir de bois issus de forêts qui adoptent un système d'aménagement durable. En outre, l'éditeur attend de ses fournisseurs de papier qu'ils s'inscrivent dans une démarche de certification environnementale reconnue. »

Composition réalisée par Datagrafix, Inc.

Achevé d'imprimer en Italie par G. Canale & C. S.p.A
32.03.2931.7/01 - ISBN : 978-2-01-322931-9
Loi n° 49-956 du 16 juillet 1949 sur les publications destinées à la jeunesse
Dépôt légal : septembre 2010